Nur mal kurz …
schon ist es vorbei

Jan Schröter

Nur mal kurz ...
schon ist es vorbei

75 morddeutsche Krimis

EDITION TEMMEN

Die Deutsche Bibliothek verzeichnet diese Publikation in der
Deutschen Nationalbibliografie; detaillierte bibliografische Daten sind
im Internet unter http://dnb.ddb.de abrufbar.

Titelgestaltung: Natalie Eichhorst-Ens

4. Auflage 2015

© EDITION TEMMEN
Hohenlohestraße 21
28209 Bremen
Tel. 0421-34843-0
Fax 0421-348094
info@edition-temmen.de
www.edition-temmen.de

Gesamtherstellung: EDITION TEMMEN
ISBN 978-3-86108-970-4

Inhalt

Scheidung im Watt

Schiefergrau lag ein schwerer Himmel über dunklem Watt. Kaum zu sagen, wo die Wolken aufhören und der Matsch anfängt, dachte Heidi und fröstelte. 15 Grad und Wollpullover. Schön blöd, dass wir nicht ans Mittelmeer gefahren sind wie sonst. Rolf hatte gesagt, diesmal sei er dran mit der Bestimmung des Ferienziels, und er liebt die Nordsee. Und Heidi liebt Rolf. Dachte sie jedenfalls mal. War allerdings lange her, dass sie dieses Gefühl empfunden hatte. Der schmatzend an ihren Füßen saugende Schlick ekelte sie an.

Jo versuchte vergeblich, genau in die Fußstapfen seiner Mutter zu treten. Den sechsjährigen Beinen fehlte einfach die Schrittlänge. Selbst wenn er hüpfte, trat er meist daneben. Jedes Mal befürchtete er, der Matsch würde ihn verschlingen. Und wenn schon nicht der Matsch, dann die Tiere, die sich sofort durch seine nackten Sohlen bohren würden, sobald er nur einen Moment stehen bliebe. Da sind *Tiere* im Boden, Millionen Viecher, Würmer, Käfer, Miniaturschnecken, was weiß ich, hatte Michi zu Hause noch gesagt. Sein bester Freund Michi wusste im Allgemeinen gut Bescheid. Jo gruselte es vor dem Watt. Aber Rolf hatte bestimmt, dass für die Familie heute Morgen eine Wattwanderung auf dem Programm stand. Jo ließ den Kopf hängen.

Schnaufend stapfte Rolf voran. Aufmerksam musterte er den Horizont. Von Naturschönheit konnte er nicht viel entdecken, aber das war ihm ohnehin egal. Er spürte förmlich Heidis genervtes Gesicht im Nacken, diese herabgezogenen Mundwinkel mit den auch im entspannten Zustand längst nicht mehr auszubügelnden Falten. Ging es nicht nach ihrer Meinung, wurde sie zickig. Damit hatte sie schon ihren ersten Ehemann, Jo's Vater, vergrault. Dabei war sie damals wenigstens noch hübsch gewesen. Mittlerweile gab es nicht einmal mehr diesen Grund, ihre Launen zu ertragen.

»Halt, Rolf! Der Junge hat Durst!«

Gereizt drehte sich Rolf um und stellte seinen Rucksack vor Jo's Füße.

»Bitte!«

Jo kämpfte mit den Tränen. Um sein Gesicht zu verstecken, kramte er länger als nötig im Rucksack. Das lenkte ab.

»Sei doch nicht so grob zu dem Jungen! Wenn wir schon mit dir durch diese Pampe latschen, kannst du wenigstens ein bisschen freundlicher sein.«

»Diese Pampe ist ein einmaliges Naturwunder, liebe Heidi.«

Aber das verstehst du ja doch nicht, dachte Rolf. Britta würde es verstehen. Seine Kollegin Britta begeisterte sich für Wanderungen, besuchte jede Kunstausstellung und hatte eine Vorliebe für Stretchminis. Sie passten auch zu ihrer Figur …

»Was grinst du denn so dämlich? Gehen wir jetzt weiter oder was?«

Rolf zuckte mit den Achseln, nahm wortlos den Rucksack auf und trabte weiter, die Familie im Schlepptau. »Lass dich scheiden«, hatte Britta gemeint, als er nach dem Betriebsausflug, viel Wein und einer stürmischen Nacht in ihrem Bett erwacht war.

Ein echter Klassiker.

Die klassische Lösung kam aber für ihn nicht infage. Sein Geld reichte jetzt schon nicht aus. Mit Brittas spontanem Lebensstil inklusive Shopping-Weekends in London und Trekking im Himalaya ließ sich unmöglich Schritt halten, wenn er auch noch Unterhalt zahlen müsste. Blieb nur noch die harte Tour: weg mit der zickigen Heidi und dem Jungen, diesem ewig schlotternden Weichei, zu dem er noch nie eine Beziehung entwickelt hatte. Weg mit dem Klotz am Bein und die Lebensversicherungen kassieren – schließlich zahlte er ja auch die Prämien …

Heidi sah vor sich, wie Rolfs Füße unbeirrt über Muscheln schritten, die knirschend unter seinen Sohlen zerplatzten. »Der geht über Leichen«, schoss es ihr durch den Kopf. Die Assoziation erschreckte sie. Gleichzeitig gestand sie sich ein, zum zweiten Mal eine Niete im Ehe-Roulette gezogen zu haben. Sie würde sich von Rolf trennen. Ihr graute vor den Diskussionen, der Schlammschlacht, den Anwaltsschreiben. Wenn er doch einfach weg wäre! Andere Männer mittleren Alters erlitten Herzinfarkte oder rauschten mit dem Wagen gegen Betonpfeiler. Aber Rolf mit seinem Naturfimmel ernährte sich cholesterinarm und fuhr auf der Autobahn niemals mehr als Tempo 100.

Jo schluchzte lautlos in sich hinein. Diese geringelten Sandhaufen überall waren gar keine Sandhaufen. »Das ist Kacke«, hatte Michi gesagt.

Wattwurmkacke.

Außerdem fror er. Der Wind blies unangenehm feuchte Kälte durch die Pullovermaschen. Jo hatte die Hände in den Taschen vergraben. Seine Rechte umschloss das geheimnisvolle runde Ding, das er vorhin im Rucksack gefunden hatte. Es gab bestimmt wieder Ärger, wenn Rolf merkte, dass er es eingesteckt hatte, aber das Ding hatte ihn fasziniert. Und getröstet. Und außerdem war ihm alles egal. Wieso rannten sie hier noch herum? Niemand sonst war zu sehen. Es war überhaupt nicht mehr viel zu sehen!

Kein Land mehr in Sicht, registrierte Rolf. Nebelschwaden krochen über das Watt wie die Geister ertrunkener Seeleute. Auf das Seewetteramt war wirklich Verlass. Nur noch Minuten bis zur auflaufenden Wasserlinie. Er vermeinte bereits ein schwaches Rauschen zu hören. Jetzt, Rolf! Adieu, Zicke, tschüss, Weichei! Er zählte bis drei, dann sprintete er mit rasantem Antritt seitlich davon, ohne sich umzusehen ...

Ihr Rufen war vergeblich.

Rolf kam nicht zurück, und Heidi wusste, dass er sie mit Absicht allein ließ. Wohin flüchten? Der Nebel schluckte jeden Horizont, ein nicht allzu fernes Plätschern ließ heiße Panik in ihr aufsteigen!

Jo spürte die Angst seiner Mutter. Vielleicht würde das komische Ding sie auch trösten. Er klammerte sich an Heidis Bein und reckte ihr die Hand entgegen. Heidi starrte ihn entgeistert an und schrie erleichtert auf. Dann nahm sie den Kompass und richtete ihn sofort aus.

Atemlos hielt Rolf inne. Keine Schreie mehr zu hören. Er war weit genug weg. Sein Plan klappte hundertprozentig. Heidi und Jo kämen garantiert nicht mehr lebend an Land. Er wusste ja selbst nicht mehr, wo sich das Ufer befand!

Aber das würde sich gleich ändern ...

Freudig öffnete er seinen Rucksack.

Der Unsichtbare

»… und als ich später genau hingucke, sehe ich tatsächlich das Goldkettchen am Fußknöchel! Stell dir mal vor!«

Tanja Lahmann stellte es sich vor, kicherte begeistert und leistete ihren Beitrag zum Büroklatsch unter Kolleginnen:

»Gerry Winkler vom Außendienst trägt auch so ein Kettchen.«

Niemand lachte. Nur Lina Manke seufzte hörbar und murmelte: »Bei dem sieht einfach alles gut aus.«

Thomas Borchert legte den Kopf auf die Schreibtischplatte. Wäre er doch bloß wie üblich zur Mittagspause in die Kantine gegangen! Aber er hatte erst diesen vertrackten Schadensfall abwickeln wollen. Außerdem verspürte er heute sowieso keinen Appetit. Dafür musste er jetzt, nur durch eine dünne Sperrholzwand davon getrennt, das Getratsche der Sekretärinnen über sich ergehen lassen. Was die bloß immer so toll fanden an Gerry Winkler. Föhnfrisur-Tarzan mit tiefergelegtem Intellekt. Und ein Fußkettchen trug der Typ also auch noch. Vielleicht sollte er doch in die Kantine gehen, dachte Thomas Borchert und richtete sich auf.

»… stellt euch mal den Borchert mit 'nem Fußkettchen vor!«, kreischte die Manke animiert. Nach angemessenem kollektiven Heiterkeitsausbruch gluckste Tanja Lahmann: »Kann ich mir nicht vorstellen.«

»Wieso nicht?«

»Ich weiß echt nicht, wie diese Null eigentlich aussieht, wenn er nicht gerade vor mir steht!«

Thomas Borchert starrte auf die weißen Fingerknöchelpartien, die sich unter der gespannten Haut seiner geballten Faust abzeichneten. Er wusste genau, wie Tanja Lahmann aussah. Große, braune Augen. Ein Mund wie die Verführung schlechthin. Dunkler Lockenkopf. Ein Gesicht, von dem er seit dem Tag nachts träumte, da sie vor sechs Monaten bei der gleichen Versicherungsgesellschaft anfing, bei der er selbst Sachbearbeiter war. Er hatte versucht, sie anzusprechen, ihr Gefälligkeiten zu erweisen, zu zeigen, dass sie ihm etwas bedeutete.

Und nun das.

Stunden später saß er immer noch auf seinem Bürostuhl, hatte keine Akte angerührt, kein Telefongespräch geführt. Wozu auch? Niemand war zu ihm hereingekommen, niemand hatte angerufen. Thomas Borchert saß nach Feierabend im dunklen Büro und bilanzierte sein eigenes Versagen. 35 Jahre, 13 davon in der gleichen Firma, immer noch Sachbearbeiter. Bei Beförderungen überging man ihn regelmäßig. Familie besaß er nicht. Freunde: Fehlanzeige. Im Spiegel der Fensterscheibe betrachtete er seine durchschnittlich große Gestalt mit den durchschnittlichen Gesichtszügen und dem Salz-und-Pfeffer-Konfektionsanzug. Würde er sich jetzt aus dem Fenster stürzen, hinterließe er vermutlich einen durchschnittlich großen Fleck auf dem Gehwegpflaster. Tanja Lahmann hatte recht – wenn er die Augen schloss, konnte er sich selbst kaum beschreiben.

Wissen Sie, wie der Typ aussah, bevor er den Bürgersteig versaute?

Keine Ahnung.

Unsichtbar.

Als Kind hätte ich das vielleicht noch toll gefunden, fiel es Borchert ein. Im Matheunterricht zum Beispiel, wenn man die Hausaufgaben nicht gemacht hätte … Andererseits hatte er seine immer gewissenhaft erledigt. Immer. Und wozu die Mühe? Es interessierte ja doch niemanden – damals so wenig wie heute! Da könnte er machen, was er wollte.

Machen, was er wollte …

Dann mache ich eben, durchzuckte es ihn. Und wenn man mich nicht beschreiben kann, gibt es keine Zeugen – egal, was ich mache. Entdecke die Möglichkeiten. Bankraub, zum Beispiel. Rein, raus, weg. Geld mitnehmen und Ratlosigkeit hinterlassen.

Wissen Sie, wie der Typ mit der Pistole aussah?

Absolut keine Ahnung.

Sein Spiegelbild in der Fensterscheibe begann verzerrt zu grinsen. Ach, wie gut, dass niemand weiß, dass ich Rumpelstilzchen heiß', dachte er und schaltete die Schreibtischlampe aus.

13

Am nächsten Tag herrschte in der Sparkassenfiliale am Markt-platz Hochbetrieb, wie immer am Monatsersten kurz vor Feierabend. Thomas Borchert stand am Ende der Warteschlange, die sich vor der Kasse gebildet hatte, und schwitzte. Der graue Wintermantel war eigentlich ein bisschen zu dick für den sonnigen Herbsttag. Aber er besaß tief ausgeschnittene Taschen. Genau richtig als Versteck für die Gaspistole, die einer soliden 38er verblüffend ähnlich sah. In der Firma hatte er etwas früher Schluss gemacht als gewöhnlich und im Aufzug noch Tanja Lahmann getroffen. »Na, Fräulein Lahmann, welche Farbe hat mein Mantel?«, hatte er sie anzüglich gefragt und sich insgeheim köstlich über ihre verblüffte Miene amüsiert. Von nun an würde er öfter mal Spaß haben. An Geld sollte es jedenfalls nicht mehr mangeln …

Nur noch vier Leute vor ihm bis zur Kasse. Wenn die Reihe an ihn kommt, dreht er sich mit gezogener Pistole zu seinem Hintermann, schreit: »Geld her oder ich schieße!« und schiebt die schmale Akten-tasche zum Kassierer durch. Ist die Tasche voll, rennt er einfach raus und verschwindet. Vor der Tür ist gerade Wochenmarkt, und auf den Marktplatz münden sechs Straßen.

Die kriegen ihn nie.

Noch zwei Leute vor ihm.

Vielleicht gibt er die Beute noch nicht einmal aus. Darum geht es ja auch gar nicht. Er schwitzt, aber er fühlt sich gut. Für alle an-deren in der Warteschlange ist er ein grauer Niemand, aber er weiß mehr als die anderen und weidet sich daran.

Noch einer.

Tanja Lahmann und die anderen im Büro werden es nie erfahren. Macht nichts. Er ist ihnen egal, sie sind ihm egal. Thomas Borchert wird nur noch für Thomas Borchert leben, für niemanden sonst!

Jetzt ist er dran.

Er zieht die Pistole, dreht sich halb herum. Kaum öffnet sich sein Mund, schreit es hinter ihm: »Geld her oder ich schieße!« Thomas Borchert zielt verblüfft auf die Gestalt mit der Strumpfmaske, die ge-rade einen Revolver auf ihn richtet und sofort abdrückt. Den Schlag an der Stirn registriert Borchert mit ungläubigem Staunen, den Auf-prall seines Körpers auf den Boden bereits nicht mehr …

Lina Manke schnäuzte Tränen und Wimperntusche in ein Kleenextuch. Die Packung auf ihrem Schreibtisch war fast leer. »So ein guter Mensch ... Ein Held unserer Tage, schreibt die Zeitung. So redlich. Will 'nen Bankräuber mit einer Gaspistole stoppen. Stellt euch mal vor ...«

Tanja Lahmann studierte bereits Seite drei. »Der Bankräuber entkam unerkannt. Nachdem sich Thomas Borchert (35) ihm so mutig in den Weg gestellt hatte, flüchtete der Täter nach dem Mord ohne Beute. Filialleiter Meier kündigte an, seine Kasse werde die Beerdigungskosten übernehmen.«

»Ich bin ihm kurz vorher noch im Fahrstuhl begegnet«, überlegte Tanja laut, »er hat irgendetwas Komisches über die Farbe seines Mantels gesagt.«

»Wie sah der denn aus?«

»Keine Ahnung.«

Jackpot

»Tooor! Jawoll!«, johlte ein Männerbass, begleitet vom satten Plopp! einer Bierflasche mit Bügelverschluss.

»Kurt guckt Sportschau«, bemerkte Ilse Weiler mit hochgezogenen Brauen und stützte die Ellenbogen auf dem Balkongitter ab. Auf dem Nachbarbalkon kratzte Grete Bäumler mit einer Miniharke im Blumenkasten herum.

»Männer brauchen das«, verkündete die Bäumler nachsichtig. »Mein Karl saß samstags auch immer vor der Glotze!«

Dein Karl ist auch seit zehn Jahren tot, dachte Ilse, da kann man schon über solche Macken schmunzeln. Seufzend sah sie die Straße entlang: Blühende Ziersträucher in den zur Verkehrsberuhigung aufgestellten Blumenkübeln tupften Sommerfarben zwischen graue Altbauten. Hinter geöffneten Fenstern wehten Gardinen. Männer saßen vor Bildschirmen, während ihre Frauen auf den Balkonen standen und einander mitfühlend in die Augen blickten. Anderen geht's auch nicht besser, dachte Ilse. So schlecht war Kurt ja gar nicht. 32 Ehejahre hatten sie nun schon zusammen verbracht. Das verbindet, selbst wenn man sich nicht viel zu sagen hat. Und allein sein wie Frau Bäumler, das wollte sie auch nicht.

Acht Uhr, Tagesschau.

»Ich geh' rein«, verabschiedete Ilse sich von ihrer Nachbarin. Auf dem Bildschirm schwor gerade ein Minister, er habe von allem nichts gewusst. Kurt saß im Fernsehsessel. Kalkweiß im Gesicht, Schweißperlen auf der Stirn, Hände um die Fernbedienung gekrampft.

»Kurt!«, schrie Ilse. Herzinfarkt. Das muss ein Herzinfarkt sein … »Was ist, Kurt?«

Ihr Mann sah sie an wie in Trance. »Nichts ist, Ilse – gar nichts.«

»Das stimmt doch nicht, Kurt!«

Er schien sich zu fangen. Mit energischem Fingerdruck schaltete er das Fernsehgerät ab. »Alles in Ordnung, Ilse. Keine Panik. Hol doch mal die Spielkarten! Wie wär's – wollen wir nicht mal wieder 'ne Partie Karten spielen?«

Verblüfft starrte Ilse auf die dunkle Mattscheibe. Karten spielen? Am Samstagabend? Was war denn mit dem los? Vielleicht war ihm plötzlich eingefallen, dass er etwas fürs Familienleben tun müsste. Sollte ihr recht sein. Kopfschüttelnd holte Ilse die Karten.

Zwei Stunden später hatte Ilse genug. Kurt hatte kaum ein Wort gesprochen, sich beim Punktezählen meist verrechnet und verbreitete Nervosität wie ein Vollblut vor dem Derbystart. »Kurt, lass es gut sein. Ist gleich zehn Uhr. Von mir aus kannst du gern das Aktuelle Sportstudio einschalten. Lieb, dass du mal etwas mit mir zusammen gemacht hast. Aber ich seh' doch, wie du ständig zur Glotze schielst!«

Kurt fühlte sich sichtlich ertappt. »Ach, Ilse … eigentlich würde ich heute lieber früh zu Bett gehen.«

Ilse war sprachlos. Dann gerührt. Sie wusste schon gar nicht mehr genau, wann sie zuletzt miteinander geschlafen hatten. Nun plante Kurt offenbar das Comeback. Deswegen benahm er sich den ganzen Abend so merkwürdig. Einfach süß. Sie hauchte ihm einen Kuss auf die Wange. »Gut, Schatz. Ich geh' schon vor.«

Ilse kuschelte sich erwartungsfroh unter ihre Bettdecke. Kurt braucht heute viel Zeit im Badezimmer, registrierte sie amüsiert. Da kam er endlich …

»Gute Nacht, Ilse!« Knipste das Licht aus, zog sich die Decke über den Kopf und drehte ihr den Rücken zu. Ilse schluchzte lautlos in sich hinein.

Stunden später lag sie noch immer grübelnd wach. Was war bloß passiert? Gegen Ende der Sportschau hatte Kurt noch normal gewirkt. Bei der Tagesschau schien er wie vom Blitz getroffen. Zwischen Sportschau und Nachrichten kamen die Lottozahlen … Die Lottozahlen! Ilse schlich sich aus dem Schlafzimmer. Zittrig blätterte sie im Telefonbuch und wählte den Lotto-Ansagedienst.

»… 22, 37 und 39. Super-Gewinnzahl ist die 14.«

Der Hörer entglitt ihrer Hand. Kurts Zahlen. Seit Jahren spielte er die gleiche Kombination, als Superzahl immer die 14 – ihr Hochzeitsdatum. Kurt hatte den Jackpot geknackt und ihr nichts gesagt!

20 Millionen! Auf dem Schein stand sein Name. Er würde sie abservieren und den Rest seines Lebens mit zwanzigjährigen Flittchen herummachen. Deswegen kein Sportstudio – da werden die Lottozahlen eingeblendet. Das Schwein soll es büßen. Ilse kochte vor Wut.

Beim Frühstück ließ sie sich nichts anmerken. »Soll ich runtergehen und eine Sonntagszeitung kaufen?« Da stehen die Lottozahlen fett auf Seite eins, dachte sie hämisch.

»Nein, nein«, wehrte Kurt heftig ab, »ich seh' dir viel lieber in die Augen, Schatz!«

Haha, du schleimiger Wicht. Ilse gibt dir jetzt die letzte Chance. »Kurt: Hast du ein Geheimnis vor mir? Willst du mir etwas sagen?«

Ihr Mann erblasste, heuchelte aber Unverständnis. »Völliger Quatsch, Ilse! Nun lass mich aber in Ruhe!«

Ruhe sanft, mein Liebster, dachte Ilse. Das ist dein Todesurteil. Sie deckte den Tisch ab und ging in die geräumige Abstellkammer. Als es keine Kühlschränke gab, hatten frühere Bewohner der Altbauwohnung hier die Lebensmittel deponiert – an der Decke hing noch der stabile Haken für Schinken und deftige Mettwürste. Ilse stellte zwei Klappstühle vor das Wandregal, bestieg einen der Stühle und wühlte zwischen Lackdosen, Reinigungsmitteln und Schraubenziehern nach der alten Wäscheleine. Sie schnitt ein Stück davon ab. Ein Ende knotete sie um den alten Wursthaken. Aus dem anderen Ende flocht sie eine Schlinge und legte sie vorsichtig auf den obersten Regalboden.

»Kurt! Komm doch bitte mal!«

Ahnungslos betrat ihr Gatte die Kammer.

»Ich suche die kleine Tüte mit Blumensamen! Sei so lieb und hilf mir – zwischen deinem ganzen Werkzeug finde ich mich nicht zurecht.«

Sie wies auf das oberste Brett.

»Schon gut«, brummte Kurt und stieg auf den zweiten Stuhl. Suchend reckte er den Hals. Ilse warf ihm die Schlinge über den Kopf, sprang zu Boden und riss den Stuhl unter Kurt beiseite. Sein Schrei erstickte gurgelnd. Krampfend griffen seine Hände Luft, dann sanken sie allmählich schlaff herab. Unbewegt sah Ilse zu, wie der Körper langsam auspendelte …

Sie stellte ihren Klappstuhl zurück in die Nische zwischen Wand und Regal. Dann ging sie auf den Balkon, blinzelte in die Sonne und grüßte Frau Bäumler, die gerade Blumen goss. Jetzt ist alles gut, dachte Ilse. Ich bin frei, und ich habe 20 Millionen. Mein armer Kurt hat die Nachricht nicht verkraftet, werde ich sagen. Er war so bescheiden. »Geld macht unglücklich«, sagte er immer. Das war einfach zu viel für ihn, Herr Inspektor.

Ilse gab sich einen Ruck. Jetzt gehe ich rein, tue so, als würde ich gerade die Leiche entdecken, und schreie, bis die Bäumler 110 wählt.

Und genau so lief es ab.

Ilse saß im Wohnzimmer und vergoss Tränenströme. Inspektor Weber und seine Männer hatten sich ihre Geschichte angehört, zwei Stunden lang die Wohnung auf den Kopf gestellt und die Leiche schließlich zum Abtransport freigegeben. Gespannt beobachtete Ilse den Inspektor, der mit bedrückter Miene ihr gegenüber Platz nahm.

»Wir wissen jetzt, warum ihr Mann sich umgebracht hat, Frau Weiler. Wir haben den Lottoschein gefunden.«

»Ich sagte ja«, schluchzte Ilse, »das Geld war zu viel für ihn ...«

Inspektor Weber schüttelte den Kopf. »Sie verstehen mich nicht richtig. Wir haben den Teilnahmeschein gefunden – er hat vergessen, ihn abzugeben. Herzliches Beileid, Frau Weiler.«

Nikos Tag

Am grauen Dienstagmorgen war die Stadt kein Land des Lächelns. In der U-Bahn starrten die Fahrgäste auf Reklamesticker, Zeitungen oder eigene Knie. »Schwarzfahren lohnt sich nicht«, las Niko Fischer. Was lohnt sich überhaupt?, hatte er sich heute bereits beim Aufstehen gefragt. Würde er nach zwei Scheiben Toast und einer Tasse Kaffee die Aktentasche ergreifen, gäbe es acht Stunden lang keine Überraschungen. Sachbearbeiterjob, Vorgänge zur Kenntnisnahme. Knicken, lochen, Feierabend.

Sein Leben glich einer Umlaufmappe.

Aber nicht heute. Heute nicht. Niko stieg an der nächsten Haltestelle aus, betrat eine Telefonzelle und drückte Daumen und Zeigefinger gegen die Nasenflügel.

»Chef«, näselte er gequält in den Hörer, »hier Fischer. Ja, Grippe. Fieber, Schüttelfrost. Melde mich wieder. Ja, danke. Bis dann.«

Frei! Einen ganzen Tag lang!

Er strebte hinaus in die Fußgängerzone. Gelangweilte Damen spähten auf der Suche nach Erlebniskäufen durch die Schaufenster nobler Boutiquen. Geschäftige Herren trugen Krawatten um den Hals, Handys am Ohr und wichtige Mienen zur Schau. Vor dem Kaufhaus breitete ein Bettler sein Unglück aus: Prothese, Schnapsflasche, Lumpenbündel – eine Litfaßsäule des Elends. Alle bewegten sich in ihrer alltäglichen Umlaufbahn aus Trott und Routine. Niko kreuzte ihre erdschweren Wege wie ein geschweifter Komet, glühend vor Lust und Leben.

Heute war sein Tag.

Es würde etwas passieren, gleich hier, im Kaufhaus. Niko stellte sich auf die Rolltreppe, die geduldig Menschenmassen zu den oberen Verkaufsebenen baggerte.

Zuerst sah Niko ihre Füße. Alles andere verdeckten die schlaksigen Gestalten einiger drängelnder Teenager. Die Füße schienen nur darauf gewartet zu haben, dass Niko sie entdeckte: Gerade schlüpfte der rechte Fuß aus einem zierlichen roten Slipper, rekelte wohlig die Zehen und rieb sich sacht an der sanften Rundung der linken Wade. Nach dieser Liebkosung schlüpfte er energisch zurück in den Schuh. Ein Schritt – die Füße verschwanden aus Nikos Blickfeld.

Kurzentschlossen schob er sich an den Teenagern vorbei. War die Unbekannte schon verschwunden? Nein – dort standen die rot beschuhten Füße vor einem Kleiderständer. Niko ließ den Blick wandern: gebräunte, wohlgeformte Beine. Ärmelloses Sommerkleid. Blondhaar zum Pferdeschwanz gebunden. Unterlippe leicht schmollend geschürzt, während die großen, blauen Augen abschätzend eine Bluse musterten. Als sie das Kleidungsstück wieder weghängte, kreuzten sich plötzlich ihre Blicke. Niko spürte Erkennen und Vertrautheit, dann wandte sich die Schöne ab.

Gebannt folgte er ihr.

Sie setzte alberne Hüte auf und schnitt Grimassen dazu. Sie probierte filigranes Schuhwerk mit riesigen Absätzen an und stöckelte versuchsweise hüftschwingend die Gänge auf und ab. Sie schmiegte ihren Leib an ein spitzenbesetztes Negligé, neigte verträumt das Köpfchen und sah zum Verkaufstisch hinüber, an dem ihr Verfolger geistesabwesend in Damendessous wühlte. Niko blieb die Luft weg. Als die Schöne mit einigen Kleidern über dem Arm zur Umkleidekabine schritt und ihn sanft streifte, musste er sich schwer am Tisch abstützen. Die Geheimnisvolle verschwand in der Kabine und schloss den Vorhang – bis auf einen breiten Spalt.

Kleidung raschelte, nackte Haut blitzte, Niko bekam Stielaugen.

»Verdammter Spanner!« Eine Hand packte Niko hart an der Schulter und drehte ihn herum. Ein Wachmann funkelte ihn an, hinter sich eine versammelte Schar aufgebrachter Verkäuferinnen:

»Der lungert hier schon die ganze Zeit rum!«

»Erst hat er mit den Unterhosen gespielt, und jetzt glotzt er in die Kabinen, der Bock!«

In diesem Moment trat die Schöne aus der Kabine, legte Niko einen Kleiderstapel über den Arm und bemerkte beiläufig: »Häng bitte die Klamotten für mich zurück, Schatz! Ist nichts Passendes dabei. Ich geh' schon zum Wagen.«

Und ging fort.

Niko schaltete schnell. »Ist eigentlich Ihr Job«, sagte er, die Kleider einer verdatterten Verkäuferin weiterreichend. Dann eilte er der Schönen nach. Wo steckte sie nur? Er durfte sie nicht verlieren! Jetzt schon gar nicht mehr! Heute war doch *sein* Tag …

Da – sie stieg gerade in einen Fahrstuhl! Niko brach sich Bahn und erreichte den voll besetzten Lift, eben bevor sich die Kabinentür schloss. Da stand sie zwischen den anderen Leuten, einen Meter vor ihm. Er musste es ihr sagen, bevor sie am Parkdeck ausstieg und endgültig verschwand. Niko drückte kurzentschlossen die Notbremse. Es ruckte, der Lift hielt.

Niko sank auf die Knie.

»Entschuldigen Sie bitte, liebe Fahrgäste, es geht gleich weiter! Aber zuvor möchte ich dieser Frau etwas sagen …«

Irritiert starrten die Anwesenden auf Niko, der die Hand der Schönen ergriff.

»Ich liebe dich! Bleibst du heute bei mir?«

»Ja«, hauchte die Schöne und sank in seine Arme. Niko löste die Notbremse, die Fahrgäste begannen erst zögernd, dann begeistert in die Hände zu klatschen. Unter stürmischem Applaus verließ das Paar die Kabine auf Parkdeck A.

»Feinstes Hollywood!«, prustete Niko. »Danke, dass du bei dem Wachmann so schnell reagiert hast, Claudia!«

»Fast wäre mein lieber Gatte als Spanner verhaftet worden«, kicherte sie. »Na, komm mit nach Hause. Morgen geht's wieder zur Arbeit. Feiern wir deinen Tag! Nächstes Mal bin ich dran.«

Ja, in vier Wochen wäre dann Claudias Tag. Selbst nach 15 Jahren bot ihre Ehe noch eine Menge Überraschungen.

Jedenfalls einmal im Monat.

Drei Dorsch und ein Butt

Sanft kräuselte eine Brise die Nordsee. Am Himmel trieben einzelne Wolken wie schwebende Sommerträume. Die Doppelschraube der Motoryacht quirlte eine sahnige Spur durchs Meer, achteraus leuchtete Helgolands roter Fels in der Vormittagssonne. Ein Bild von perfekter Schönheit, dachte Anna – hätte nicht im Vordergrund Bernd Platz genommen. Hingelümmelt in einen Liegestuhl, halb geöffneter Mund, strähnige Haare. Die Fettröllchen mühsam in sein rosa T-Shirt gezwängt, das fatal an eine Wurstpelle erinnerte. Er wandte sich ihr plötzlich zu, als hätte er ihren Blick gespürt, und hielt ein leeres Glas hoch.

»Anna, Schatz, noch einen!«

War ja auch schon fast Mittag. Höchste Zeit für den dritten Martini des Tages.

»Hol ihn dir selbst, dann bewegst du dich wenigstens mal! Dich trifft sonst noch der Schlag!«, schrie Anna wütend.

Bernd wuchtete sich aus dem Liegestuhl und blaffte zurück: »Das wäre dir doch nur recht, du Zicke! Mich los sein und meine Kohle erben!«

Mit hasserfüllter Miene verschwand er unter Deck. Blöde Kuh, dachte er, öffnete den kleinen Kombüsenkühlschrank und griff nach der Martiniflasche. Kaum zu glauben, dass er Anna mal geliebt hatte, als er sie vor 16 Jahren kennenlernte. Seitdem hatte er – jawohl, er! – mit Maklergeschäften ein Vermögen verdient. Und mit viel harter Arbeit. Dafür hatte er ein bisschen Entspannung verdient, fand Bernd. Wenn er ein paar Drinks haben wollte, hatte Zicken-Anna dazu gefälligst ihre Klappe zu halten. Am besten, er würde sie endlich abservieren.

Muss ich mit meinem Anwalt besprechen, dachte Bernd, gleich morgen.

Anna sah Bernd, Glas und Flasche in der Hand, zum Liegestuhl zurückstolpern. Der Mann ist fertig, wusste sie plötzlich. Ein echtes

23

Auslaufmodell. Der smarte Junge von einst, mit wenig Geld und vielen rasanten Plänen, war längst ein lethargisches Alkoholwrack. Geschäftlichen Erfolg hatte er zwar noch immer, aber mehr durch tückische Winkelzüge hart am Rande des Betrugs als durch tatsächliche Klasse. Hinterlist und Tücke, darauf verstand er sich. Anna erinnerte sich ergrimmt an den Tag, da er sie mit weitschweifigen Erklärungen, es gehe nur um eine Formalität für das Finanzamt, eine Vereinbarung unterschreiben ließ, die sie im Scheidungsfalle fast das gesamte Vermögen kosten würde. Sie sah ihren martinibenebelten Gatten im Liegestuhl schnarchen. Er würde sich scheiden lassen, das war ihr klar. Und er würde es bald tun. So, wie er gestern in dieser Bar schamlos jede halbwegs attraktive Frau angebaggert hatte, erschien es deutlich genug – Anna hatte er längst nicht mehr auf der Rechnung.

»Aber den Schlussstrich unter diese Rechnung setze ich«, murmelte Anna und korrigierte leicht den Kurs. Ihn los sein und seine Kohle erben, die Anregung stammte doch von Bernd selbst. Keine schlechte Idee.

Schmeiß den Kerl einfach über Bord, dachte Anna. Aber dann? Die Polizei würde sie endlos verhören: Warum sie nicht, bei bestem Wetter, in der Lage gewesen sei, beizudrehen und ihren Mann zu retten? Oder vielleicht würde Bernd sich einige Stunden über Wasser halten, bis irgendein Boot ihn zufällig entdecken würde. Dann wäre sie nicht bloß geschiedene Ehefrau, sondern auch reif für den Knast. Anna wollte beides – Freiheit und das Geld. Der perfekte Plan formte sich in ihrem angestrengt arbeitenden Gehirn, als sie sinnend den Gischtstreifen hinter dem Heck betrachtete.

Begeistert ballte Anna die rechte Hand zur Faust.

Bernd erwachte, weil der Motor plötzlich im Leerlauf blubberte. Die Yacht schaukelte sanft in der Dünung. Unter schweren Lidern schielte er hinüber zum Cockpit. Der Steuerstand war leer.

»Bernd!«

Eine Spur von Panik schien in Annas Stimme zu liegen. Bernd drehte sich um: Über die Reling gebeugt und heftig winkend stand Anna am Heck. Bernd trank den letzten, widerlich sonnenwarmen Schluck Martini aus dem Glas und wälzte sich aus dem Liegestuhl.

»Was ist denn?«, grunzte er und trat neben Anna an die Reling.

»Da unten«, Anna krallte eine Hand um Bernds Oberarm und wies mit der anderen hinab, »ich glaube, ich hab's überfahren!«

»Was überfahren?« Bernd war verwirrt.

»Na, das da! Du musst dich weit vorbeugen! Schnell, bitte!«

Bernd widerstand dem eindringlichen Appell nicht länger. »Bitte« hatte Anna zu ihm schon lange nicht mehr gesagt.

Anna bückte sich blitzschnell und riss Bernds Beine hoch. Platschend landete der Überrumpelte in der Nordsee. Anna rannte zum Cockpit und gab Gas. Schnell lagen zwischen der Yacht und dem heftig winkenden Bernd gut hundert Meter. Anna drosselte den Motor erneut, ging zum Heck und warf einen angeleinten Rettungsring aus.

Bernds Verwirrung war kalter Wut gewichen. Der Kuh werd' ich's zeigen!, dachte er und kraulte auf den rot-weißen Ring zu. Anna wartete, bis seine Hände fast den Ring erreichten. Dann drückte sie lächelnd den Gashebel nach vorn …

»Anna, du Miststück!«, schrie Bernd und stieß mit dem Oberkörper aus dem Wasser. Ein Stück weiter lag die Yacht wieder still. Dahinter dümpelte der Rettungsring verlockend wie ein Köder.

Eine halbe Stunde später sah Anna, wie Bernd plötzlich in der Schwimmbewegung verhielt, kurz krampfte und langsam absackte. Sie erwischte den Körper gerade noch mit dem Bootshaken. Sicherheitshalber hielt sie ihn einige Minuten unter Wasser. Ihn dann an Bord zu ziehen, erwies sich als anstrengendster Teil der Aktion, aber schließlich gelang auch das.

Anna steuerte Kurs Cuxhaven und vermied jeden Blick zum Achterdeck. Dort lag der Tote im Liegestuhl. Aus dem halb geöffneten Mund lief ein Rinnsal Nordseewasser. Lieber hielt sie Ausschau nach ihrem Alibi. Das Motorboot steuerbord voraus schien bestens dafür geeignet. Es lag still. An Bord holte ein einsamer Hochseeangler gerade seine Leine ein. Anna passierte ihn in 20 Metern Entfernung und winkte ihm zu. Er hob kurz grüßend die Hand und wandte sich wieder seiner Angel zu. Läuft gut, dachte Anna. Jetzt Bernd aus dem Liegestuhl wuchten und sich zusammen mit ihm von Bord fallen lassen. Die Yacht fährt mit Volldampf weiter. Ich schreie um Hilfe, der Angler fischt uns raus – für Bernd leider zu spät. Mein Mann ist angetrunken über Bord gegangen, Herr Kommissar. Ich bin gleich hinterher, aber – !

Schluchz, schluchz.

Anna wuchtete die Leiche an die Reling, umarmte sie und ließ sich fallen. Die Yacht entfernte sich schnell. Anna schrie.

Schrie laut!

Schrie verzweifelt …

Der Angler barg ruhig sein Gerät, startete den Motor und drehte ab – verschwand am Horizont auf dem Weg zur fernen Küste.

Anna verstummte erst, als der Abend dämmerte. Erschöpft starrte sie auf ihre Hand, die noch immer Bernds Haare umkrallte. Entsetzt stieß sie ihn von sich. Als der Leichnam taumelnd versank, schien sein halb geöffneter Mund ihr ein höhnisches Lebewohl zuzugrinsen.

Der Angler brachte Fender aus und vertäute sein Boot am Steg. Seine Frau wartete, bis er sich aufrichtete. Sie wollte ihn etwas fragen, doch dafür musste er ihr Gesicht sehen.

Mit routinierter Gestik formulierte sie in der Gebärdensprache: »Wie war der Tag auf See?«

Der Angler grinste und gestikulierte zurück: »Nichts Besonderes, drei Dorsch und ein Butt.«

Lieblos

Sigi lehnte an der Theke und starrte in das Gewimmel zuckender Leiber. Aufregend schöne Mädchen ließen auf der Tanzfläche ihre Hüften kreisen, Nabel blitzten neckisch unter knappen Tops. Und alle tanzten nur für ihn. Freie Auswahl für Sigi Mommsen, staatlich geprüfter Kondomtester. Er lachte bitter und nahm einen tiefen Zug Cola-Whisky. Den letzten Höhepunkt seines Sexuallebens hatte er vor zwei Wochen gefeiert: Da stand er zufällig auf der Rolltreppe hinter einer Minirock-Mieze. Niemals würde sich eine der schönen Tänzerinnen für ihn interessieren, dafür sorgten seine drei Dauerprobleme – zu klein, zu dick, zu pleite. Sein einziger Freund in dieser vernebelten Discothek hieß Jim Beam.

Sigi ließ gerade den nächsten Schluck Seelentröster durch die Kehle rinnen, als ihn der herausfordernde Blick aus blauen Augen traf. Sie sah umwerfend aus: schlank, wohlgeformt, Engelsgesicht mit leicht verruchtem Zwinkern in den Augenwinkeln. Und dieses Zwinkern galt nur ihm, da war Sigi sich plötzlich ganz sicher!

»Hallo-ho«, brachte er mühsam hervor.

»Hi«, gab Blondie leicht gelangweilt zurück.

Action, Sigi – los jetzt. Er überreichte eine der Visitenkarten, die er sich von einem Automaten für Gelegenheiten wie diese hatte drucken lassen: »Siegmund Mommsen, Anlageberater«

Das klang viel besser als die Wahrheit: »Siegmund Mommsen, Arbeitsloser« Tatsächlich wirkte Blondie plötzlich interessiert. »Ich will noch woandershin. Hast du einen Wagen?«

Sigi schüttelte bedauernd den Kopf. Grußlos wandte sich Blondie von ihm ab. Er sank enttäuscht gegen die Theke zurück. So darf es nicht mehr weitergehen, dachte er. Größer und schöner würde er nicht werden, aber gegen seine chronische Finanzkrise müsste er etwas unternehmen. Ruhig mal was riskieren, dachte Sigi. Was hatte er schon zu verlieren? Einsame Nächte für den Rest seines Lebens.

Sigi drückte sich in den Schatten eines Torweges und beruhigte seine flatternden Nerven mit einem Schluck aus dem Flachmann. Die ganze Nacht war er aufgeblieben, bis sein Entschluss feststand.

»Was soll schon schiefgehen?«, ermunterte er sich selbst und peilte nervös zur gegenüberliegenden Sparkasse. Die Schreckschusspistole sah täuschend echt aus, seine Skimütze mit ausgeschnittenen Sichtschlitzen war Tarnung genug. Sigi gab sich einen Ruck und steuerte auf die Sparkasse zu.

Der Schalterraum war fast leer. Sigi stürmte mit gezogener Pistole zur Kasse.

»Überfall! Geld her! …«

Er schob eine zerknüllte Plastiktüte durch den Sichtschlitz und starrte in Blondies Engelsgesicht. Fast wäre ihm die Waffe aus der Hand gefallen. Blondie reagierte souverän. »Sofort! Bitte nicht schießen. Ich packe die Scheine in die Tüte.«

Sigis Gedanken rasten. Ob sie ihn erkannt hatte? Die heruntergezogene Mütze verdeckte zwar sein Gesicht, aber er hatte sich nach dem gestrigen Discoabend nicht einmal umgezogen – er war ja nicht zu Bett gegangen …

Blondie reichte ihm die prall gefüllte Tüte. Sigi sah deutlich wieder dieses verruchte Zwinkern in ihren Augenwinkeln und hörte sie flüstern: »Ich sag’ nichts! Viel Glück, Herr Anlageberater – und bis bald!«

Er riss ihr den Beutel aus der Hand und rannte gehetzt ins Freie. Als die ersten Polizeisirenen näher kamen, war Sigi längst im Passantengedränge einer belebten Einkaufsstraße untergetaucht.

Sigi saß am Sofatisch in seiner engen Junggesellenbude und war sehr zufrieden mit sich. Er hatte richtig gehandelt, ganz sicher. Endlich jemand, der mich liebt, dachte er. Wahrscheinlich hat meine Tatkraft sie überzeugt. Sie hat sich an mich erinnert. Und sie wird mich nicht verraten. Das bedeutete für ihn mehr als das viele Geld. Das bedeutete auch mehr als Jim Beam. Triumphierend blickte er zur Whiskyflasche auf dem Tisch, die er seit seiner Rückkehr nicht angerührt hatte.

Heute begann sein neues Leben.

Es klingelte an der Tür. Sigi öffnete. Da stand Blondie, seine Visitenkarte in der Hand. »Hallo-ho, Herr Anlageberater mit reichlich Startkapital! Ich heiße übrigens Anja. Darf ich eintreten?«

»Na klar!« Sigi eskortierte seinen Besuch aufgeregt zum Sofa. Anja nahm Platz und musterte naserümpfend das spärliche Mobiliar. »So eine Bude ist wahrscheinlich die beste Tarnung, nicht wahr? Aber die Einrichtung wird sich wohl bald ändern?«

»Alles wird sich ändern, Anja! Wenn wir zusammen wohnen …«

Anja lachte belustigt auf. »Wie kommen Sie denn darauf? Sie glauben doch wohl nicht ernsthaft, dass ich mit einem Mops wie Ihnen zusammenziehe! Ich bin hier, weil Sie mir die Hälfte der heutigen Beute geben werden! Und versuchen Sie gar nicht erst, mich zu betrügen – schließlich weiß ich genau, welche Summe ich in die Tüte gepackt habe.«

Sigi starrte Anja konsterniert an. »Ich dachte … ich habe … ich kann Ihnen kein Geld geben …«

»Ach ja?«, schrie Anja höhnisch. »Dann zeige ich Sie eben an! Die Sparkasse zahlt mir sicher eine nette Belohnung!«

Wieder ein Traum geplatzt, dachte Sigi. Und er hatte sich eingebildet, Anja wäre die Frau, die auf ihn warten würde, während er eine kurze Haftstrafe absäße!

Krachend flog die Wohnungstür aus dem Rahmen. Männer mit gezogenen Pistolen stürmten herein und brachten ihre Waffen in Anschlag. Ein gemütlich aussehender Herr trat hinter ihnen hervor und nickte Sigi zu.

»Trautmann, Kriminalpolizei. Sie haben uns das gestohlene Geld geschickt und geschrieben, Sie wollen ein Geständnis ablegen?«

»Ja«, sagte Sigi leise. Anja zischte verächtlich.

Ich kann auch anders, dachte Sigi und sah Trautmann treuselig an: »Ich hab' sie in der Disco kennengelernt. Sie arbeitet in der Sparkasse als Kassiererin. Ich habe nicht gedacht, dass sie tatsächlich so weit geht. Ich wollte sie auf die Probe stellen, bevor ich mich an sie binde, verstehen Sie? Deswegen habe ich das Geld umgehend zur Polizei geschickt. Der Raub war allein ihr Plan.«

»Lüge!«, keifte Anja, doch da klickten bereits die Handschellen. Als Polizisten sie aus der Wohnung führten, schenkte sich Sigi einen Whisky ein und prostete Trautmann zu:

»Besser Jim Beam als gar keine Freunde.«

Das Lieblingshemd

Langsam krabbelte eine Ameise über Iris' Handrücken. Sie blies das Insekt sacht von der Haut. Wer könnte in einer Nacht wie dieser zum Mörder werden, und sei es nur an einem Kleinstlebewesen? Das Mondlicht brach sich glitzernd im See. Auf dem Grill verglommen Kohlenreste. Allmählich wurde es kühl. Fröstelnd kuschelte sich Iris an Martin.

»Es ist fast wieder wie damals, Liebster, als wir uns kennenlernten …«

Martin drückte sie fest. »Ich weiß, es war lange nicht mehr so, entschuldige bitte. Der Alltag, Stress im Beruf …«

»Und außerdem sind wir im verflixten siebten Jahr!«, schmunzelte Iris.

Tatsächlich schon sieben Jahre verheiratet mit Martin Kern, einst erfolgreicher Immobilienmakler, treuer Gatte und zärtlicher Liebhaber. Die Zärtlichkeiten waren in letzter Zeit allerdings spärlich ausgefallen. Martin war oft müde und abweisend. Berufliche Schwierigkeiten, hatte er sich jedes Mal sofort entschuldigt. Iris glaubte ihm, machte sich aber keine großen Sorgen darum. Mit dem Geld, das sie von ihren Eltern geerbt hatte, ließen sich viele Probleme lösen. Ihr Martin würde das Tief schon meistern. Und scheinbar behielt sie damit recht. Seit Tagen war Martin wie verwandelt: zuvorkommend, rücksichtsvoll, zärtlich. Wie früher eben.

Das Picknick zu zweit in lauer Sommernacht am See war seine Idee gewesen.

»Schließe die Augen, Schatz!«

Iris gehorchte und kicherte. Was hatte er sich jetzt wieder ausgedacht? Sie hörte ihn zum Wagen gehen, dann raschelte es hinter ihr.

»Fertig!«

Da lag tatsächlich Martins Schlafsack ausgerollt am Seeufer, daneben eine Flasche Champagner und zwei Gläser.

»Darf ich bitten, Madame?«

Sie sprang in seine ausgebreiteten Arme. »Du Charmeur! Wer kann da schon widerstehen …« Martin öffnete die Flasche, füllte die Gläser und reichte ihr eines.

»Du hoffentlich nicht«, grinste er. »Ich muss nämlich noch etwas holen und möchte, dass du inzwischen den Schlafsack anwärmst! Übrigens – am heißesten wird's, wenn man nichts anhat …«

Er zwinkerte ihr zu und ging wieder zum Wagen. Draufgänger, dachte Iris. Und wie gut er aussieht in dem Indianerhemd, das wir in Kalifornien gekauft haben. Knöpfe aus echtem Büffelhorn, hatte der Alte im Laden gesagt, stärken die Manneskraft.

Scheint ja zu stimmen.

Iris kicherte erneut, schälte sich aus ihren Klamotten und schlüpfte in den Schlafsack.

»Augen zu! Arme in den Schlafsack! Überraschung!«

Iris gehorchte, fühlte, wie Martin am Schlafsack nestelte … Plötzlich quetschte ihr etwas die Arme an den Leib und zog sich stramm um ihre Brust. Erschreckt öffnete sie die Augen. Martin kniete neben ihr, eine Hand lässig auf dem Gürtel, der ihren im Schlafsack gefangenen Körper fesselte.

»Martin! Was soll das …«

»Endstation, Iris! Du nervst mich schon lange, dein Geld ist leider auch draufgegangen. Aber deine kleine Schwester hat ihr Erbteil noch – und sie ist ganz scharf auf mich. Nimm's leicht, Iris. Du hättest es sowieso nie ertragen, im Alter Falten zu kriegen!«

Iris versuchte vergeblich, sich aus dem Schlafsack zu winden.

»Anne wird dich hassen, wenn du mich umbringst!«

Martin warf sich die zappelnde Iris samt Schlafsack über die Schulter und presste ihr Gesicht auf seine Brust. »Im Gegenteil, Schatz – sie wird mich bedauern! Es wird ein tragischer Unfall.«

Unbeirrt stapfte er mit seiner Last in den See hinein, bis ihm das Wasser bis an die Hüften reichte. Dann ließ er sie fallen …

Als längst keine Luftblasen mehr an die Oberfläche stiegen, ertastete Martin den Schlafsack unter Wasser, löste den Gürtel und zog den Sack herauf. Wie ein bleicher Fisch glitt Iris' Leiche heraus und trieb davon.

Keine Würgemale, kein Anzeichen einer Fesselung.

Der Schlafsack hatte gute Dienste geleistet. Ab damit ins Auto und den Rettungswagen alarmieren!

Anne übertönte ihr Schluchzen mit zischenden Wolken aus dem Dampfbügeleisen. Hausarbeit lenkte sie erfahrungsgemäß am wirksamsten von trüben Gedanken ab. Außerdem hatte Martin ihre Hilfe jetzt wirklich nötig. Dass ihre Schwester aber auch unbedingt noch allein schwimmen gehen musste ... Champagner war Iris noch nie gut bekommen!

Armer Martin. Er saß zurückgelehnt auf dem Sofa und stierte in einen Cognacschwenker. Anne sah kurz zu ihm hinüber und konzentrierte sich wieder darauf, Martins Lieblingshemd zu bügeln. Sein Indianerhemd.

Wie gut er darin aussah ...

Es klingelte. Martin ging zur Tür und kam nach einer Weile verwirrt zurück, gefolgt von zwei Herren, die ihre Dienstmarken vorzeigten.

»Guten Abend«, grüßte einer von ihnen. »Mein Name ist Kling, Kriminalpolizei. Ich möchte Sie etwas fragen: Kennen Sie diesen Knopf?«

Anne sah auf den runden Gegenstand in Klings Hand. Echt Büffelhorn. Langsam zog sie das Indianerhemd vom Bügelbrett. Auf Brusthöhe fehlte ein Knopf.

»Hab' ich wahrscheinlich am See verloren«, meinte Martin. »Wo haben Sie ihn gefunden?«

Kling hielt den Knopf hoch. »Im Magen Ihrer Frau. Sie hat ihn abgebissen und verschluckt, bevor Sie sie ertränkt haben! Und noch etwas ...«

Er zog eine Plastiktüte mit einem kleinen Fetzen Stoff aus der Tasche. »Das fanden wir in der zusammengekrampften Hand der Toten. Stammt vom Innenfutter eines Schlafsacks, sagen unsere Experten. Wir haben den Schlafsack in ihrem Auto gefunden, Herr Kern – er ist noch nass. Sie sind verhaftet!«

Traummann

Die Eiffelturmspitze blieb irgendwo hinter der Tragfläche zurück. Der Airbus strebte die Reiseflughöhe an, Kurs Hamburg. Anja Zickler orderte Champagner.

»Es geht nichts über die 1. Klasse, wenn man kultiviert reisen will, nicht wahr?«

Anja musterte den Mann auf dem Platz neben ihr: Sportlicher Mittvierziger, männlich-herbes Gesicht, gepflegte Erscheinung. Klassetyp. Sie schenkte ihm ein Lächeln.

»Da haben Sie recht! Außerdem trinke ich gern Champagner.«

»Wie nett! Ich komme gerade von einem Weingut in der Champagne, das meiner Tante gehört. Mein Name ist übrigens Gerald Trautmann – eigentlich von Trautmann. Aber ich habe den Titel abgelegt. Nur Geistesadel zählt, und den muss man sich jeden Tag neu verdienen ...«

Anja war fasziniert. Ihr jüngst verstorbener Gatte hatte zwar mit der Massenproduktion zweifelhafter Fleischkonserven ein Vermögen erwirtschaftet, war aber charaktermäßig vom kultivierten Geistesadel so weit entfernt gewesen wie eine Currywurst vom Gourmetmenü. Auf einen Mann wie ihren Sitznachbarn hatte sie ihr Leben lang gewartet. Bereits über dem Rhein orderten sie den nächsten Champagner und duzten sich.

Die Stewardess füllte Anjas Glas auf, als plötzlich zwei Männer mit Pistolen neben ihr standen. Sämtliche Passagiere starrten entsetzt auf die Waffen, Anja ließ ihr Glas fallen.

»Wir fliegen nach Algier!«, schrie einer der Männer. »Keine Dummheiten! Wenn die Regierung unsere Brüder freilässt, geschieht Ihnen nichts! Alle sitzen bleiben!«

Trautmann erhob sich vorsichtig. Anja stockte der Atem.

»Wir werden nicht bis Algier kommen«, lächelte er den Entführer an, der ihm sofort die Pistole unters Kinn hielt.

»Warum nicht?«

Trautmann entnahm seiner Aktentasche vorsichtig zwei Röntgenbilder. »Ich bin krank. Lungenkrebs, unheilbar. Ich komme gerade von einem Pariser Spezialisten. Mein Leben ist vorbei, aber meinem Sohn wollte ich wenigstens ein Vermögen hinterlassen. Deshalb habe ich mich vor dem Abflug hoch versichert. Und hier …« – er zog ein schmales Kästchen aus der Tasche – »… ist der Auslöser für die Bombe, die ich ins Gepäck geschmuggelt habe!«

Alles schrie entsetzt auf, die Pistolenmänner wichen zurück.

Trautmann lächelte zu Anja hinüber. »Eben habe ich diese charmante Dame kennengelernt. Ich darf Sie nicht alle töten, nur weil ich sterben muss, das ist mir jetzt klar. Aber nach Algier fliege ich nicht. Vorschlag: Sie geben Ihre Waffen der Stewardess, ich mache dasselbe mit dem Funkzünder!«

So geschah es. Mit zitternden Händen hielt die Stewardess Auslöser und Pistolen, während der Airbus in den Landeanflug glitt.

Anja liefen Tränen über die Wangen.

Jaulend bremsten die Triebwerke, die Maschine rollte aus. Anja nahm Geralds Hand. »Musst du wirklich bald sterben?«

Er grinste. »Eigentlich nicht!«

»Aber die Röntgenbilder?«

»Ich bin Facharzt für Lungenheilkunde, habe gerade einen Vortrag an der Sorbonne gehalten – das sind meine Unterlagen!«

»Und der Bombenzünder?«

»Ist die Fernabfragebedienung meines Anrufbeantworters …«

Selig legte Anja ihren Kopf an seine Schulter.

Ein Trupp Männer in Tarnanzügen stürmte das Flugzeug und drängte sich um die beiden verhinderten Entführer. Zu Trautmann trat ein Herr im Trenchcoat: »Kloske, alter Heiratsschwindler, was sind wir denn heute? Wieder verarmter Adel? Oder Herzchirurg? Hier ist ein Haftbefehl für Sie!«

Kloske, alias Trautmann, verabschiedete sich von Anja mit knapper Verbeugung: »Die 1. Klasse hat doch stark nachgelassen! Au revoir.«

Fassungslos starrte Anja den Polizisten nach, die ihren Traummann abführten.

35

Winterfrühling

Nachdem das Töchterchen, drei Koffer und ein Pinkeltöpfchen in Extratüte im Taxi verstaut waren, verabschiedete sich das Ehepaar Kleiber von seinem Feriennachbarn.

»Auf Wiedersehen, Herr Dressel! Urlaub beendet, die Tretmühle ruft! Und Sie bleiben den ganzen Winter über hier? Sie sind zu beneiden! Wenn ich an das Wetter zu Hause denke …«

Georg Dressel winkte dem Taxi nach. Er beneidete sich keineswegs. Gewiss, Schmuddelwinter in Norddeutschland schlagen aufs Gemüt. Aber Mallorca im Spätnovember ist auch nicht eitel Palme, Playa y Sol. Schon gar nicht, wenn das Winterdomizil sechs Kilometer vom nächsten Ort entfernt liegt, lediglich aus einigen Betonklötzen mit Ferienwohnungen besteht und sich die letzten Urlaubsgäste unter 65 soeben verabschiedet haben. Georg schlich missgelaunt zurück in sein Appartement und überprüfte routinemäßig die Gasflasche am Heizofen. Die Leistung des Brenners war ein schlechter Witz. Aber wer überwinterte auch an so einem Ort?

Georg zeigte sich im Spiegel der Fensterscheibe selbst einen Vogel.

Georg Dressel, 76, verwitweter Rentner. Das zweite Mal Weihnachten ohne Lydia. Der letzte Winter, der erste nach Lydias Tod, war grausam gewesen. Zuerst fühlte sich Georg wie versteinert. Nach 48 glücklichen Ehejahren war es kaum zu fassen, dass sie nicht mehr da war. Und als er endgültig begriffen hatte, dass sie nie mehr wiederkommen würde, warfen ihn Tag für Tag die kleinen Erinnerungen um: Lydias Ersatzbrille, fein säuberlich im Wäscheschrank verstaut. Eine Bürste mit ihren Haaren. Gepresste Herbstblätter, die aus Buchseiten rieselten wie Grüße aus dem Jenseits.

Im Sommer ging es besser. Bei flirrendem Sonnenlicht, Kinderlachen im Park und offenen Balkontüren atmet man freier. Im Herbst nahm Georg Abschied. Auf Empfehlung eines Bekannten buchte er das kleine Appartement auf Mallorca für den ganzen Winter. Lydias

Grab ließ er zurück, die Trauer nahm er mit. Doch auf der Sonneninsel spürte er sie immer seltener.

»Ab 70 hat man nichts mehr zu verlieren, höchstens etwas zu verschenken!«

Diese hehre Erkenntnis stammte natürlich von Marion. Georg grinste und spähte hinüber zu einem gewissen Balkon des Appartementblocks vis-à-vis. Tatsächlich – über die Brüstung ragte ein Paar strampelnder, neonfarben bestrumpfter Beine. Bemerkenswerte Beine übrigens. Marion Berg pflegte ihren Körper, weswegen sie selbst beim Frischluftbad auf dem Balkon noch Radfahrerübungen machte. Sie achtete auf sich, weil sie sich zuvor ein Leben lang nicht beachten konnte, wie sie Georg einmal während eines Spaziergangs am Meer erklärt hatte. Zunächst waren da ältere Brüder, dann kränkliche Eltern, die stets wichtiger waren als sie selbst. Es folgte ein Eheleben im Dienste eines tyrannischen Gatten. Erst der Tod ihres Mannes krempelte Marions Dasein um. Jetzt endlich, mit 72 Jahren, stand sie in ihrem Lebensplan an erster Stelle. Für ihre Unabhängigkeit war sie bedingungslos zu kämpfen bereit.

»Ab 70 hat man nichts mehr zu verlieren!«

Höchstens zu verschenken, ergänzte Georg die Marion-Berg-Doktrin gedankenverloren. Marions Vitalität hatte seinen Trauerpanzer längst sturmreif geschossen. Aber wie schenkte man einer Frau Zuneigung, die jegliche Annäherung als Beschneidung freier Persönlichkeitsentfaltung betrachtete?

»Ein Bein schon in der Kiste, aber Probleme wie ein Teenager«, grummelte Georg. Das konnte ja heiter werden. Abgesehen von einigen Tattergreisen so um die 110 waren Marion und er allein im Ort. Und noch vier Monate bis Ostern. Jetzt wusste Georg: Er wollte Marion.

Und wenn er sich ihr nicht erklären durfte, müsste sie es sich eben selbst sagen.

Wenig später stand er vor Marions Tür. Die Dame des Hauses trug knallenge Leggins und ein zum Turban geschlungenes Handtuch um den Kopf. Wie die Dietrich, dachte Georg.

»Tag, Marion … darf ich mal bei dir telefonieren? Mein Apparat funktioniert nicht! Ich zahle es selbstverständlich – ist ein Ferngespräch nach Deutschland …«

»Gern!« Neugierig musterte Marion ihren Besuch. »Warum so aufgeregt! Was gibt's denn?«

»Ich sag's dir am besten gleich.« Georg holte tief Luft. »Ich will nach Hause. Ich komme nicht mehr alleine zurecht. Gut – körperlich bin ich fit und geistig wohl noch ganz rege. Aber ich bin 76, was soll da noch kommen? Ich bin ein Auslaufmodell, da hat meine Tochter schon recht. Lena hat mir geschrieben, an ihrem Wohnort hält ein Altersheim einen Platz für mich frei. Ich ruf' sie jetzt an. Du erlaubst?«

Georg griff nach dem Telefonhörer und tippte wild auf den Nummerntasten herum. Marion sank in einen Sessel, ließ ihn aber nicht aus den Augen.

»Lena? Hier Papa … Ja, ich mach' das mit dem Heim. Erzähl mal … Vierbettzimmer? Egal, ich kenne in deiner Stadt sowieso keine Menschenseele … Kostet fast meine ganze Rente? Ja, wozu brauche ich denn noch Taschengeld … Nach 22.00 Uhr für gewöhnlich Bettruhe? Um die Zeit mache ich sowieso …«

Marion hielt es nicht länger auf dem Sessel. Sie riss Georg den Hörer aus der Hand und machte sich Luft: »Um diese Zeit legt Ihr Vater erst richtig los, werte Frau Tochter! Und zwar mit mir! Wozu soll er sich in einen Greisenknast sperren lassen, wenn er stattdessen eine Sonneninsel inklusive einer Superfrau haben kann? Auf Wiederhören!«

Der Hörer knallte auf die Gabel.

»Wann legen wir los?«, erkundigte sich Georg ungerührt.

Stunden später stellte er entspannt fest: »Du bist wirklich eine Superfrau!«

Marion lachte und kuschelte sich enger an ihn. »Das sieht deine Tochter vermutlich anders.«

»Keine Gefahr«, grinste Georg. »Ich habe überhaupt gar keine Tochter.«

Tea for two

Ulf Utrecht schüttete das tödliche Pulver mit der dramatischen Gebärde eines Hamlet-Darstellers in den Tee – feinster Darjeeling, First Flush. Wenn schon sterben, dann mit Stil.

»Ich habe es dir oft erklärt, Hanna. Morgen werde ich 60. Ich habe als Künstler gelebt. Ich warte nicht, bis mir die Gicht den Pinsel aus der Hand fallen lässt! Ich gehe nicht in Rente, sondern in die Ewigkeit. Du bist 38, du bist jung. Wir haben zehn gute Ehejahre gehabt. Du wirst noch viele Männer erleben.«

Hanna weinte.

»Keinen wie dich! Nie wieder!« Sie blickte entschlossen auf. »Ich sterbe mit dir. Eine Tasse Tee, bitte!«

Ulf schloss Hanna gerührt in die Arme. Unverzüglich trafen sie Vorbereitungen. Damit die Polizei nicht annehmen müsste, einer der beiden Eheleute hätte erst den Partner ermordet und anschließend Selbstmord begangen, schrieb jeder einen Abschiedsbrief und legte ihn auf den Teppich im Hausflur. Dann wollten sich beide, jeder mit der tödlichen Tasse Tee, in getrennte Zimmer zurückziehen und deren Türen von innen verschließen. Sie standen im Obergeschoss, die dampfenden Tassen in der Hand, und sahen sich lange an.

»Auf Wiedersehen in der Ewigkeit …«

Ulf saß in seinem Atelier. Fast 60 Jahre alt, von Beruf mäßig erfolgreicher Kunstmaler. Einen Sohn aus gescheiterter erster Ehe. Marco war 21 und besuchte Ulf nur, wenn er Geld brauchte. Von Hanna fühlte Ulf sich zwar verehrt, aber sie war so jung, so flattrig, so anstrengend für einen gesetzteren Maler und Denker. Das Beste an Hanna ist ihr Vater – steinalt, krebskrank und schwerreich.

Ich bin der Erbe, frohlockte Ulf.

Hanna ist bestimmt schon hinüber. Ich wusste ja, dass sie dem überspannten Reiz meines dramatischen Selbstmordvorschlags nicht widerstehen kann. Demnächst male ich in der Südsee, wie Gauguin …

Schmunzelnd goss Ulf den Gifttee ins Waschbecken.

Hanna blickte zur Uhr. Eine Stunde vorbei. Wie hatte sie Ulf damals verehrt, als er Dozent an der Kunstakademie und sie seine Studentin war! Inzwischen erkannte sie längst seine Mittelmäßigkeit. Sie hätte auf ihren warnenden Vater hören sollen. Ulf ist alt, erfolglos, resigniert. Er könnte mir die nächsten Jahrzehnte zur Hölle machen. Die besten Jahre meines Lebens mit einem Klotz am Bein. Gut, dass er nun Schluss macht. Hoffentlich spornt es ihn an, dass seine junge, hübsche Frau ihn begleiten will! Allein hätte er's nicht geschafft, dieser Versager. Jetzt hat er es wohl hinter sich …

Hanna goss ihren Tee in einen Blumentopf.

Zum Blumengießen käme sie demnächst sowieso nicht mehr – bei all den Partys, die sie ab jetzt besuchen würde …

Ulf riss die Ateliertür auf, als sich im Zimmer gegenüber ein Schlüssel im Schloss drehte. Entsetzt starrte sich das Ehepaar an.

»Hanna! Ich dachte, du bist längst tot …«

»Du wolltest mich reinlegen! Ich lass' mich scheiden, du feiges Schwein!«

»Ich bring' dich um!«

»Das mach' ich schon!«, erscholl es plötzlich auf der Treppe.

Ulf und Hanna fuhren zusammen. »Marco – was willst du denn hier?«

Hannas Stiefsohn grinste. »Millionär werden, liebe Selbstmörder!« Marco zog eine Pistole. »Eigentlich wollte ich bloß Papa anpumpen, aber als ich eure Abschiedsbriefe im Flur las und an meinen todkranken, alleinstehenden Stiefgroßvater dachte, erkannte ich die Lösung meiner Finanzmisere. Eigentlich schade, dass ihr noch lebt. Aber das kann man ja ändern.«

Die Pistole krachte zwei Mal. Hanna und Ulf sackten zusammen. Marco wischte die Waffe ab, drückte sie seinem Vater in die schlaffe Hand und sah auf die Leichen hinab.

»Unzertrennlich in Leben und Tod – ein rührender Satz für den Beginn meiner Trauerrede. Die Tränen werden fließen …«

40

Rollenspiel

»Fabelhaft, Vera! Die Hose sitzt perfekt. Richtig knackig, die Rückfront!«

Wolfgang, dieser Charmeur! Vera Lamprecht warf einen prüfenden Blick in den Spiegel und sah eine Frau von bestenfalls durchschnittlichem Aussehen: Die blonden Haare hingen strähnig herab, ihr Gesicht zeigte erste Falten. Was ihrer Oberweite fehlte, saß als Übergewicht an den Hüften – weswegen sie sich sonst nie trauen würde, enge Hosen zu tragen. Normalerweise zog sie nur weite Röcke und Schlabberpullis an. Aber für Wolfgang täte sie alles.

»Jetzt noch dieses T-Shirt, Schatz!«

Als Vera das Shirt in der Umkleidekabine überstreifte, ertappte sie Wolfgang dabei, wie er ihr durch einen Spalt im Vorhang begehrliche Blicke zuwarf. Kichernd zog sie den Vorhang zu. So einen Mann hatte Vera noch nie erlebt. Genau genommen hatte sie fast überhaupt noch nichts erlebt. Sie lebte allein in einer anonymen Kleinstwohnung, elternlos, geschwisterlos und ohne enge Freundschaften – bis ihr dieser sagenhafte Wolfgang Berger vor vier Wochen in der U-Bahn seinen Sitzplatz angeboten hatte. Seitdem trafen sie sich jeden Tag. Streicheleinheiten, lange Gespräche, Essen bei Kerzenlicht. Veras Selbstbewusstsein wuchs täglich.

»Du siehst toll aus, Vera! Weißt du was? Behalte die Sachen gleich an – für mich, ja? Und jetzt geht's zum Friseur!«

»Du bist verrückt!«, lachte Vera, ließ sich aber bereitwillig mitschleppen. Beim Friseur gab Wolfgang Regieanweisungen: »Hier bitte kürzen ... da zurückföhnen ...« Wunderbar, wenn man sich um nichts zu kümmern brauchte. Vera entspannte sich.

»Fertig!«

Der Spiegel zeigte die neue Vera: sportlich, dynamisch, draufgängerisch. Vor dem Friseursalon ergriff Vera Wolfgangs Hand. »So siehst du mich?«

Er zog sie sanft an sich. »So bist du wirklich, liebe Vera! Und ich habe noch eine Überraschung. Komm bitte mit zum Wagen!«

»Wolfgang – womit habe ich dich verdient?«

»Gleich weißt du, warum ich dich so liebe!«

Im Halbdunkel der Tiefgarage hielt er sie fest. »Deine Handtasche bitte!«

»Was?«

Wolfgang zog grinsend eine neue Lederhandtasche aus einer Plastiktüte. »Für dich! Aber nur, wenn du mir jetzt deine alte Tasche gibst ...«

Vera fiel ihm lachend in die Arme. »Du Irrer! Fast habe ich dich für einen gemeinen Handtaschendieb gehalten!«

Wolfgang schmunzelte. »Ich hole den Wagen. Du darfst aber noch nicht in die Tasche gucken, versprochen?«

»Versprochen!« Kopfschüttelnd blieb Vera stehen, bis der BMW mit quietschenden Reifen neben ihr hielt. Wolfgang ließ die Seitenscheibe herunter.

»Jetzt darfst du in die Tasche greifen!«

Vera gehorchte gespannt. Sie ertastete hartes, kaltes Metall, griff zu und zog den Gegenstand aus der Tasche. Ungläubig starrte sie auf die Pistole in ihrer Hand.

»Reingefallen, Vera.«

Wolfgang hielt plötzlich ebenfalls eine Waffe. Veras letzte Wahrnehmung war der Anblick einer Person, die aus einem geparkten Wagen hinter dem BMW stieg: Eine blondsträhnige Frau in weitem Rock und Schlabberpulli – so wie die Frau, die Vera einst war. Dann krachte Wolfgangs Pistole ...

Die Frau im Rock öffnete die Beifahrertür. »Gut gemacht! Hat sie meinen Ausweis?«

»In der neuen Handtasche. Hier ist die alte Tasche mit ihren Papieren. Sie sieht jetzt so aus wie dein Bild auf den Fahndungsplakaten – Nina Goll, Top-Terroristin. Deine Fingerabdrücke wurden ja nie registriert. Den Bullen erzählen wir gleich, sie hielt uns an, um unseren Wagen zu stehlen. Ich schoss glücklicherweise zuerst.«

Wolfgang küsste seine Gefährtin zärtlich.

»Und nicht vergessen, Nina – du heißt jetzt Vera Lamprecht!«

Blonder Irrtum

Tief unter ihm riss der mächtige Stahlrumpf ein Dreieck ins Meer. Bernd Meinert sah hinab – ein erfolgreicher Geschäftsmann mit eigener Firma, von der Gesellschaft geachtet. Von seiner Frau allerdings nicht, und das machte ihn fertig.

Meinert wusste genau, dass Lisa ihn betrog, obwohl sie es nie zugab. Doch nun würde es sich herausstellen. Er spähte vorsichtig hinüber zu Lisa. Ihre blonde Mähne wehte im Wind wie ein Flaggensignal. Kaum zu übersehen für alle anwesenden Möchtegern-Gigolos. Diesmal würde er sie erwischen – Lisa hatte keine Ahnung, dass er mit an Bord war.

Lisa genoss den weiten Horizont. Bernd hatte sehr gefasst reagiert, als sie ihm vom geplanten Helsinki-Kurztrip erzählte. »Fahr nur, Schatz. Ich habe in der Firma ohnehin reichlich Stress.«

Mieser Heuchler. Sie hatte sofort bemerkt, dass er ihr gefolgt war. Sein karottenroter Haarschopf leuchtete wie eine Rettungsboje. Keine Idealfrisur für diskrete Beschattungen. Sie würde dafür sorgen, dass ihm der Kragen platzte vor Eifersucht. Lisa hatte endgültig genug von ihrem Mann.

Meinert saß an der Bar und starrte auf Lisa, die sich auf der Tanzfläche produzierte – bekleidet mit einem bunten Nichts mit Fransen. Zwischen ihr und ihrem Tanzpartner hätte keine Briefmarke mehr Platz gefunden. Meinert ertrug es nicht länger und eilte in seine Kabine.

Seine Frau sollte ihm gehören, niemanden sonst. Er brauchte frische Luft. Dringend. Meinert stürmte die Treppen empor und erstarrte: An der Reling standen eng umschlungen zwei Gestalten. Lisas blonder Schopf leuchtete hell vor dem dunklen Nachthimmel. Gerade löste sich der Mann aus der Umarmung. »Kommst du gleich nach, Liebling?«

Dann ging er.

Meinert stürmte auf das Außendeck.

Es dauerte nur Sekunden. Er bückte sich, packte Lisa und riss sie vom Boden los. Als Meinert sich aufrichtete, war sie bereits verschwunden. Tief unten wölbte sich die unermüdliche Bugwelle in der dunklen See.

Später lag er auf der Koje und überdachte die Lage. In der Firma wähnte man ihn auf einer Dienstreise. Er müsste nur Lisas Gepäck aus ihrer Kabine räumen und über Bord gehen lassen. Lisa hatte eine Doppelkabine wie er selbst. Gleich neben der Tür hing ein zweiter Kabinenschlüssel, gedacht für einen möglichen zweiten Kabinenbewohner. Wenn morgens das Reinigungspersonal kam, standen die Türen offen. Er würde den Schlüssel einfach wegnehmen. Dann könnte er nachts in aller Ruhe Lisas Sachen packen und versenken. Niemand würde merken, daß die »Finndream« einen Passagier verloren hatte. Er könnte nach ein paar Tagen die Polizei alarmieren, und die würden vergeblich suchen.

Meinert spähte in die Kabine – die Putzfrau reinigte gerade die Dusche. Rasch zog er den Schlüssel vom Haken.

»Bernie-Schatz! So eine Überraschung!«

Lisa. Lässig an die Wand gelehnt, höhnisch grinsend. Meinerts Knie gaben nach.

»Wie ... Woher ...«, stammelte er atemlos.

»Liebling!«

Der Mann, der den Gang hinunter auf sie zu rannte, sah verstört aus. Meinert erkannte ihn: Lisas Lover vom Außendeck. Der Mann kam näher, stutzte und schüttelte den Kopf. »Entschuldigen Sie ... ich hielt Sie für meine Frau. Sie trägt ihre Haare wie Sie. Haben Sie sie vielleicht gesehen? Sie ist verschwunden – seit gestern schon!« Hastig eilte er davon.

Meinert sah plötzlich rote Schleier und fühlte einen stechenden Schmerz in der Brust. Als Lisa sich zu ihm hinabbeugte, hörte er wie aus weiter Entfernung ihre Stimme:

»Wach nicht wieder auf – das wird sonst teuer, Bernd.«

Schwitzkasten

Winnie sah aus, als hätte er eine Stunde im Regen gestanden: Sein Hemd klebte am Körper, übers Gesicht perlten dicke Tropfen. Dabei hatte er bloß eine Kiste Wein in den Keller getragen. Schwer atmend drückte er Margrit an sich. Sie spürte, wie sein Schweiß ihre Bluse nässte.

Bloß nicht Luft holen.

»Soll ich … noch … was tun, Schatz?«, keuchte Winnie.

Lass endlich deine Kranzgefäße platzen, dachte Margrit und wandte sich grausend ab.

Als sie im Schlafzimmer die Bluse wechselte, betrachtete sich Margrit kritisch im Spiegel. Straffe Figur, lange Beine und ein Gesicht, das bereits die Titelseiten etlicher Modemagazine geziert hatte – was allerdings drei Jahre zurücklag. Damals neigte sich ihre Model-Karriere dem Ende entgegen. Da kam ihr Winnie gerade recht. Er war zwar 30 Jahre älter als Margrit, wog über drei Zentner, verfügte über den Charme eines Komposthaufens und roch meistens auch so, aber er besaß ein Millionenerbe sowie ein chronisches Herzleiden. Seine Ärzte hatten ihm höchstens noch ein Jahr prognostiziert. Ein Jahr halte ich aus, hatte Margrit gedacht und Winnie geheiratet.

Doch er lebte.

Lag jede Nacht schnarchend neben ihr wie ein verendendes Walross. Drückte sie beim Beischlaf mit der Zärtlichkeit eines Bulldozers in die Matratze. Tränkte sie mit seinem Schweiß.

Und lebte immer noch.

Aber nicht mehr lange. Kurzentschlossen zog sie sich aus, schlüpfte in ihren Bademantel und ging ins Wohnzimmer. Winnie lag röchelnd auf dem Sofa. »Was hast du denn vor, Schätzchen?«

Margrit kniete neben ihm nieder, lächelte zuckersüß und kraulte Winnies nasse Hemdbrust. »Ich hab' die Sauna angestellt! Willst du nicht mitkommen, Liebling?«

Raffiniert ließ Margrit ihren Bademantel einen Spalt weit auseinanderklaffen. Umgehend bildeten sich auf Winnies Stirn neue Schweißtropfen.

»Komm, Liebling«, schmeichelte sie. »Die Finnen sagen: Eine Stunde nach der Sauna sind Frauen am schönsten! Für Männer gilt das bestimmt auch!«

Neckisch knöpfte Margrit sein Hemd auf. Winnie keuchte schon wieder etwas. So etwas hatte sie ja noch nie gemacht! Winnie erhob sich rasch und folgte seiner Frau.

In der Sauna saßen sie nebeneinander auf der unteren Bank. Er schwitzt wie ein Schwein im Schlachthof, dachte Margrit. Sie kraulte seinen Nacken. »Leg dich auf die obere Bank, Liebling. Drei Minuten, dann gehen wir und ruhen uns aus.«

Die obere Bank knarrte, als Winnie gehorsam seine Nilpferdgestalt darauf ausstreckte. So viel Zuwendung von seiner Frau hatte er lange nicht mehr genossen. Margrit breitete ein Badelaken über seinen massigen Bauch und tupfte den Schweiß ab. Wohlig schloss Winnie die Augen. So entging ihm das Seil, das Margrit über das Laken legte. Rasch kroch sie unter die Bank, zog es straff und setzte einen Knoten.

»Margrit!«

Sie erhob sich und grinste Winnie an, der sich vergeblich abmühte, die Arme freizubekommen. »Tschüss, Winnie! Lös dich in Schweiß auf! Ich geh' ein bisschen shoppen. Nachher entferne ich das Seil und ruf' Dr. Werner an: Du bist allein in die Sauna gegangen, während ich weg war!«

Winnie gab nur ein pfeifendes Röcheln von sich. Margrit beugte sich erneut unter die Bank und zog zur Kontrolle noch einmal an dem Knoten. Das war zu viel: Prasselnd löste sich die Bank aus der Halterung, krachte herab und quetschte Margrit auf die untere Sitzbank. Ihr Kopf schlug hart gegen die Wand.

Als sie wieder das Bewusstsein erlangte, spürte sie stechende Schmerzen und unerträgliche Hitze. Bewegung war unmöglich. Unter Winnies Gewicht gab es kein Entrinnen.

Von oben tropfte etwas auf ihr Gesicht – sein Schweiß.

Und niemand würde kommen …

Gattenglück

Langsam umrundete Ingo Reimers den Bahnhofsvorplatz. Bestimmt zum hundertsten Mal, dachte er. Jubiläumsrunde. Und noch zwei Stunden totzuschlagen, bis der nächste Zug kommt. Hätte er bei Keiler & Co. nicht so lange auf den Chef warten müssen, wäre ihm der 17.00-Uhr-Zug nicht vor der Nase weggefahren. Die Leiden des Vertreterdaseins, seufzte Ingo und schlenderte zum Bahnhofscafé. Ein Kaffee rettet über die nächste Viertelstunde.

Die Kellnerin beachtete ihn nicht. In heller Aufregung verkündete sie die Neuigkeit ihren Kollegen in der Küche: »Der 17.00-Uhr-Zug ist auf der Mainbrücke mit einem Güterzug zusammengestoßen! Die meisten Waggons sind in den Fluss gefallen!«

Verstört eilte Ingo hinaus auf den Vorplatz. In den Fluss gefallen! Und er wäre fast dabei gewesen! Zitternd zündete er sich eine Zigarette an. Was hätte er schon von seinem Leben gehabt? Arbeit, wenig Urlaub, ab und zu einen Skatabend und Susi.

Oh Gott, Susi!

Vor zwei Jahren war er erst bei ihr eingezogen. Seine Frau war noch das Beste an seinem Leben, fand Ingo. Obwohl ihm das klar war, konnte er doch nur so wenig Zeit mit ihr verbringen. Verdammte Arbeit! Und wenn nun alles zu Ende wäre, er als algenumschlungene Wasserleiche im Main triebe?

Wenigstens hätte Susi seine Lebensversicherung, 800 000 Euro …

Die Lebensversicherung! Genug Geld für ein neues Leben!

Entschlossen zerdrückte Ingo die Zigarette.

»Das ist unsere Chance, Susi! Bei Keiler & Co. wissen alle, dass ich den 17.00-Uhr-Zug nehmen wollte. Auf dem Bahnhof habe ich mit niemandem geredet, der mich kennt. Und als mein Plan feststand, bin ich zu Fuß in den Nachbarort gewandert und von dort aus mit verschiedenen Bussen nach Hause gefahren. Wenn du mich vermisst meldest, glaubt jeder, dass ich im Main liege! Du hast doch die Nachrichten gehört – die Suche nach den Leichen ist bei der Strömung äußerst schwierig. Die finden sowieso nicht alle. Die Versicherung zahlt, glaube mir!«

»Ach Ingo, ich weiß nicht ... aber iss erst mal etwas, dann sehen wir weiter!«

Ingo stippte das kalte Würstchen in den Senf und biss hinein. Warum zögerte Susi bloß? Sie hatte keinen Job zu verlieren, kaum Bekannte, das Haus könnte sie verkaufen. In seiner Euphorie ertappte sich Ingo bei dem Gedanken, ob Susi überhaupt die richtige Frau für sein neues Leben wäre. Wäre er mit der knappen Million erst in Rio, stünde ihm doch in jeder Beziehung die Welt offen – ob blond, ob braun ...

Ingo schluckte noch ein Stück Wurst hinunter. Der Senf brannte wie Feuer. Extrascharf, nicht übel. Auch nicht übel, wenn er das Geld für sich allein besäße. 800 000 Euro sind kein Pappenstiel, reichen aber nicht ewig. Nun ja, dachte er, erst mal muss Susi die Piepen für mich kassieren. Der Senf brannte ...

»Susi!«

Röchelnd sackte Ingo vom Stuhl und wand sich in Krämpfen. Seine letzte Wahrnehmung war Susis Gesicht und der Widerhall ihrer wie aus großer Entfernung erklingenden Stimme: »Armer Liebling – war der Senf etwas zu extrascharf?«

Jemanden umzulegen, der für die Öffentlichkeit bereits als verstorben gilt, ist enorm praktisch, dachte Susi und strich mit der Routine eines gelernten Bauarbeiters den Zement glatt. So einfach hatte sie es noch nie gehabt. Achim, Harry, Michi, Jürgen, Jochen und nun Ingo, rekapitulierte Susi im Geiste. Alles gute Policen. Der Estrich im Hobbykeller wies kaum noch eine ungeflickte Stelle auf. Aber nun war kein Platz mehr unter dem Zement. Sie würde umziehen oder das Morden lassen müssen.

Susi schmunzelte.

Umziehen war leichter.

Alles für Richie

Die fünf jungen Männer zappelten synchron durch wabernde Trockeneisnebel, als hätte man sie aus einer einzigen Mutterzelle geklont. In ihren hauteng geschnittenen Matrosenanzügen wirkten sie wie eine Horde zu groß geratener Donald Ducks. A capella verkündeten sie gerade allen kleinen Mädchen, die Zeit sei endlich reif – wofür, blieb leider unklar.

»Richie – I love you!«, schrie Cleo ekstatisch und verdrehte die Augen.

Sina Hofmann tätschelte ihrer vierzehnjährigen Tochter beruhigend die Hand. Der reine Wahnsinn: zweitausend kreischende Teenager und sie dazwischen. Aber Cleo hatte sie seit Wochen beackert, das Konzert der »Frontplace Boys« besuchen zu dürfen. Cleos Verehrung für den »Frontplace«-Sänger Richie überstieg allmählich die Grenze zum Fanatismus, fand Sina. Trotzdem hatte sie sich weich klopfen lassen und ihre Tochter ins Konzert begleitet. »Richie ist viel schöner als die anderen«, heulte Cleo aufgelöst.

Für Sina sahen die fünf Knaben auf der Bühne alle gleich aus.

»Ich will noch nicht nach Hause! Ich will bei ihm sein! Bitte, Mama – lass uns zum Hotel Astoria gehen! Dort wohnt er …«

Sina wusste selbst nicht, warum sie ihrer hysterischen Tochter ein weiteres Mal nachgab. Eine Stunde nach Konzertende fand sie sich als mit Abstand älteste Person in einem Pulk Mädchen wieder, die andächtig vor dem noblen Astoria verharrten.

»Siehst du die hellen Fenster im fünften Stock, Mama?«, flüsterte Cleo ehrfurchtsvoll. »Da wohnt Richie. Für ihn würde ich alles tun!«

Das ist nun meine Tochter, dachte Sina grimmig. Meine Tochter, die sonst keine Autorität respektiert, nie auf Befehle hört und höchst selten auf freundliche Bitten. Sina erzog ihr Kind unter ziemlichen Entbehrungen allein. Dass Cleo vielleicht mal verkündete, für ihre Mutter alles zu tun, würde man sicher nie erleben. Aber einem wildfremden Sangesclown lag sie zu Füßen.

»... er ist so bescheiden!«, schwärmte Cleo weiter. »Wahrscheinlich betet er gerade. Richie trinkt nicht, raucht nicht und wird erst mit dem Mädchen schlafen, das er heiraten will!«

»Das ist doch lächerlich!«, platzte Sina. »Die Jungs machen auf 17 und heilig, sind aber bestimmt längst über 20 und lassen gerade die Korken knallen!«

»Das ist gelogen!«, kreischte Cleo, unterstützt von der empört zischelnden Fangruppe.

»Okay«, entgegnete Sina cool. »Ich besuche jetzt den lieben Richie. Wetten, in spätestens 30 Minuten feiert euer Heiliger mit mir in seiner Badewanne eine Champagnerorgie?«

Unter den entsetzten Blicken der Mädchenschar betrat sie das Foyer.

Das Zimmer im Astoria kostete 500 Euro, aber gute Erziehungsmaßnahmen sind selten billig. Grinsend zerzauste Sina ihre Frisur, ließ etwas Wimperntusche verlaufen und verschmierte Lippenstift auf ihrer Wange, als hätte sie einen mehrstündigen Knutsch-Marathon absolviert.

»Guten Morgen, Mädels«, zwinkerte sie ihrem Spiegelbild verrucht zu. »Ihr hattet recht – dieser Richie ist wirklich ein Heuler ...«

Dieser Bluff müsste eigentlich reichen, um Cleo wieder auf den Teppich zu bringen. Was fand die bloß an diesem Milchbubi? Früher waren die Teenie-Stars wenigstens noch echte Kerle. David Cassidy – hach! Sina erinnerte sich an den Tag, als sie erstmals Post vom Partridge-Family-Fan-Club erhielt. Weiche Knie beim Öffnen. Aufregende News aus L.A. und ein kussechtes David-Riesenposter. Sie hatte tatsächlich jeden Abend das Bild abgeknutscht. Bei einem echten Kuss von David höchstpersönlich wäre sie vermutlich umgehend kollabiert. Wenn ihre eigene Mutter damals glaubhaft behauptet hätte, soeben mit dem Idol ihrer Tochter geschlafen zu haben, hätte Sina entweder Mama, Mr. Cassidy oder sich selbst umgebracht – wahrscheinlich sogar alle drei in eben dieser Reihenfolge.

Eigentlich gemein von ihr, Cleos Jungmädchentraum zu demontieren. Als erfahrene Frau von Welt wusste sie doch, wie harmlos solche Schwärmerei war. Kurzentschlossen brachte Sina ihr derangiertes Make-up wieder in Form.

Ihr kleines Mädchen.

Soll sie ruhig weiter träumen.

Das unverdrossen ausharrende Häuflein Teenager blickte Sina erwartungsvoll entgegen.

»Hey, da ist sie!«

»War wohl nichts, was?«

Sina zuckte mit den Achseln. »Sind echt standhaft, die Jungs ... vielleicht bin ich auch nicht ihr Typ ...« Dann durchfuhr sie der Schreck: »Wo ist Cleo?«

»Die hat vielleicht ein Glück!«, haspelte ein Mädchen aufgeregt. »Kaum sind Sie weg, kommt Richie aus dem Hotel! Cleo redet mit ihm, er umarmt sie, und dann sind beide reingegangen!«

Ist nicht wahr, dachte Sina. Die verkohlen mich.

»Mama!«

Da kam sie, Cleo – direkt aus dem Hotel. Verschmierter Lippenstift, verwuschelte Haare, jede Menge offener Blusenknöpfe. Sina knickten die Beine ein. Als ob mich David Cassidy küsst, dachte sie noch – dann gingen die Lichter aus.

»Zum Glück nur ein Schwächeanfall!«, kommentierte eines der Mädchen den Einsatz der angerückten Sanitäter. »Cleos Mutter ist selber schuld! Wäre sie draußen bei uns geblieben, hätte sie die Band längst in der Limousine abreisen sehen. Cleo hatte recht – ihre Mutter ist voll auf den Bluff abgefahren. Erwachsene sind echt mies drauf ...«

Kalte Rache

Unter den Brettern knirschte der Schnee. Roger ließ sich einen Abhang hinabgleiten, ohne den Blick von Carolas rosafarbenem Skianzug abzuwenden. Sieht aus wie 'ne fiese Fleischwurst, dachte er, langsam geht sie aus dem Leim.

Carola drehte sich um.

»Sieh mal die Wolken, Schatz! Wollen wir nicht lieber umkehren? Außerdem ist hier doch gar keine ausgewiesene Abfahrt. Darf man hier überhaupt laufen?«

»Quatsch!«, brummte Roger. »Lauf weiter, das tut dir sicher gut!«

Und vielleicht nimmst du ein paar Kilo ab, wenn auch nur bis zur nächsten Konditorei. Furchtbar. Ausgerechnet jetzt, wo er endlich Bürgermeister war und auf dem Sprung in die Landespolitik, wurde seine Gattin zum Bremsklotz. Naiv, ungebildet, ungeschickt und jetzt auch noch fett. Keine Frau für die Öffentlichkeit. Dagegen die elegante, konversationsgeübte und überdies ledige Valerie aus dem Wahlhelferkreis ... Stopp, Roger, nicht einmal daran denken. In seiner streng katholischen Heimatstadt könnte eine Scheidung seine politische Laufbahn empfindlich knicken.

Nichts war ihm wichtiger als die Karriere.

Plötzlich schrammte Carolas Außenski über einen Felsbuckel. Ungelenk ruderte sie mit den Armen, verlor das Gleichgewicht und knallte seitlich gegen eine scharfe Felskante. Als Roger neben ihr hielt, wimmerte sie vor Schmerzen.

»Es tut so weh!«

Das rechte Bein stand in groteskem Winkel vom Körper ab, über ihre Stirn lief Blut.

»Du musst Hilfe holen, Roger, bitte! Beeil dich! Die Wolken – es gibt ein Unwetter ...«

Roger sah auf. Tatsächlich: Schwarze Wolken quollen über den Gebirgsgrat, der Wind nahm zu und trieb erste Schneeflocken vor

sich her. Dunst und Schneetreiben verschleierten bereits die Tal-
sicht. Roger spähte angestrengt bergab.

»Da unten links ist Bärenbach, das liegt am nächsten. Rechts
geht's nach Mühlstadt, aber bis dahin brauche ich Stunden ...«

»Mach schnell!«, wimmerte Carola. »Ich will hier nicht sterben,
Roger!«

Sterben? Die Gefahr bestand allerdings, dachte Roger. Bewe-
gungsunfähig, Schneesturm, Kälte. Der arme Herr Bürgermeister!
Die Frau so tragisch verunglückt! Der Mitleidsbonus würde ihn glatt
in den Landtag tragen. Und Valerie könnte ihn trösten.

»Du wirst hier sterben müssen!« Roger grinste satanisch. »Ich
stehe nämlich unter Schock, verirre mich und fahre nach Mühlstadt.
Leider tobt dann längst der Sturm. Bis die Bergwacht dich erreicht,
wird es zu spät sein. Adieu, Carola! Erfrieren soll gar nicht wehtun!«

Carola war so fassungslos, dass sie für einen Moment sogar die
Schmerzen vergaß. Dieses Schwein! Da fuhr er den Hang hinunter
und bog nach rechts ab, Richtung Mühlstadt. Er würde sie tatsächlich erfrieren lassen. Carola schluchzte. Alles hatte sie für ihn gegeben, eigene Bedürfnisse stets zurückgestellt. Und nun ließ er sie im
Stich, ging buchstäblich über ihre Leiche!

Wenn ich davonkomme, dachte sie, denke ich nur noch an mich.

Der Helikopter war plötzlich über ihr, flog eine Kehre und landete. Geduckt rannten zwei Männer mit einer Trage auf Carola zu.
Routiniert transportierten sie die Verletzte zum Helikopter.

»Jemand hat vom Plateau aus Ihren Sturz beobachtet und uns
alarmiert! Es geht um Minuten – der Sturm nimmt zu, es gibt einen
Temperatursturz. Wer in einer halben Stunde noch hier herumirrt,
wird erfrieren! Wo ist Ihr Begleiter? Können wir ihn noch erreichen?«

Carola schloss die Augen und sah im Geiste Rogers steif gefrorenen Körper im Schnee. »Er ist natürlich nach links gefahren, nach
Bärenbach – der schnellste Weg, Hilfe zu holen!«

Der Helikopter hob ab.

Carola lächelte.

Erfrieren soll gar nicht wehtun, Roger.

Auf immer und ewig

»… und ich sage noch, pass auf, Erich, sei vorsichtig mit dem ollen Glimmstängel! Aber er brennt prompt mit seiner Zigarre ein dickes Loch ins neue Sofakissen. Wochenlang umsonst gehäkelt! Jaja, die Männer …« Gerda schüttelte die eisgraue Dauerwelle, ihre Nachbarin Helga und Frau Ohms hinter der Käsetheke nickten mitfühlend. »Und schimpf' ich dann, steht Erich beleidigt auf und verdrückt sich in die Kneipe! Jetzt, wo er in Rente ist, hat er mehr Zeit, als ihm guttut. Manchmal denke ich, ein bisschen Krankheit als Dämpfer wäre vielleicht mal ganz nützlich. Muss ja nicht gleich so lebensgefährlich sein wie bei Hugo! Wie geht's Hugo denn, liebe Helga?«

»Mein Hugo …« Helga lächelte verträumt. »Ein halbes Jahr ist der Schlaganfall nun her! Das macht ihm noch sehr zu schaffen. Gehen kann er kaum, an Treppensteigen ist nicht zu denken, sprechen fällt ihm sehr schwer. Aber wir sind zusammen – das ist die Hauptsache. Dank Hugos guter Rente fehlt es an nichts. Ich bin ja gesund, kann ihn pflegen, Essen kochen, sauber machen … ich erzähl' ihm alles, was ich draußen so erlebe. Und Fernsehen haben wir ja auch.«

»Beneidenswert, diese Harmonie!«, schwärmte Gerda. »Genau das meine ich: So eine Krankheit gibt die Chance zur Besinnung! Schließlich ist Hugo doch früher auch öfter in der Kneipe versackt, als es dir lieb war …«

»Das ist ja nun vorbei. Ich muss überhaupt zusehen, dass ich nach Hause komme!«, beendete Helga den Einkaufsklatsch. »Hugo wartet bestimmt schon. Frau Ohms, packen Sie mir bitte noch ein Stück Emmentaler ein – Hugos Lieblingskäse!«

Eilfertig befolgte die Verkäuferin diesen Wunsch. Helga zahlte und verabschiedete sich. Gerda Siems blickte ihr seufzend nach: »Beneidenswert … und früher hat sie über ihren Mann immer nur geklagt!«

Helga schloss sorgfältig die Wohnungstür. Im Fernsehen lief gerade eine Fußballübertragung. Helga schleppte ihre Einkäufe in die

Küche und überschrie die laute Kommentatorenstimme: »Ich bin's, Hugo!«

Sie setzte die Taschen ab, ging ins Wohnzimmer und stellte den Fernseher aus. »Zeit fürs Abendbrot, Hugo! Emmentaler, wie immer?«

Ohne eine Antwort abzuwarten, verschwand Helga wieder in der Küche und kehrte wenig später mit einigen belegten Broten zurück.

»Hier ist dein Essen, Hugo! Deine Rente ist pünktlich gekommen, ich habe das Haushaltsgeld gleich abgehoben. Und ich hab' beim Einkaufen Gerda Siems getroffen. Du weißt doch, die von oben. Hast doch oft genug mit ihrem Mann gesoffen, dem Ernst! Gut, dass du das nicht mehr machst, Hugo. Man muss eben Kompromisse machen, wenn man glücklich zusammen alt werden will – hab' ich der Gerda auch gesagt! Du redest zwar nicht wie früher, aber jetzt hörst du mir doch wenigstens zu! Bloß essen tust du wie ein Spatz, Hugo …«

Helga räumte das Holzbrett mit dem unangetasteten Käsebrot ab und schaltete das Fernsehgerät wieder ein. »Ich gehe zu Bett, Schatz. Guck nicht mehr zu lange in die Glotze!«

Bevor sie das Zimmer verließ, warf Helga einen prüfenden Blick auf die Gestalt im Fernsehsessel. »Könnte gut sein, dass du einen Schlaganfall gehabt hast – die Nachbarn glauben das alle. Gute Nacht.«

Hugo sagte nichts. Wie auch. Das Flimmerlicht des Fernsehers beleuchtete sein ledriges Gesicht. Hinter mumifizierten Lippen grinste gelbliches Gebiss. Aus seinem zusammengesunkenen Genick ragte der Griff eines Küchenmessers.

Geteiltes Leid

Rita spürte die warme Frühlingssonne und kuschelte sich enger an Martin. Die Bank im Kurpark war zwar nicht mit der hintersten Sitzreihe eines Kinos zu vergleichen, aber Rita fühlte sich trotzdem wie ein Teenager – obwohl diese Zeit für sie schon 50 Jahre zurücklag. Martin strich ihr zärtlich über die graue Dauerwelle und spürte: Dies ist genau der richtige Moment.

»Ach, lieber Martin«, seufzte Rita wohlig, »wie alt habe ich mich vor der Kur gefühlt! Und dann haben wir uns kennengelernt … Dass ich noch einmal so glücklich sein könnte, hätte ich nie für möglich gehalten!«

Tiefernst sah er sie an. »Auch ich möchte dir für mein Glück danken, liebste Rita! Es ist ein unvergesslicher Frühling, nur leider …« In seinen Augen glänzten plötzlich Tränen.

Rita griff erschrocken nach seiner Hand. »Was ist?«

»Es ist mein letzter Frühling! Mein Krebsleiden …es dauert nur noch Wochen, sagt der Arzt. Hoffnungslos. Eine kleine Chance böte bestenfalls eine Operation durch Professor Thompson in Kapstadt. Aber das kostet eine Viertelmillion.«

Rita schluchzte und klammerte sich an ihn. »Das darf nicht sein! Du wirkst doch so vital! Dir geht es doch gut …«

»Die Röntgenbilder beweisen leider das Gegenteil, Liebste. Die liefern Tatsachen, denen wir ins Auge zu sehen haben!«

»Niemals!«, verkündete Rita entschlossen. »Ich will dich nicht verlieren, kaum dass wir uns gefunden haben! Du gibst mir die Röntgenbilder, ich rufe bei meiner Bank an und lasse mir die 250 000 Euro überweisen. Keine Widerrede, Martin! Wozu habe ich das Geld …«

Genau, frohlockte Martin, wozu hast du das Geld? Bei ihm wäre der Kies viel besser aufgehoben. Die Summe würde diesmal sogar für zwei Jahre Ferien reichen. Voller Vorfreude rekelte er sich auf dem Sofa seines Hotelzimmers.

Diese Kurorte im Frühling sind das ideale Jagdrevier – jede Menge reicher Witwen mit romantischen Blütenträumen im Lebensherbst, nach ausgestandener Vernunftehe nun mit Lust zur Leidenschaft. Martins Masche war unwiderstehlich. Die Röntgenbilder gaben den Damen regelmäßig den Rest. Die Aufnahmen zeigten tatsächlich einen tumorzerfressenen Thorax im Endstadium. Es stand sogar sein Name darauf. Allerdings hatten die Bilder Martins längst verblichenem Bruder gehört – Friede seiner Asche …

Martin sah auf die Uhr. Zeit, der betuchten Zahnarztwitwe Rita Lehnbach einen kleinen Teil ihres Vermögens zu entreißen. Mit Nelke im Knopfloch, einem Sherry in der Hand und einem Kompliment auf den Lippen.

Man hatte schließlich Stil.

»Liebe Rita, ich bin zutiefst gerührt, dass du – eine Frau von Charme und Schönheit – dein Schicksal derart mit meinem verknüpfen willst. Ich danke dir!«

Ritas Augen waren gerötet, aber sonst hatte sie sich voll im Griff. Sie hoben die Sherrygläser und tranken einander zu. Martin verzog das Gesicht. Bei der Kohle könnte sich die Dame getrost eine bessere Marke leisten.

Rita ergriff seine Hand. »Lieber Martin, unser Schicksal ist für immer miteinander verbunden! Ich habe die Röntgenbilder Professor Merkel gezeigt, eine Kapazität und Freund meines verstorbenen Gatten. Er sagte, in diesem Stadium wäre jede Operation – selbst in Kapstadt – nur aussichtslose Quälerei. Aber ich lasse dich nie mehr allein, mein Lieber …«

Sie stöhnte.

Martin fühlte einen stechenden Schmerz im Magen und starkes Schwindelgefühl. Wie aus weiter Ferne vernahm er Rita: »Wir gehen zusammen … Sherry … Gift …«

Ist die blöd, dachte Martin.

Sagen konnte er es aber nicht mehr.

Rita hätte ihn auch nicht mehr gehört.

Ricky, der Rächer

»Bis heute Abend, Schatz – du kommst um 18 Uhr, wie immer, ja?«

»Weißt du doch«, brummte Ricky Seifert. Susi lachte hell, hauchte ihm einen Kuss auf die Wange, schob ihn in den Bus und ging, ohne sich noch einmal umzudrehen.

Während der Bus noch hielt, sah Ricky seiner Frau nach. War sie wirklich noch *seine* Frau? Susi verhielt sich in letzter Zeit sehr merkwürdig – legte am Telefon schnell den Hörer auf, wenn er in die Nähe kam, oder senkte die Stimme bis zum Flüstern. Als er gestern schon auf halbem Weg zum Briefkasten war, rannte sie plötzlich an ihm vorbei. Ricky war sich ziemlich sicher gewesen, dass Susi, als sie ihm dann wieder entgegenkam, einen Umschlag hinter ihrem Rücken verborgen hielt.

Der Bus hielt noch immer, weil der Fahrer einer schwerhörigen Dame die Feinheiten der Tarifzonen erläutern musste. Ricky sah, wie Susi die Kreuzung erreichte und sich nach rechts wandte – nicht nach links zu ihrer Arbeitsstelle, sondern in Richtung ihrer gemeinsamen Wohnung! Spontan wollte Ricky hinausspringen, da schlug die Tür vor ihm zu, und der Bus rollte an. Das Gesicht an die Scheibe gepresst, sah Ricky seine Frau um die Ecke verschwinden.

Ruhelos wanderte Ricky vor der großen Glasfront seines Büros auf und ab. Zum hundertsten Mal erwog er, bei Susis Firma anzurufen und seine Frau zu verlangen. Zum hundertsten Mal traute er sich nicht. Wenn sie ihn betrog – er könnte das nicht ertragen. Vielleicht sogar noch mit einem gemeinsamen Freund, das wäre der Gipfel … Ihr Nachbar Harry vielleicht – der studierte noch und war immer zu Hause. Susi hatte oft geschwärmt, wie gut man sich mit Harry unterhalten könne. Entschlossen griff Ricky zum Telefon.

»Bedaure, Herr Seifert, Ihre Frau ist nicht hier. Sie hat heute Urlaub genommen, wissen Sie das nicht?«

Benommen legte Ricky auf.

Aus. Vorbei.

Aber niemand sonst sollte seine Susi haben, niemand. Heute komme ich garantiert nicht erst um 18 Uhr nach Hause, dachte Ricky grimmig und hieb energisch die geballte Faust auf den Schreibtisch.

Susi stand schon im Hausflur vor der spaltbreit geöffneten Wohnungstür, als Ricky die Treppen hinaufhetzte.

»Was machst du denn schon hier?«, empfing sie ihn sichtlich ertappt und zog dabei blitzschnell die Wohnungstür zu. »Du kannst jetzt nicht …«

»Was nicht?«, herrschte er sie an. »Gib es doch zu! Wer ist da drin? Harry? Michael? Tom? Wahrscheinlich Harry, der akademische Sülzer, he?«

Susi grinste zuckersüß. »Vielleicht sind es ja alle auf einmal! Sind wir etwa eifersüchtig, Herzchen?«

In Ricky explodierte die Wut. Die überrumpelte Susi wehrte sich nicht, als er mit hartem Griff ihren zierlichen Körper über das Geländer wuchtete. Ihre schreckensweiten Augen und die lautlos geöffneten Lippen verschwanden im Dunkel des Lichtschachts. Ein dumpfes Geräusch zerplatzte fünf Stockwerke tiefer, dann herrschte Stille.

Zitternd schob Ricky seinen Wohnungsschlüssel ins Schloss. Er musste die Sache zu Ende bringen … Jemand riss die Tür von innen auf.

»Hoch soll er leben, hoch soll er leben, drei Mal hoch!«

Gelächter, Sektkorken flogen durch die Gegend. An die zwanzig Leute drängten sich, aufgeregt schnatternd, im Flur. Nachbar Harry hieb Ricky ausgelassen auf die Schulter.

»Kleine Überraschungsparty, alter Junge – hat Susi prima organisiert! War gar nicht einfach, tausend Telefonate, Briefe … sag mal, wo ist Susi eigentlich?«

Sport ist Mord

Urlaub! Ingo würde eine Reise buchen. Mit Palmen, Longdrinks und Liegestuhl. Bis mittags schlafen und danach keinen Schritt zu viel machen.

»Wir haben da noch einige Top-Restplätze, sehen Sie …«

»Wie bitte?«

Ingo sah überhaupt nichts mehr außer der Frau, die sich neben ihm im Reisebüro beraten ließ. Kecker Bubikopf, riesige braune Augen, die immer wieder kurz zu ihm hinüberblickten und dabei schelmisch zu blinzeln schienen.

Zum Träumen schön.

»… das ist wirklich preisgünstig! Urlaub im »Sport Resort«. Jede Menge Programm!«

»Ja, sicher …«, stammelte Ingo, während sich seine Beraterin dem neckischen Bubikopf zuwandte und nachsetzte: »Sporturlaub ist doch genau das Richtige für einen aktiven, jungen Menschen – finden Sie nicht auch, meine Dame?«

Bubikopf war derselben Ansicht. Sie buchte sogar dieselbe Reise. Sport sei ja so wichtig, geradezu ihre Lebensphilosophie. Bewegung sorge für mentale Stärke, körperliche Gesundheit, allgemeine Leistungskraft. Bubikopf hieß Ingrid, und man sehe sich dann ja übermorgen am Flughafen. Überwältigt nickte Ingo noch immer, als er die Buchungsunterlagen unterschrieb.

Erst Stunden später zerfaserten die rosa Wölkchen unter seinen Füßen.

Sport!

Ausgerechnet er!

Seine Lunge pfiff schon beim Brötchenholen.

Am Flughafen verflog der letzte Rest seiner Euphorie. Die Reisegruppe sah aus wie ein Komparsentreffen von »Conan, der Barbar« – Muskelprotze mit Nussknackervisagen, Tigerlillys mit Raubkatzenmotorik. Dazwischen irgendwo Ingrid, die aber nur einmal kurz mit ihrem Bubikopf zu Ingo hinübernickte, derweil eine hochmotivierte Modellathletin gemeinsam mit ihr eine akrobatische Stretch-Nummer trainierte. Ein fleischgewordenes Herkulesdenkmal grinste: »Na, mal ein bisschen die Puddingmuskeln straffen?« und schüttelte ihm druckvoll die Hand. Ingo knickten die Knie ein – so musste es sein, wenn man in einen Häcksler griff. Schlimmer konnte es nicht kommen.

Es kam schlimmer.

Nach Flug und Landung folgte der Transfer zum *Sport Resort*. Nach langer Fahrt wurden die Palmen spärlicher, schließlich rollte der betagte Bus durch eine marsähnliche Geröllwüste. Endlich am Ziel, entpuppte sich die Anlage als Kreuzung zwischen Kaserne und Kloster: Karg möblierte Schlafkammern umrahmten einen turnhallengroßen, schmucklosen Innenhof. Im Speisesaal der Kantinenkategorie empfing man die Ankommenden mit einem Rohkostbüfett à la Mahatma Gandhi.

»So ein üppiges Gelage habe ich gar nicht erwartet!«, kommentierte Ingo lahm.

»Nicht wahr?«, dröhnte Herkules und ließ Ingos Schulter unter einem freundschaftlichen Klaps zerbröseln. »So viel gibt's natürlich nur am ersten Abend. Liegt sonst zu sehr auf dem Magen!«

Zum Frühstück servierte man Vogelfutter, dann bat Burt aus Boston zum After-Breakfast-Breakdance, diskret unterlegt von Hip-Hop aus Lautsprechertürmen, die jedem Heavy-Metal-Act zur Ehre gereicht hätten. Es folgten Aerobic mit Alissa aus Aachen, Stepp mit Stu aus Stanford, Cakewalk mit Carmen aus Cardiff. Lange bevor Lothar aus Leverkusen – »one, two, side, kick!« – den Late-Night-Shuffle dirigierte, hielt Ingo allein der Anblick von Ingrids Bubikopf auf den Beinen, der einige Reihen vor ihm wippte. Manchmal drehte sie sich sogar ein bisschen um und lächelte ihn an. Er lächelte zurück, trotz der Seitenstiche. Was für eine Frau! Wenn sie diese Tortur unbedingt brauchte, musste er es eben auch aushalten. Abends würde man sich näherkommen …

Abends ging um zehn Uhr das Licht aus. Ingo merkte es überhaupt nicht. Er war schon vorher eingeschlafen.

Die Woche verging buchstäblich im Laufschritt.

»Heute ist Abschiedsfete!«, verkündete Herkules beim Frühstück.

Jetzt oder nie, dachte Ingo. Irgendwann positionierte er sich mit ein paar gekonnt ausgeführten Sidesteps hinter Ingrid und schnaufte ihr in den schweißnassen Nacken:»Wollen ... wir ... heute Abend ... zusammen ... tanzen?«

Sie strahlte ihn an und nickte. Dann steppte sie weiter. Ihr vibrierendes Hinterteil brachte Ingo aus dem Rhythmus, bis ihm Herkules unsanft in die Hacken trat.

Nach dem Abendessen schleppte sich Ingo aufs Zimmer. Sein Körper fühlte sich an wie ein 5000-Teile-Puzzle, und jedes Teil schmerzte. Erledigt streckte er sich auf dem Bett aus ...

Ingo erwachte von Herkules' Kommando:»Los, Junge, der Flieger wartet nicht!«

Ingrid. Er hatte sie versetzt.

Ingo stöhnte. Er konnte dieser Sportskanone doch nicht erzählen, er sei einfach zu schlapp gewesen!

Der Urlaub war restlos im Eimer.

Der Meinung war Ingrid offenbar auch. Kein Blick beim Frühstück, kein Lächeln im Bus. Selbst beim allgemeinen Abschied im heimischen Flughafen übersah sie ihn. Ingo verdrückte sich in eine Ecke und wartete, bis sein Koffer einsam auf dem Gepäckband kreiste.

Nur noch ein weiterer Koffer drehte die Runde – der von Ingrid. Und da stand sie selbst, musterte ihn anklagend:»Ich krieg' meinen Koffer nicht vom Band!«

Ingo pflückte das Gepäckstück mühelos herunter.

Da brach es aus Ingrid heraus:»Ich kann nämlich meine Arme nicht mehr heben! Wie kann man nur so eine Folterwoche als Urlaub bezeichnen! Du musst gestört sein, dass du so was buchst! Und ich bin blöd, weil ich dich so süß fand und nur gebucht habe, weil du gebucht hast. Ich hasse Sport!«

»Aber ich doch auch!«, sprudelte es aus Ingo hervor.

Drei Minuten später war alles geklärt.

»Kommst du mit zu mir?«, flüsterte Ingo zärtlich in ihr Ohr.

»Nur, wenn du einen Fahrstuhl hast!«, knurrte Ingrid.

Mausetot

»Wir sind pleite, Rudi!«, schrie Tanja Klüver ihren Mann an. »Du hast keinen Job, das Konto ist überzogen! Ohne Opas alte Schrebergartenhütte hätten wir nicht mal ein Dach über dem Kopf – und du sitzt bloß da und löffelst dein dämliches Tiramisu!«

Rudi Klüver kratzte behaglich den letzten Rest der Süßspeise aus dem Plastikbecher. »Tanja, Schatz, ich krieg' das schon hin, ich hab' da eine Riesenidee! Diesmal schaffe ich's ganz bestimmt …«

»Du und deine Riesenideen!«, platzte Tanja. »Pelztierfarm, Pizzaservice, Vertreter – du hast doch schon alles durch! Und jedes Mal haben wir danach weniger Geld als vorher!«

Rudi sah seelenruhig zur Uhr. Dann warf er den zerknüllten Becher gekonnt in hohem Bogen in den Papierkorb, stand auf, nahm seine Jacke und zog ab. Tanja schnappte nach Luft. Mit diesem Versager komme ich nie auf einen grünen Zweig, dachte sie, während sie mechanisch das Küchenradio einschaltete und die sonore Stimme eines Nachrichtensprechers erklang: » … der Erpresser fordert 100 000 Euro vom Eurokauf-Konzern. In einer hiesigen Filiale der Supermarkt-Kette hat die Polizei tatsächlich einige manipulierte Milchprodukte sichergestellt. Die Lebensmittel wurden mit dem Rattengift der Marke Mausetot versetzt. Der Verzehr ist tödlich. Vor dem Gebrauch von Eurokauf-Milchprodukten wird gewarnt …«

Rudi und sein geliebtes Tiramisu! durchfuhr es Tanja. Das holten sie immer von Eurokauf … Rasch inspizierte sie die Becher im Kühlschrank. Alle waren unversehrt. Schade eigentlich, dachte Tanja. Das wär's doch: Rudi futtert vergiftetes Tiramisu, und Tanja kassiert als trauernde Witwe die Lebensversicherung!

»Aber was nicht ist, kann ja noch werden!«, kam ihr plötzlich die Erleuchtung.

Rattengift der Marke Mausetot hatte sie schließlich selbst im Schuppen. Wenn Rudi am vergifteten Dessert starb, würde die Polizei logischerweise annehmen, er sei ein Opfer des Eurokauf-Erpressers …

Elektrisiert von ihrer Idee kramte Tanja den Schuppenschlüssel aus der Schublade.

Abgehetzt stürmte Rudi herein, stellte eine Einkaufstasche ab und ließ sich auf einen Stuhl fallen. Dann grinste er Tanja an: »Na, Schatz, noch böse?«

Sie lächelte zuckersüß, schüttelte den Kopf und drückte ihm ein geöffnetes Tiramisu und einen Löffel in die Hand: »Alles wird gut, mein Mäuserich ...«

Rudi schlang das Zeug begeistert herunter. »Weißt du, Tanja, jetzt haben wir es wirklich geschafft! Guck mal, was ich dir mitgebracht habe ...« Er wies auf die Einkaufstasche und verzerrte plötzlich das Gesicht. »Mir ist auf einmal so ...«

Mit einem erstickten Gurgeln sackte Rudi vom Stuhl und rührte sich nicht mehr.

Geschafft, dachte Tanja ungerührt.

Neugierig griff sie nach der Einkaufstasche und erstarrte – die Tasche war voller Geldscheinbündel! Sie schüttete den unverhofften Segen gerade auf den Küchentisch, als die Tür aus dem Rahmen krachte und ein Haufen Männer in Sturmuniformen hereinplatzte. Der Anführer ließ mit schnellem Griff Handschellen um Tanjas Hände schnappen, überflog rasch die Szenerie, roch an dem offenen Tiramisu-Becher und zückte ein Funkgerät.

»MEK an Zentrale: Der Mann, den wir nach der Geldübergabe verfolgt haben, ist tot – wahrscheinlich vergiftet von seiner Komplizin! Vermutlich hat sie ihn zu der Eurokauf-Erpressung angestiftet, wollte die Beute aber nicht teilen.«

»Ich wusste doch gar nicht, dass Rudi der Eurokauf-Erpresser ist!«, heulte Tanja los.

Der MEK-Mann verzog das Gesicht und tippte sich an die Stirn. »Das beweisen Sie mal, Gnädigste ...«

Wahre Liebe

»So, meine Herren, hier ist die Tageskasse. Aber nicht alles auf einmal verjubeln!«, flachste Filialleiter Kuhn und reichte Schulz die große Stahlkassette. Böger starrte gebannt auf den Behälter in der Hand seines Kollegen. Wie viel mochte wohl darin sein? Er würde es bald wissen …

Kuhn öffnete die Tür und verabschiedete die Geldboten. Als sie den langen Gang zum Hinterausgang des Möbelhauses trabten, entdeckte Böger durch eine Glastür hindurch Susi in der Küchenabteilung. Jetzt blickte sie gerade herüber, sah Böger und machte ein aufmunterndes Zeichen. Böger lächelte und eilte dann Schulz nach, die Hand um das Messer gekrallt, das er verborgen in der Jackentasche trug.

Seit acht Jahren war er nun Geldbote, fuhr anderer Leute Millionen zur Bank und verdiente selbst nur ein schmales Gehalt, das hinten und vorn nicht reichte – schon gar nicht, wenn Susi ihn tatsächlich heiraten würde. So einer Frau musste man etwas bieten, das ahnte Böger. Er würde tun, was sie ihm gesagt hatte: »Nach dem langen Samstag ist reichlich Geld in der Kasse! Sieh zu, dass du den zweiten Mann loswirst, versteck die Kassette und täusche einen Überfall vor! Später holst du dir die Kohlen aus dem Versteck, und wir bauen uns zusammen etwas auf – du und ich …«

Jetzt waren sie draußen am gepanzerten Wagen.

Kein Mensch auf dem Hinterhof zu sehen!

Ohne Zögern riss Böger seinen Kollegen herum und stieß mit dem Messer zu. Schulz starrte ihn an, mehr erstaunt als erschreckt. Er war schon tot, bevor er überhaupt begriff, was los war. Böger schnappte sich die Kassette, lupfte einen Gullydeckel und stopfte den Behälter hinein. Das blutige Messer legte er dazu. Dann holte er tief Luft, nahm Anlauf und donnerte seinen Schädel gegen den gepanzerten Geldtransporter …

Böger verließ die Ambulanz mit einem schmucken Kopfverband, den jetzt langsam der Regen durchweichte. Er hatte es überstanden –

eine Nacht im Krankenhaus und die Fragen des Kommissar Jürgens. Die Kripo hatte die Geschichte von den vermummten Räubern, die ihn niedergeschlagen und Schulz erstochen hatten, glatt geschluckt. Jetzt würde er in aller Ruhe nach dem Geld sehen …

Es regnete noch immer in Strömen, als Böger den kleinen Parkplatz hinter dem Möbelhaus erreichte und überrascht stehen blieb: Der Platz war ein See. Geschäftige Feuerwehrleute hantierten mit Schläuchen und Absaugpumpen. Neben Böger stand plötzlich Kommissar Jürgens.

»So ein Glück, dass dieser Wolkenbruch gekommen ist, Herr Böger! Die Räuber haben die Kassette ins Gully geworfen und es so verstopft – Sie sehen ja die Überschwemmung! Die Feuerwehr hat die leere Kassette geborgen, das Geld haben die Räuber natürlich mitgenommen …«

Halt die Klappe, durchfuhr es Böger, das ist eine Falle! Der will nur, dass du jetzt schreist: Die Kassette ist nicht leer!

»Das Tatmesser haben wir so auch gefunden«, freute sich Kommissar Jürgens. »Haben wir eigentlich Ihre Fingerabdrücke, Herr Böger?«

Susi, dachte Böger. Hoffentlich wartet sie auf mich, bis ich irgendwann aus dem Knast komme! Susi …

Filialleiter Kuhn tätschelte zufrieden Susis bemerkenswerte Rückpartie.

»Dein Plan hat wundervoll funktioniert, Liebste! Der hohlköpfige Böger hat nicht geahnt, dass ich gar kein Geld in die Kassette getan habe. Klaut glatt die leere Dose! Außer uns weiß niemand, dass sich das Kassengeld schon auf unserem Karibik-Konto befindet! Morgen fliegen wir beide hin, mein Schatz …«

Eisbahn in den Tod

Ein betörender Hauch von Carmens Parfum lag noch in der Luft. Marko Buchwald schnupperte genießerisch und öffnete dann trotz der eisigen Kälte das Fenster. Das fehlte noch, dass Susan ihnen auf die Schliche kam! Carmen war Susans Anwältin. Und Marko Susans Ehemann ohne eigenes Vermögen. Nur ein tödlicher Unfall Susans würde ihn in den Besitz ihrer Millionen bringen, das hatte ihm Carmen eben noch bestätigt. Marko wollte beides: Carmen und die Millionen. Ratlos schnappte er sich seinen Mantel und verließ die Villa. Ein Spaziergang bringt vielleicht die Erleuchtung, dachte er.

Draußen wehte ihm ein eisiger Wind entgegen. Die Zufahrt wand sich knapp am Schluchtrand bis zur Hauptstraße empor. Ihr Räumdienst hatte den Weg erst vor einigen Stunden vom Eis befreit, aber schon begann es an einigen Stellen wieder glatt zu werden. Gefährlich für Susan, die ihren Wagen immer mit ziemlichen Tempo die Zufahrt hinunterjagte.

Marko grinste plötzlich.

Warum sollte es bei der scharfen Kurve vor der Garage nicht mal besonders glatt werden? Der schmale Zaun würde Susan dann nicht vor dem Abgrund retten … Einfach nur den Gartenschlauch in Stellung bringen und das Steilstück vor der Kurve kräftig wässern. Fertig war die Eisbahn in den Tod!

Zwei Stunden später lag Marko auf der Lauer und spähte in die Dunkelheit. Endlich bogen Scheinwerfer von der Hauptstraße ab, jagten die Zufahrt hinunter und schossen ungebremst mit splitterndem Krachen durch die Absperrung zur Schlucht – 50 Meter freier Fall. Marko rannte zum Telefon und rief die Polizei an – schreiend, schluchzend, ganz und gar der verzweifelte Ehemann. Nun musste er nur noch das Eintreffen der Polizei abwarten …

Der Schlauch!, durchzuckte es ihn plötzlich.

Der Gartenschlauch lag noch draußen! Er musste ihn einrollen, bevor die Polizei kam. Rasch hetzte Marko zur Garage. Lang ausgestreckt lag der Schlauch bis zum Steilstück vor der Kurve. Marko lief zum Ende mit der Spritzdüse, bückte sich, griff danach – und hielt das Ende einer 20 Meter langen, stocksteif gefrorenen Stange in der Hand! Wohin damit? In der Ferne hörte Marko bereits die Martinshörner jaulen! Atemlos jagte er zurück zur Garage. Ein Beil! Wie irre hackte er auf dem tiefgefrorenen Schlauch herum, sammelte die Bruchstücke und warf sie in die Garage. Kaum hatte er das Tor geschlossen, rollten bereits Polizei- und Rettungswagen den Hang hinab und hielten vor dem vereisten Steilstück. Ein Mann kam Marko entgegen.

»Herr Buchwald? Grosser, Kriminalpolizei. Tut mir leid mit Ihrer Frau ...«

Marko nickte stumm und quetschte eine Träne heraus. »Meine arme Susan ...«

In diesem Augenblick bremste ein weiterer Wagen mit quietschenden Reifen hinter den Rettungsfahrzeugen. Eine Frau eilte auf Marko zu – Susan!

»Marko? Was ist hier los? Wo ist Carmen Sanders? Die müsste längst hier sein, ich hab' sie vor einer halben Stunde am Autotelefon gehabt, da war sie schon auf der Hauptstraße! Wir haben eine dringende Geschäftsbesprechung!«

»Carmen!«, stöhnte Marko und sah entsetzt zum Abgrund, wo einige Feuerwehrleute kopfschüttelnd in die Tiefe blickten.

»Auf niemanden kann man sich verlassen!«, keifte Susan unbeirrt weiter, schob Marko beiseite und stakste auf die Garage zu. »Warum ist das Tor nicht offen wie sonst? Du wusstest doch, dass ich nach Hause komme, Marko!«

Ruckartig öffnete sie das Tor, stutzte und zeterte: »Was ist mit dem Gartenschlauch passiert?«

Interessiert wandte sich Kommissar Grosser der Garage zu.

Marko spürte, wie seine Knie langsam nachgaben.

Es gibt immer was zu tun

»Die Finca ist traumhaft gelegen, Britta!« Ulli lenkte den Landrover schwungvoll um ein Schlagloch herum. »Hier gefällt es dir bestimmt, Liebling …«

Na hoffentlich, dachte Britta skeptisch. Wenigstens schien die Sonne, aber das durfte man von Mallorca ja wohl auch erwarten. Von Ulli dagegen erwartete sie kaum noch etwas. Dabei hatte sie fest geglaubt, mit dem millionenschweren Ex-Fabrikanten das große Los gezogen zu haben – gerade rechtzeitig, als die guten Tage als Model mit ihrem 30. Geburtstag endgültig vorüber waren.

»Der Vergaser ist nicht richtig eingestellt«, Ulli legte die Stirn in Falten. »Muss ich nachher mal nachsehen …«

Britta verzog die Mundwinkel. Nach drei Wochen hatten sie geheiratet. und nach drei weiteren Wochen war ihr bereits klar geworden, dass sie einen riesigen Fehler gemacht hatte. Ulli gab keine Partys, mied alle Treffpunkte der High Society und verbrachte seine Tage im Hobbykeller. Schrauben, sägen, montieren, das war sein Leben. Ihr Haus sah aus wie eine Werkstatt, und Britta war darin gefangen – knallharter Ehevertrag, kein Geld bei Trennung, bis dass der Tod sie scheide. Also hatte sie ihren Charme spielen lassen und Ulli bekniet, sie brauche Sonne und etwas Abwechslung. Er hatte tatsächlich reagiert und ein Ferienanwesen auf Mallorca gekauft. Britta hatte sofort die Koffer gepackt. Bestimmt gab es auf Mallorca prominente Nachbarn. Partys bis zum Morgen, Ausflüge – vielleicht fände sie dort einen reichen Kerl, mit dem sich das Leben besser genießen ließe als mit Ulli …

Der Landrover schraubte sich eine Serpentinenstraße hoch. Britta fiel plötzlich auf, dass sie seit geraumer Zeit keinem Menschen begegnet waren. Schließlich bog Ulli auf eine abenteuerliche Schotterpiste ab. Nach einer Viertelstunde hielt der Landrover vor einem schief in den Angeln hängenden Eisentor.

»Willkommen auf unserer Finca, Liebling!« Ulli sprang aus dem Wagen, zog an dem Tor und hielt es prompt in der Hand. »Wird nachher sofort repariert!«, grinste er entschuldigend und klemmte sich wieder hinters Lenkrad.

Britta war sprachlos.

Die Worte fehlten ihr erst recht, als Ulli sie auf einem Rundgang durch das Anwesen führte. Die Mauern bröckelten, Küche und Bad ließen sich bestenfalls als »rustikal« bezeichnen, und durch die Fenster pfiff der Wind. Auf der Terrasse vermoderten Gartenstühle, und im leeren Swimmingpool lagen etliche abgeplatzte Kacheln.

»Wo ist das nächste Hotel?«, fauchte Britta.

Ulli zuckte die Achseln.

»Und die Nachbarn?«

»Weit und breit kein Mensch, Liebling – nur wir beide ...«

»Ich will diese Bruchbude nicht!«, schrie Britta.

»Keine Sorge, ich bringe alles in Ordnung! Der Werkzeugschuppen hier ist bestens ausgerüstet! Als Erstes klebe ich die Kacheln im Pool an, dann kannst du schwimmen gehen, und alles wird gut, nicht wahr, Liebling?«

Britta drehte wutschnaubend ab, legte sich auf einen nur halbwegs vergammelten Liegestuhl und schloss die Augen. Hinter sich hörte sie Ulli fröhlich pfeifend im Pool hantieren. Dieser Idiot! Kaufte sich seine eigene Baustelle! Heimwerker und Millionär, was für eine Mischung! Wenn sie ihn bloß irgendwie loswerden könnte, ohne sein Geld zu verlieren ...

»Liebling – Hilfe!«

Britta schreckte auf und sah zum Pool hinüber. Ulli hockte am Boden des Beckens und winkte mit einer Hand.

»So etwas Dämliches – mir ist Fliesenkleber ausgelaufen! Ich bin mit einer Hand hineingetappt und hänge fest! Im Schuppen steht ein Kanister mit Lösungsmittel. Bringst du mir ihn bitte?«

»Schon gut!«

Doch auf dem Weg zum Schuppen stutzte Britta. Der Klebstoff hielt Ulli bombenfest am Boden. Jetzt brauchte sie nur Wasser in den Pool laufen zu lassen und sich ins Haus zurückzuziehen, dann wäre der Heimwerkerunfall perfekt und sie eine lustige Millionärswitwe ...

»Was soll das?«, schrie Ulli, als plötzlich Wasser auf die Kacheln lief.

Britta lächelte zuckersüß. »Ich mache jetzt einen Mittagsschlaf! Mal sehen, wie lange du die Luft anhalten kannst, Liebster – schreien ist zwecklos, wir haben hier doch keine Nachbarn!«

Fassungslos sah Ulli, wie Britta sich umdrehte und ins Haus ging. Als sie von der Terrassentür ein hämisches Lebewohl winkte, stand ihm das Wasser bereits buchstäblich bis zum Hals.

Britta rekelte sich auf dem Bett. Endlich frei und reich! Ulli war sicher schon ertrunken. Noch zehn Minuten, dann würde sie die Polizei alarmieren … Plötzlich hörte sie schwere Schritte auf der Treppe! Sie sprang vom Bett, ihr Herz raste – da stand Ulli in der Tür, triefend nass, und an seiner linken Hand klebte eine zersprungene Kachel, die er ihr anklagend entgegenstreckte.

»Sieh dir das an, Liebling!«

»Aber … wie …« Britta war fassungslos.

»Die Kachel saß sowieso ganz locker – ich wollte sie nur nicht völlig herausreißen, bloß um das Lösungsmittel selbst zu holen, deshalb habe ich dich gerufen!« Ulli betrachtete das zerschlagene Objekt mit höchstem Bedauern. »Und jetzt ist sie hin!«

Britta schrie auf und wollte an ihm vorbei, doch Ulli hob grimmig die Hand mit der Kachel. Panisch wich sie zurück. Die Balkontür! Britta riss die Tür zum Balkon auf, sprang hinaus – es prasselte, der Boden schwankte unter ihren Füßen, sie verlor jeden Halt …

Ulli lugte ungerührt aus der Balkontür zwei Stockwerke tief nach unten, wo Brittas Körper zwischen Holztrümmern und Steinbrocken lag wie eine zerbrochene Puppe.

»Entschuldigung, Liebling, hab' ich dir ja noch gar nicht gesagt – ich muss noch den Balkon reparieren …«

Morgen kommt der Weihnachtsmann

Der Weihnachtsmann ließ den dünnen Lichtstrahl seiner Taschenlampe durch den Raum schweifen und pfiff leise durch die Zähne.
Ein lohnendes Objekt! Stilmöbel, Gemälde – alles echt. Ganz im
Gegensatz zu ihm selbst. Aber das Weihnachtsmannkostüm erschien
Schwarz in dieser Nacht vor Heiligabend als angemessene Tarnung
für seinen Raubzug. Außerdem ließen sich in dem Jutesack auch
größere Beutestücke problemlos transportieren. Und Schwarz hatte
nicht vor, sich mit ein paar Kleinigkeiten zu begnügen. Man war
schließlich Profi.

Eben nahm er den Sack von der Schulter, da flammte grell die
Beleuchtung auf.

»Ich hab' gewusst, dass du kommst!«

Schwarz fuhr herum: Da stand ein kleiner Junge, ganz ruhig
– große Kinderaugen musterten den Weihnachtsmann. Verdammt,
dachte Schwarz. Die Frau ist doch ausgegangen, aufgerüscht wie
ein Weihnachtsbaum, die Villa lag im Dunkeln, wie verlassen! Wo
kommt der Junge her?

»Bist du allein?«, fragte Schwarz vorsichtig.

Der Kleine nickte und wies auf den Jutesack. »Da ist nichts drin!«

»Äh – nein«, räusperte sich Schwarz nervös. »Weihnachten ist
erst morgen!«

»Ich will sowieso keine Geschenke, das steht doch auf meinem
Wunschzettel! Ich will nur, dass Mischa nicht mehr krank ist.«

»Mischa?« Wer ist bloß noch alles hier, fragte sich Schwarz.

»Komm!« Vertraulich schob sich die kleine Kinderhand unter
Schwarz' Arm und zog den Mann mit sich, bis ins Kinderzimmer.
Schwarz registrierte jede Menge feinster Unterhaltungselektronik.
Nicht übel. Allmählich gewann er seine Fassung zurück. Ein klei-
ner Junge würde ihn nicht von seinem Fischzug abhalten können.
Schwarz grinste beim Gedanken daran, was der Bengel später der
Polizei erklären würde:

»Es war der Weihnachtsmann …«

»Mischa.«

Der Junge beugte sich über eine Kiste, hob vorsichtig etwas heraus, das schlaff in seinen Händen baumelte – ein Kaninchen, und zwar nicht mehr krank, sondern tot, erkannte Schwarz sofort.

»Junge …«

Der Knabe hielt das Tier an sich gepresst und sah zu ihm auf. Schwarz war gefangen vom Schmerz und von der Furcht in diesem Blick und sah sich plötzlich selbst in dem längst vergangenen Moment, als sich zum ersten Mal eine Zellentür hinter ihm geschlossen hatte – keine Hoffnung mehr auf einen blauen Traum, nur noch gnadenlose Realität.

Seitdem glaubte Schwarz an nichts mehr.

Schon gar nicht an den Weihnachtsmann.

»Bitte, lieber Weihnachtsmann! Ich will nichts anderes! Nur Mischa, bitte … du kannst das doch, ja?«

»Ich …«

Schwarz nahm das leblose Pelzknäuel an sich, das ihm der Junge flehend entgegenstreckte. Es ging einfach nicht ohne Hoffnung, das war ihm jetzt klar. Nichts ging ohne Hoffnung.

»Sieh mal, Mischa kann hier nicht mehr leben. Er braucht die Kräuter, die nur meine Wichtel für ihn sammeln können – oben im Norden, wo ich wohne. Er wird sich bei mir wohlfühlen, das verspreche ich dir. Und du weißt immer, wo er ist. Nur so geht es, verstehst du das?«

Der Junge nickte langsam und wandte den Blick nicht ab, als Schwarz das Kaninchen behutsam in den Jutesack bettete.

»Ich muss weiter«, verabschiedete sich der Mann und strich dem Kleinen über den Kopf.

Und der Junge lächelte.

Eine Stunde später stand ein Weihnachtsmann im Stadtpark und betrachtete gedankenversunken einen kleinen frischen Erdhügel unter einem Rosenstrauch. Der Sack über seiner Schulter war leer. Und er würde auch leer bleiben, heute zumindest.

Es gibt immer noch einen anderen Weg.

Das wusste Schwarz jetzt wieder.

Champagner für Sascha

Jazzmusik mischte sich mit dem Klirren von Eiswürfeln. Coole Leute nippten an kühlen Drinks, nur Debbie schwitzte wie ein Schweinebraten. Das Sommerfest des Modehauses Stoll war wie immer ein voller Erfolg, und wie immer fühlte sich Debbie zwischen den süßen Models, extravaganten Stardesignern und smarten Textilmanagern völlig fehl am Platz – fett, plump und schüchtern. Ihr Mann dagegen war sportlich, wendig und charmant, eben ganz der selbstbewusste Modekönig Sascha Stoll.

Jedes Jahr demonstrierte er auf dem Sommerfest mit einer spektakulären Aktion seine Fitness und ewige Jugend: Letztes Mal war er per Fallschirm zwischen seinen Gästen gelandet, im Jahr zuvor im Bugatti auf die Terrasse gebrettert. Diesmal hatte er als Knüller des Tages das Wasser aus dem Pool ablaufen und daneben ein 20 Meter hohes Gerüst aufbauen lassen. Debbie wurde schon übel, wenn sie nur von unten hinaufsah. Sascha wollte sich an einem Bungee-Seil kopfüber hinunterstürzen und mit dem Mund einen gefüllten Champagnerkelch vom Boden aufnehmen. Das hatte er wochenlang geübt und dabei nichts dem Zufall überlassen – er stellte sich vor dem Sprung auf die Waage, ein Computerprogramm berechnete dann nach Körpergewicht, Fallhöhe und Höhe des Sektglases die Spannung des Seils, die seine Lippen exakt bis an den Rand des Kelchs brachte und dann zurückschnellen ließ. Typisch Sascha, dachte Debbie. Den großen Hecht machen, aber möglichst kein Risiko eingehen.

Alles berechnen.

Jeden Menschen als Schachfigur hin und her schieben, alle für König Sascha.

Sie selbst war in diesem Spiel das Bauernopfer, das war ihr längst klar. Er hatte sie des Geldes wegen geheiratet und mit ihrem Vermögen seine Firma nach oben gebracht. Jetzt führte er sie seinen Freunden als unbeholfenen Trampel vor. Jeder konnte sehen, dass dieser elegante Mann eigentlich eine bessere Partnerin verdiente. Jeder hatte Verständnis für seine Seitensprünge.

Neben dem Pool legten gerade Sascha und sein Starmodel Sharon einen feurigen Mambo aufs Parkett. Ein schönes Paar, leider nicht nur auf der Tanzfläche – das wusste Debbie ganz genau. Sie selbst konnte nicht mal tanzen.

»Was soll ich überhaupt auf dieser Veranstaltung?«, hatte sie Sascha vorhin noch verzweifelt gefragt. Daraufhin hatte er ihr großmütig eine kleine Rolle in der großen Sascha-Show zugeteilt: Wenn er auf dem Bungee-Gerüst stände, sollte sie den Champagner-Kelch auf den Poolboden stellen – Debbie, das Dienstmädchen. Und dann hatte er noch hämisch angemerkt: »Dabei kannst nicht mal du was verkehrt machen …«

Debbie ballte die Fäuste.

Der Mambo verstummte, die Band intonierte einen Trommelwirbel, Sascha ging unter dem Applaus der Gäste zum Gerüst hinüber und stieg hinauf. Während er hoch oben das Bungee-Seil anlegte, servierte Debbie den Champagner auf dem Betonboden und zog sich dann an den Rand des Pools zurück.

Der Modekönig stellte sich in Positur, presste die Arme seitlich an den Körper und ließ sich nach vorn kippen. Er fiel, und Debbie spekulierte, ob Sascha jetzt wohl schon sah, dass unten nicht der flache Kelch stand, sondern die längste Sektflöte, die sie im Haus hatte auftreiben können …

In der gespannten Stille war das Splittern des Glases deutlich zu hören, dann die entsetzten Schreie der Gäste, als der Körper am Seil zurückkatapultierte und eine rote Fontäne spie. Debbie wandte sich erst ab, als die schlaffe Gestalt langsam auspendelte.

Im neuen Jahr wird alles anders

»Ihr Auftrag gilt noch?«

Gabi erkannte die heisere Stimme sofort, ihre Hand krampfte sich um den Telefonhörer.

»Ja«, *hauchte sie.*

»Dann sind Sie ab heute Witwe. Herzlichen Glückwunsch.«

Der Mann legte auf. Gabi starrte auf ihr Hochzeitsfoto an der Wand: Achim mit stolzem Lächeln und vollem Haar, neben sich eine glückliche, jugendfrische Gabi. Frühling war gestern. Heute herrschte Eiszeit. Kein Lächeln und kein Glück mehr. Ein Ehemann, der sich in Schweigen und Zigarrenqualm hüllte, der täglich schon zwischen Büroschluss und Feierabend die ersten Drinks in einer Bar schluckte, kaum noch einen Schritt zu Fuß ging und seinem Mercedes längst zärtlichere Gefühle entgegenbrachte als seiner Gattin.

Weihnachten neben Achim, der tagelang emotionslos hinter seinen Autozeitschriften verharrte, war einfach grausam gewesen. Spätestens als die Silvesterböller krachten, wusste Gabi, dass im neuen Jahr alles anders werden müsste. Und das würde es, dafür hatte sie gesorgt. Erstens war da Achims Kollege Viktor, Nichtraucher, ohne Auto und Fruchtsafttrinker – schon nach dem ersten Rendezvous mit ihm hatte er sie angefleht, sich doch von Achim scheiden zu lassen. Zweitens kam jetzt Mohrmann ins Spiel, der Mann mit der heiseren Stimme. Eine Zufallsbekanntschaft aus einer wilden Partynacht, aber Gabi hatte sofort gewusst, dass er der richtige Mann für einen Killerjob wäre. Sie würde sich nicht einfach scheiden lassen. Für das leidvolle Ehejoch stand ihr das Beste zu, was Achim noch zu bieten hatte – seine Lebensversicherung. Und die gehörte ihr, wenn Mohrmann seinen Job erledigt hatte.

Dann wäre alles anders.

Mohrmann stand frierend in einem Torweg und blickte sehnsüchtig hinüber zum schummrig erleuchteten Fenster der gemütlichen Bar, hinter dem eine heitere Herrenrunde eben die Gläser zum Toast erhob. In ihren Büroanzügen sah einer aus wie der andere. Alle qualmten lange Zigarren und tranken Cocktails – alle bis auf einen. Dieser Sonderling rauchte nicht und trank Orangensaft. Jetzt verließ er die fröhliche Runde als Erster, und dann zahlten die Herren ihre Rechnungen.

Showtime.

Mohrmann straffte sich. Als die Bürohengste auf die Straße traten und lachend auseinandergingen, folgte Mohrmann dem Mann, der an der nächsten Ecke in die dunkle Sackgasse abbog. Genau dort parkte der Mercedes seines Opfers, der Killer hatte den Wagen anhand der Autonummer längst identifiziert. Mohrmann wartete noch, bis der Mann beschwingt die Wagentür öffnete – dann schlug er mit dem massiven Stück Eisenrohr in seiner Hand hart zu. Was tut man nicht alles für 50 000 Mücken.

»Erledigt.« Nur dieses eine Wort sagte die heisere Stimme am Telefon, aber für Gabi war das mehr als genug. Erleichtert ließ sie den Hörer auf die Gabel sinken und erstarrte, als sich hinter ihr die Haustür öffnete und jemand hereinkam …

»Liebling!«

Achim packte Gabi an den Schultern und grinste verklärt. »Ich habe so viel falsch gemacht – aber dieses Jahr wird alles anders, das schwöre ich! Und ich halte meine guten Vorsätze, stell dir vor: Ich habe heute meine letzten Zigarren an die Kollegen verteilt, die haben die Dinger gleich feierlich aufgeraucht. Ich trinke nur noch Orangensaft – und zur Arbeit geht's ab jetzt zu Fuß und per Bahn! Die Jungs aus dem Büro wollten das gar nicht glauben, da hab' ich den Autoschlüssel gleich Viktor gegeben, der bringt den Wagen morgen vorbei – was ist mit dir, Liebling? Freust du dich gar nicht?«

Alles Fassade

Jürgen Meißner betrat das Halbdunkel der Tiefgarage, und wie immer hüpfte sein Herz beim Anblick seiner teuren Limousine. Du hast es geschafft, dachte er. Früher hatten ihn alle für einen Trottel gehalten, aber dann: durch harte Arbeit zum Erfolg, ein Penthouse, das Auto. Und natürlich Marie, seine schöne Frau, die bestimmt schon zu Hause auf ihn wartete ... Erwartungsvoll öffnete er die Autotür und schob sich hinter das Lenkrad – da wurde die Beifahrertür aufgerissen, ein korpulenter Mann drängte herein. Meißner starrte überrumpelt auf das starre Grinsen einer Schweinchen-Dick-Maske.

»Keine Panik! Dann tut's auch nicht weh.«

»Was ... was wollen Sie – ?« Meißner zückte schon die Brieftasche. »Ich hab' ein paar Hunderter dabei ...«

Der Fette schüttelte den Kopf und zog seinerseits ein beachtliches Bündel Scheine hervor.

»Ich wurde bereits entlohnt. Genau das ist dein Problem, Kumpel, verstehst du?«

Meißner starrte verständnislos auf das Geld, Schweinchen Dick setzte geduldig nach.

»In deinem Privatleben ist anscheinend was schiefgelaufen! Jemand zahlt 10 000 Euro für dein plötzliches Ableben. Und das ist meine Branche. Ist nicht persönlich gemeint. Bringen wir es hinter uns, okay?«

In Meißner arbeitete es fieberhaft. »Nein! Warten Sie ... Wer ist Ihr Auftraggeber?«

Die Maske lächelte starr, der Fette blieb stumm.

»Ich zahle Ihnen das Doppelte! 20 000 Euro, sofort, wenn Sie den Job vergessen!«

Der Fette zögerte nur kurz, dann nickte er ...

Meißner saß zitternd in seiner geparkten Limousine und sah an der Fassade des Apartmenthauses empor. Da oben wartete Marie im Penthouse. Die kühle, schöne Marie. Er hatte genug Geld auf dem

Konto gehabt, der Fette mit der Maske war damit abgezogen – ohne zu verraten, wer ihn, Jürgen Meißner, so sehr hasste, dass er ihm den Tod wünschte.

Oder sie.

Eine Sie wie Marie.

Im Privatleben was schiefgelaufen, hatte der Fette gesagt. Außer seiner Beziehung zu Marie besaß Meißner kaum ein Privatleben. Die meisten Leute fanden ihn spleenig und unattraktiv. Jeder fragte sich, was eine Frau wie Marie an einem Mann wie ihm finden mochte, und jeder kam sofort auf die Antwort: das Geld … Nur er hatte sich eingebildet, es sei wahre Liebe!

Es musste Marie gewesen sein, die den fetten Killer bezahlt hatte. Im Grunde verstand Meißner sie sogar. Er war ein Trottel, und weder die Karriere, das Penthouse oder die Limousine konnten etwas daran ändern. Meißners Fassade eines dynamischen Selfmade-Mannes brach sekundenschnell zusammen. Er war ein Nichts, und ins Nichts würde er gehen – aber nicht allein …

Marie stand, einen Drink in der Hand, an der Brüstung der Dachterrasse und lächelte Jürgen Meißner zärtlich entgegen. Sie lächelte sogar noch leicht verwirrt, als er plötzlich auf sie zulief, zum Hechtsprung ansetzte und in tödlicher Umklammerung mit ihr über die Brüstung ins Leere kippte.

Schmunzelnd legte der Fette das Geld in seinen Safe, gleich neben die Schweinchen-Dick-Maske. Such dir einen gut betuchten Typ und spiele den Auftragskiller, dann zahlt er freiwillig das Doppelte. Das klappte immer. Und ich brauche nirgendwo einzubrechen, niemanden zu verletzen – ich hab' nicht mal eine Waffe. Im Privatleben ist was schiefgelaufen, das war sein Standardspruch auf die ewige Frage nach dem Auftraggeber. Da kommen viele infrage, ohne dass irgendeiner echte Probleme bekam.

Im Grunde bin ich ein Menschenfreund, schmunzelte der Fette und schloss zufrieden den Safe.

Goldschatz

Auf dem tätowierten Unterarm stand »Ich liebe Dich« unter einem roten Herz. In seinen Augen stand blanker Hass. Wuttke war sauer. Ruckartig rupfte er Unkraut, als gelte es Köpfe abzureißen. Bensdorf, dieser aufgeblasene Trottel von Chef. Ihn so fertigzumachen, und das vor dieser hochnäsigen Kundin. Dabei war Bensdorf auch bloß Gärtner von Beruf – genau wie Wuttke. Aber seit Bensdorf seine stinknormale Gärtnerei zu einem »*Garden-Styling-Service*« für Betuchte getrimmt hatte, benahm er sich ebenso arrogant wie seine Nobel-Kunden.

»Wuttke, Sie Ahnungsloser ... das sind japanische Bonsai-Bäume! Die werden nicht eingekürzt, Mann! Fernöstliche Kultur! Das bisschen Bildung kann ich doch wohl von Ihnen verlangen! Wissen Sie, was das jetzt kostet?«

Wusste Wuttke nicht. War ihm auch egal. Bankier Krüger und die hochtoupierte Dame des Hauses, auf deren Anwesen er nun schon seit einer Woche schuftete, hatten sowieso genug Kohle. Zierteich mit exotischen Fischen. Japanischer Steingarten. Bonsai-Bäume. Wuttke war gelernter Friedhofsgärtner. Fernöstliche Kulturerlebnisse hatte er sonst nur, wenn bei Mc Donald's die China-Wochen stattfanden.

Babygeschrei lenkte ihn von der Unkrautvernichtung ab. Aha, das kleine Luxusbalg wurde wieder auf der Terrasse abgestellt. Jeden Tag derselbe Ablauf: Kaum stand der Kinderwagen draußen, wedelte Mutti im Tennisdress zum knallroten Alfa-Cabriolet und düste ab. Das Kindermädchen schwenkte dann einige Minuten eine Rassel über dem Babygesicht und flötete: »Na, mein Goldschatz ... schlaf, mein Goldschatz!« Schlief der Kleine, verschwand sie sofort im Haus, um sich hemmungslos ihrer Lieblingsbeschäftigung hinzugeben: Dauertelefonate auf Kosten ihrer Arbeitgeber.

Wuttke sah zum Kinderwagen hinüber und dachte plötzlich: »Ein unbewachter Goldschatz.«

Das Grundstück war riesig und von Nachbarn nicht einsehbar. Ein Wachhund existierte nur auf dem protzigen Warnschild an der Pforte. Die Alarmanlage schützte das Haus, aber nicht das Baby auf der Terrasse …

Gedankenverloren entwurzelte Wuttke einen Bonsai.

Die nächste Woche feierte Wuttke krank. Ein Hexenschuss war in seinem Job schließlich keine Seltenheit und ließ sich problemlos simulieren. Ohne Bensdorf und Bonsais verlief das Leben wesentlich angenehmer, und Wuttke würde dafür sorgen, dass es so bliebe.

Montagnachmittag parkte er seinen Wagen in der Nähe des Krüger'schen Anwesens. Kaum rauschte der rote Alfa aus der Ausfahrt, trat er in Aktion. Der Zaun war keine Hürde. Der Kinderwagen stand erwartungsgemäß auf der Terrasse, das Mädchen beendete gerade die Rassel-Nummer und ging ins Haus. Wuttke wartete einige Minuten hinter einem honorig lächelnden Zierbuddha. Dann hob er den schlafenden Jungen samt Decke aus dem Wagen. Die Rassel nahm er auch mit. Im Auto packte Wuttke das Baby in eine große Reisetasche. Tatsächlich schlief es dort noch immer ruhig und friedlich, nachdem Wuttke die halbe Stadt durchquert, eingeparkt und die Tasche zwei Stockwerke hoch bis in seine Junggesellenbude geschleppt hatte.

Wuttke stellte die Tasche auf den Fußboden, öffnete den Kühlschrank und genehmigte sich einen doppelten Doppelkorn direkt aus der Flasche. Der »Goldschatz« würde ihm eine runde Million bringen, cash, in kleinen Scheinen, zu hinterlegen in einem bestimmten Futterhäuschen im Stadtwald. Der Lösegeldbrief war bereits fertig, zusammengeklebt aus Zeitungsschnipseln. Wuttke hatte schließlich schon genug Krimis gesehen. Morgen würde er sein ärztliches Attest für die nächste Woche in den Betrieb bringen, mit der Sekretärin Elfie flirten und sie bitten, seinen Erpresserbrief mit der Büropost rauszuschicken. Diese Pointe gefiel ihm ganz besonders: Bensdorf zahlte das Porto für Wuttkes Fahrschein in die goldene Zukunft. Wuttke legte sich zufrieden auf sein Bett und nickte ein.

Markerschütterndes Gebrüll ließ ihn auffahren. Wuttke schlug mit dem Schädel gegen die Dachschräge und stolperte auf dem Weg zum Lichtschalter über die Reisetasche. Wenigstens fiel ihm dadurch ein, wer hier so brüllte. Er machte Licht und hob das Baby aus der Tasche. Es bestand scheinbar ausschließlich aus Zornesröte, aufgerissenem Mund und nassen Klamotten.

»Keine Panik!«

Wuttke hatte vorgesorgt. Im Kleiderschrank lagerten bereits seit Tagen Windeln, Schnuller, Babynahrung, Strampler in diversen Größen und eine Kinderdecke mit grinsenden Clowns. Wuttke kam sich enorm clever vor.

Den ersten Schnuller spuckte das Baby in den Spalt zwischen Wand und Sofalehne und schrie weiter. Während Wuttke noch betäubt auf den übel riechenden Inhalt der geöffneten Windel starrte, traf ihn ein Urinstrahl zielgenau an der Kinnspitze.

23 Uhr.

Und die Nacht fing erst an.

Morgens um acht schlich Wuttke mit zitternden Knien aus der Wohnung. Er hatte alles gegeben. Das Baby allerdings auch. Glücklicherweise hatte Wuttke die Rassel entdeckt. Das rasselnde Geräusch beruhigte den Jungen sofort. Allerdings nie für lange Zeit und nur, wenn Wuttke dazu im Falsett fistelte: »Na, mein Goldschatz … schlaf, mein Goldschatz!« Gegen halb acht war das Baby endlich erschöpft eingeschlummert. Wuttke wäre auch gern ins Bett gefallen, musste aber sein Attest und den Lösegeldbrief bei Elfie abgeben.

Die Sekretärin bedauerte ihn aufrichtig. »Sie sehen aber wirklich krank aus, Herr Wuttke! So ein Hexenschuss ist aber auch schmerzhaft.«

»Ich hab' die ganze Nacht kein Auge zugekriegt«, jammerte Wuttke. »Könnten Sie diesen Brief bitte durch die Büropost laufen lassen, Elfie? Mir sind die Marken ausgegangen, und das spart mir den Umweg zur Post.«

»Klar, Herr Wuttke! Und gute Besserung!« Elfie schaute ihm bedauernd nach, als Wuttke stöhnend das Zimmer verließ. Sie sah auf den Brief. Kein Absender. Irgendwie schmucklos, fand Elfie. Und deshalb klebte sie einen von den bunten, neuen Reklamestickern auf die Rückseite: »Blumen sind Leben – der Gärtner war's«

Wuttke war restlos fertig. Zwei Nächte mit dem Baby hatten ihn geschafft. Jetzt schrie es schon wieder. Er zog die Rassel aus der Tasche und schwenkte sie.

»Na, mein Goldschatz ...«

Das Gebrüll verebbte, er steckte die Rassel wieder ein. Heute mussten Krügers seine Lösegeldforderung bekommen haben. Heute Nacht würde er seine Million kassieren. Sauer verdientes Geld.

Krachend zerplatzte die Tür! Männer mit schwarzen Westen und gezogenen Waffen stürmten die Wohnung. Für einen Moment verharrten alle atemlos. Das Baby begann zu schreien. Automatisch senkte sich Wuttkes Hand in die Jackentasche ...

Die Salve riss seinen Körper zurück. Dumpf schlug Wuttke gegen die Kommode und sackte zu Boden. Das Spielzeug rasselte in seiner Hand, als sein Arm in einem letzten Krampf zuckte.

Das Baby lachte.

Weihnachtsengel

Dennis schlurfte durch Schnee und Dunkelheit. Arschkälte. Aber immer noch besser als zu Hause. Mutter macht auf Festtagslaune und wirkt dabei so echt wie Kunstschnee, Vater hatte schon nachmittags einen sitzen.

Heiligabend, voll öde.

Letztes Jahr konnte er sich wenigstens noch nach dem Essen mit Nele treffen, aber diesmal ... Nele hat einen Neuen. Schnösel aus reichem Hause. Der bietet ihr was, sagt Nele. Der fährt sie überall hin. Der hat Kohle und ein Auto. Und Dennis?

Siebzehn Jahre und sein Fahrrad hat Platten.

Gedankenverloren wischte er sich eine Handvoll Schnee von einem Autodach. Nele mochte ihn immer noch, da war er sich ganz sicher. Er bräuchte nur einen Kick, irgendwas Verrücktes ... Sein Blick fiel auf das Auto vor ihm. Porsche, heißes Gerät. Nele sitzt zu Hause beim Gänsefraß und langweilt sich. Dennis sah sich schon vorfahren, Nele 'rausklingeln und ihr lässig die Beifahrertür aufhalten ...

Das wär's doch!

Dennis peilte die Straße entlang: Kein Mensch unterwegs. Also los! Trotz klammer Finger fummelte er mit seinem Spezialdraht das Türschloss auf – so etwas hatte er lange genug auf dem Schrottplatz geübt. Zündung kurzschließen, und dann ab durch die Mitte! Dennis glitt auf das feine Lederpolster und schlug die Tür hinter sich zu.

»Kalt draußen, nicht wahr?«

Geschockt fuhr Dennis herum: Neben ihm saß ein freundlich lächelndes Mädchen – zum Niederknien schön, wie Dennis trotz des Schrecks sofort registrierte. »Ich wusste nicht ... ich wollte nur ...«

»Nur ein bisschen fahren, jaja.«

»Ist das ... dein Auto?«

Das Mädchen sah ihn an, irgendwie merkwürdig. Dennis lief es kalt den Rücken herunter. »Nein ... aber ich will ja auch nicht damit fahren.«

Trottel, fluchte Dennis innerlich – sitzt in einem aufgebrochenen Wagen und treibst Konversation, anstatt hier wegzukommen!

»Ich muss jetzt meine Freundin abholen ...«

»Du hast keinen Führerschein. Du bist erst siebzehn.«

»Woher weißt du das?«

Ihr Gesicht schien zu leuchten. »Es ist Glatteis. Du hättest es niemals geschafft, den Porsche auf der Straße zu halten. Ich weiß es. Fröhliche Weihnachten.«

Sie öffnete die Beifahrertür und stieg aus. Es blieben nur noch ein paar wirbelnde Lichtreflexe und der kalte Hauch des Windes. Und dann die massige Gestalt eines Polizisten, der sich durch die offene Tür schob und sofort eisenhart zupackte.

»Raus aus dem Wagen, du Bengel!«

»Du wolltest den Porsche nicht klauen, sondern dich nur aufwärmen? Und ein Mädchen saß schon darin?« Polizeiwachtmeister Kramer zog die Brauen hoch.

Dennis nickte eifrig, Kramer setzte nach. »Der Besitzer des Wagens hat dich eine Viertelstunde lang vom Fenster aus beobachtet, bis wir kamen. Da war kein Mädchen!« Dennis hob störrisch die Schultern, Kramer seufzte. Ein dämlicher Teenager hatte ihm gerade noch gefehlt, wo sie wegen Weihnachten sowieso schon unterbesetzt arbeiten mussten.

»Okay – es ist kein Schaden entstanden. Der Porscheheini erstattet keine Anzeige, weil Weihnachten ist. Aber ich warne dich: Wir mussten erst letzte Nacht so ein Pärchen von deiner Sorte vom Asphalt kratzen!«

Kramer knallte einen schmalen Hefter auf den Tisch und schlug ihn auf.

»Geklauter Sportwagen, beide siebzehn, beide tot – das Mädel starb erst heute Nachmittag im Krankenhaus! Hübsche Biene, was?«

Dennis starrte geschockt auf den blutbefleckten Personalausweis, den Kramer ihm vor die Nase hielt. Das war sie – die Schöne aus dem Porsche! Das Foto verschwamm vor seinen Augen. Er hätte es niemals geschafft, sie hatte es gewusst ...

»Hau schon ab! Fröhliche Weihnachten.«

Schicksalspartner

»Wo ist Herr Reiter?«, schnauzte Sparkassenleiter Renz in bester Montagmorgenlaune. Jutta Glöck duckte sich instinktiv. Kollege Lehnhoff, tüchtig wie immer, hatte die Information parat:

»Hat schon angerufen, Chef! Reiter macht 'ne Rosskur – Wadenwickel, Wechselbäder und so. Hat 39° Fieber, der Kleine. War wohl ein zu heißes Wochenende ...«

Renz erwiderte Lehnhoffs anzügliches Grinsen. Da waren die beiden ja endlich bei ihrem Lieblingsthema Nr. 2, dachte Jutta. Lieblingsthema Nr. 1 war sie selbst. Und schon war es wieder so weit:

»Frau Glöck, Sie gehen an die Kasse!« Lehnhoff feixte voll Vorfreude. »Frau Glöck, sagen Sie mal 1000 Euro!«

»Ta ... ta ... ta ...«

»Ta! Ta! Ta-Taaa!« intonierte Lehnhoff einen Karnevalstusch.

Renz gackerte begeistert. »Na los, Frau Glöck, an die Kasse! Aber passen Sie auf! Bis Sie bis zehn zählen, haben Sie den Kunden schon zehntausend Euro ausgezahlt!«

Lehnhoff brach wiehernd zusammen: »Auch nicht schlecht, Chef! Auch nicht schlecht!«

Zitternd vor Scham und Wut verzog sich Jutta an den Kassenschalter. Seit man sie vor einem halben Jahr in diese Filiale versetzt hatte, war jeder Arbeitstag ein Spießrutenlaufen. Renz und Lehnhoff nutzten jede Gelegenheit, um sie zu quälen. Sie konnte doch nichts für ihren Sprachfehler! Ihr früherer Chef hatte Verständnis gehabt und Jutta nicht am Schalter eingesetzt. Jetzt musste sie jeden Tag an die Kasse. Die Kunden lachten über sie. Die Kollegen verachteten sie. Früher war die Arbeit ihr Lebensinhalt gewesen. Jetzt hatte sie Angst vor dem nächsten Tag, der nächsten Minute, der nächsten Blamage. Was blieb da schon noch? Keine Familie, kaum Freunde, bei der Arbeit die Hölle auf Erden.

Der Montag nahm seinen Lauf. Kunden wickelten Geschäfte ab, hoben Geld ab oder zahlten ein. Und jeder grüßte freundlich und erwartete gespannt Juttas gestotterten Gegengruß:

»Gu… gu… guten T… T… T… «

Manche grinsten unterdrückt, manche lachten unverhohlen, andere starrten peinlich berührt an ihr vorbei. Renz und Lehnhoff hielten sich die ganze Zeit über am Schalter in ihrer Nähe auf, um sich kichernd an dem Schauspiel zu weiden. Jutta unterdrückte verzweifelt einen Weinkrampf. Wäre sie ein Mann, würde sie die beiden Fieslinge verprügeln, bis denen das dämliche Grinsen ein für alle Mal verginge. Sie könnte ja auch einfach gehen und auf die Arbeitsstelle pfeifen – hätte sie bloß mehr Mumm. Vielleicht war sie doch so eine Versagerin, wie Renz und Lehnhoff ihr einzureden versuchten …

Reiß dich zusammen, Jutta, beschwor sie sich. Nur noch der eine Kunde, dann ist Mittagspause. Lehnhoff hat schon die Tür abgeschlossen.

Der Mann vor der Kasse sagte nichts. Jutta sah auf und blickte in sanftmütige braune Augen. In der einen Hand hielt der Mann eine Pistole, in der anderen einen Zettel mit der Aufschrift: »Überfall! Geld her!«

Renz und Lehnhoff entdeckten die Pistole im gleichen Moment wie Jutta, zogen die Schultern hoch und erstarrten. Jutta raffte Geldbündel zusammen, sah den Mann an und fragte:

»Ha… ha… haben Sie ei… eine Ta… Tasche?«

In den sanften Augen des Mannes loderte plötzlich blanker Hass. Er riss die Waffe hoch und schrie: »Wo… wo… wollen Sie mich ver… ver… verar… ?«

Es geschah in Sekunden: Renz und Lehnhoff prusteten los, bogen sich vor Lachen, grölten noch, als der Mann feuerte und die Kugeln ihre Körper zu Boden rissen.

In der Stille danach ergriff Jutta die Hand des Schützen:

»Da… da… danke. Ich ko… ko… komme mit dir!«

Trugbilder

Jens Schubert legte die Spritzpistole beiseite und lüftete den Mundschutz. Neben ihm trat Uwe Kröger einen Schritt zurück, stolz ihr Werk betrachtend.

»Nicht übel, deine alte Karre! Hübsch gelb. Sieht richtig echt aus!«

»Und ob!«, meinte Jens und nahm die Folienbuchstaben von der Werkbank. »Pack mal mit an, Alter.«

Gemeinsam richteten sie die Buchstaben aus. Auf den Wagenflanken, der Kühlerhaube und dem Dach stand nun der Schriftzug: »ADAC Pannenhilfe«

»Jetzt nur noch die Signalleuchten montieren!«

»Kein Problem, Mann.«

Tatsächlich kein Problem für einen begnadeten Bastler wie Jens Schubert, dachte Uwe. Leider nützt ihm sein Talent wenig bei der Suche nach einem geregelten Job. Welcher Arbeitgeber stellt schon einen Ex-Knacki ein? Davon konnte Uwe selbst ein Liedchen pfeifen. Jahrelang hatte er als Speditionskaufmann bei Behrmann Söhne zur vollsten Zufriedenheit der Firma gearbeitet. Dann kommt er eines Abends nach Hause, findet Lena im Bett mit diesem nackten Kerl und wirft den Typen kurzerhand durchs Fenster. Wer denkt schon in so einem Moment daran, dass man im sechsten Stock wohnt? Aber kaum ist er aus dem Knast entlassen und fragt bei Behrmann nach Arbeit, heißt es: »Wir transportieren Werte und tragen unseren Kunden gegenüber Verantwortung – das werden Sie doch einsehen, Herr Kröger, dass wir Sie nicht mehr nehmen können!«

Uwe sah das keineswegs ein. Schließlich hatte er den Liebhaber seiner Frau aus dem Fenster gefeuert und kein kostbares Kundengut bei Behrmann Söhne. Aber wenn sein Ex-Chef meinte, ein Schläger würde zwangsläufig auch klauen, wollte Uwe ihn nicht enttäuschen.

»So, passt alles!«

Jens betätigte einen Schalter am Armaturenbrett. Pulsierend gelbes Licht warf zuckende Schatten an die Garagenwand. »Gehen wir den Plan noch mal durch, Uwe?«

Uwe nickte. »Morgen ist Freitag. Am Nachmittag holt Merkel, Behrmanns Kassenwart, Geld von der Bank – mindestens 40 000 Euro. Am Montagmorgen gehen die Trucker in Merkels Büro, bevor sie ihre Ferntouren starten, um sich Spesengeld geben zu lassen. Sprit, Essen, Zollgebühren – da kommt ganz schön was zusammen. Die Trucks sind alle vor 7.00 Uhr vom Hof. Deswegen muss Merkel auch das Geld schon freitags von der Bank holen.«

»Und wir holen es uns dann von Merkel!«

»Genau. Das Speditionsgelände ist hoch umzäunt. Die einzige Einfahrt hat einen Pförtner und ist kameraüberwacht. Aber freitags fährt zum Wochenende ein Lkw nach dem anderen auf den Hof. Die Fahrer steigen um in ihre Privatwagen. In dem Gewusel fällt ein Pannenhilfe-Auto nicht auf. An den Lastern oder den Privatwagen ist immer mal was kaputt. Da wir bei der Einfahrt im Wagen sitzen, nimmt die Kamera unsere Gesichter nicht auf. Wir gehen in Monteurkluft ins Verwaltungsgebäude. Vor Merkels Büro setzen wir die Masken auf, gehen rein und zwingen ihn, das Geld herauszugeben. Du redest, damit er meine Stimme nicht erkennt. Wir fesseln Merkel, nehmen die Kohle und rauschen vom Hof. Bis die später mal spitzkriegen, dass eigentlich niemand einen Pannendienst gerufen hat, ist aus der angeblichen ADAC-Karre längst wieder dein klappriger Golf geworden.«

»Und keiner weiß, wer die Täter waren und wohin sie verschwunden sind!«, feixte Jens Schubert. Sein Kumpel Uwe war einfach genial. Für diese Bekanntschaft hatte sich die Knastzeit echt gelohnt. Ihm selbst wäre nie etwas Besseres eingefallen, als wie eh und je geklaute Autos in Einzelteile zu zerlegen und stückweise zu verscherbeln.

»Wahnsinn, Alter! Das lief ja wie geschmiert! Alles genau wie geplant!«

Von gelungener Tat berauscht zog Jens Schubert den Wagen rasant durch eine lange Kurve. Endlich hatte mal etwas geklappt in seinem Leben: Im Kofferraum lag eine mit Geldscheinen vollgestopfte Plastiktüte. So viel Knete auf einem Haufen hatte er noch nie gesehen.

»Das sind bestimmt 50 Riesen, was meinst du, Uwe?«

»Kann sein. Geh mal ein bisschen vom Gas! Bloß nicht unnötig auffallen jetzt.«

Jens gehorchte und verlangsamte das Tempo. Als sie auf die Elbbrücke fuhren, sahen sie es gleichzeitig: Hinten, fast am Ende der Brücke, parkte ein Polizeiwagen mit blinkenden Lichtern am Straßenrand. Zwei uniformierte Beamte standen daneben. Einer trat eben auf die Fahrbahn und hob eine rote Kelle.

»Verdammt! Was jetzt, Uwe?«

Bloß nicht flüchten. Bloß nicht wieder ins Gefängnis!

»Anhalten!«, ordnete Uwe an. »Vertrau auf die Tarnung! Wir sind vom Pannendienst.«

Der Beamte mit der Kelle grüßte freundlich, als Jens die Seitenscheibe herunterkurbelte. »Guten Tag, Sie kommen wie gerufen – unser Streifenwagen springt nicht mehr an! Wenn Sie so freundlich wären ...«

Mit weichen Knien stiegen Uwe und Jens aus und folgten dem Beamten zum Polizeiauto. Dort empfing sie, freundlich grinsend, der zweite Kollege: »Prima, dass Sie uns helfen! Für anständige Dienstwagen fehlt einfach der Etat, da bleibt schon mal ein Fahrzeug liegen. Stellen Sie sich vor, wir müssten jetzt Verbrecher verfolgen!«

Jens beugte sich schnell unter die geöffnete Motorhaube. Der Beamte plapperte munter weiter: »Wir haben nicht einmal anständiges Bordwerkzeug. Wo ist denn Ihre Werkzeugtasche? Hans, hilf doch mal dem Kollegen beim Werkzeugtragen!«

Hans nickte Uwe aufmunternd zu und setzte sich in Bewegung. Uwe trottete hinterdrein und fühlte, wie die Panik ihm fast den Magen umstülpte. Das Werkzeug lag im Kofferraum, gleich neben der offenen Geldtüte. Bloß nicht wieder ins Gefängnis! Entschlossen eilte Uwe voran. Er erreichte das Heck des Golfs einige Schritte vor dem Polizisten. Ehe der Beamte um den Wagen herumbog, riss Uwe die Heckklappe auf und schleuderte in schwungvoller Aufwärtsbewegung die Plastiktüte übers Brückengeländer. Tief unten spülte die Elbe ihre trüben Fluten gen Nordsee.

»Hey, Hans! Er läuft wieder!«

Hans war neben dem Golf stehen geblieben und blickte zurück zum Polizeiwagen und seinem eifrig winkenden Kollegen. Dann wandte er sich freudestrahlend Uwe zu.

»Na, dann ist ja alles klar! Vielen Dank und schönen Tag noch!«

Jens kam zum Golf zurück, zwinkerte dem erstarrt stehenden Uwe zu und schlug ihm freundschaftlich auf die Schulter. »Auf geht's!«

Uwe Kröger stieg geistesabwesend in den Wagen. Das Geld …

Fröhlich pfeifend startete Jens den Motor.

Die Polizisten blickten dem Golf hinterher, dann sahen sie sich grinsend an.

»Perfekte Generalprobe, Hans! Unser Eigenbau-Peterwagen und die selbst geschneiderten Uniformen sind 'ne Wucht! Der Fahrer vom Geldtransport fällt morgen garantiert auch darauf rein.«

Ein besonderer Fall

Auf Bruno Walters weißem Hemd breiteten sich Schwitzflecken aus. Seine Rechte trommelte im nervösen Rhythmus auf der Schreibtischplatte. Die Linke umkrampfte den Telefonhörer, aus dem die schnarrende Stimme des Anrufers drang.

»Wir brauchen Ihre Informationen, Herr Walter.«

»Sie sollten doch nicht in der Firma anrufen!«, zischte Bruno Walter erregt. »Außerdem habe ich noch nicht alle Informationen zusammen!«

»Heute Abend«, forderte Schnarrstimme unbeirrt. Klick. Er hatte aufgelegt. Bruno starrte auf die Schreibtischplatte, den Telefonhörer in der Hand.

»Brauchen Sie noch etwas, Herr Walter?«

Bruno zuckte zusammen. In der offenen Tür zu seinem Büro stand Frau Härtel, die Sekretärin. »Ich geh' sonst zu Tisch. Herr Walter?« Sie beugte sich neugierig vor. »Schlechte Nachrichten?«

Bruno legte hastig den Hörer auf. »Nein, nein. Gehen Sie nur. Guten Appetit, Frau Härtel!«

Die Härtel zog ab. Bruno stand auf und trat ans Fenster. Ob sie schon lange im Zimmer gestanden hatte? Hatte sie gelauscht? Ausgerechnet die Härtel, die lebende Bürozeitung. Das fehlte gerade noch.

Heute Abend sollte er liefern.

»Dieser neue Regler sichert die Existenz unserer Firma bis weit ins nächste Jahrhundert hinein«, hatte Dr. Lüders auf der Vorstandssitzung erklärt. »Jedes damit nachgerüstete Flugzeugtriebwerk verbraucht 25 Prozent weniger Treibstoff. Daran kommt keine Fluggesellschaft vorbei. Die Dinger werden sich von selbst verkaufen. Eigentlich könnten wir uns künftig eine Verkaufsabteilung sparen.« Dabei hatte er anzüglich zu Bruno Walter herübergesehen, dem Verkaufsleiter der Firma.

Bruno blickte auf den Verkehr, der sich sechs Stockwerke tiefer wie ein unendlicher Strom über das Asphaltbett der Straße schob. Angst um seinen Job hatte er längst nicht mehr – schließlich fehlten ihm nur noch zwei Jahre bis zur Rente. Aber geärgert hatte ihn Dr. Lüders' spitze Bemerkung doch. Er wusste genau, dass man ihn im Vorstand für ein Fossil hielt und sehnlichst seinen Rücktritt in den Ruhestand herbeisehnte. Und was kam dann? Unverheiratet, keine Kinder. Wenig Freunde, kaum Ersparnisse. Mit der Rente käme er aus, aber er wollte mehr als ein bloßes Auskommen …

Vor zwei Wochen hatte der Mann mit der schnarrenden Stimme erstmals mit Bruno Kontakt aufgenommen. Die Konkurrenz hätte von dem neuen Regler gehört, sei in Panik und bereit, für die kompletten Pläne eine erhebliche Summe zu bezahlen. Man einigte sich auf zwei Millionen Schweizer Franken, hinterlegt auf einem Nummernkonto in Zürich.

Heute Abend. In seinem Schreibtisch lagen bereits die Kopien der Pläne bereit. Nur die Liste mit den Daten des letzten Belastungstests fehlte. Die würde er sich gleich im Büro des Chefingenieurs besorgen. Bruno wandte sich zur Tür. Sie war bloß angelehnt, doch als Bruno sich ihr näherte, bewegte sich die Klinke. Jemand auf der anderen Seite schloss die Tür. Bruno erstarrte und lauschte. Jemand wählte eine Telefonnummer, dann drang Frau Härtels gedämpfte Stimme aus dem Vorzimmer.

»… nein, tut mir leid … kann ich noch nicht sagen. Herr Walter hat bestimmt so seine Geheimnisse, ich krieg' das schon raus … ich weiß, die Zeit drängt. Ist gut. Tschüss!«

Sie legte auf. Wenig später hörte Bruno eine Tür klappen. Vorsichtig öffnete er den Durchgang zum Vorzimmer. Frau Härtel war zum Mittagessen gegangen. Warum erst jetzt? Was war das für ein Telefongespräch? Bruno ging zum Schreibtisch der Sekretärin, hob den Telefonhörer ab und drückte die Taste »Wahlwiederholung«. Auf dem Display erschien der Name des zuletzt angewählten Gesprächsteilnehmers: Dr. Lüders. Ein flaues Gefühl durchzog Brunos Magengrube. Hatte die Härtel etwa einen Verdacht? Einen Moment später hatte er sich wieder im Griff. Panik konnte er jetzt am wenigsten gebrauchen. Besser, er besorgte schnell die Testliste und zog alles durch wie geplant.

Chefingenieur Wenzel, sonst eher ein wortkarger Mensch, zeigte sich äußerst zuvorkommend. »Aber bitte, Herr Walter! Ich suche Ihnen die Liste sofort heraus. Sind prima gelaufen, die letzten Belastungstests. Diese Daten können Sie den Kunden getrost vorlegen, bessere Verkaufsargumente gibt's gar nicht!«

»Genau dafür wollte ich die Liste einsetzen«, gab Bruno bereitwillig zu. Wenzel zog einen Schnellhefter aus einem Aktenstapel und reichte ihn Bruno hinüber.

»Hier ist es! Mögen Sie eine Tasse Kaffee? Interessieren Sie sich eigentlich sehr für technische Details?«

Bruno war irritiert. »Nun ja …«

Wenzel sah plötzlich verlegen zu Boden. »Ich dachte, irgendjemand hat mir erzählt, das sei so ein Hobby von Ihnen … war wohl eine Verwechslung.«

»Wahrscheinlich. Schönen Tag noch, Herr Wenzel, und vielen Dank.«

Mit weichen Knien schritt Bruno durch den Flur, die Hand um den Schnellhefter gekrampft. Wo immer ihm im Flur und im Treppenhaus Kollegen begegneten, schienen sie ihn merkwürdig zu mustern. Gespräche verstummten, die Gesichter erstarrten zu undurchdringlichen Masken. Wussten schon alle Kollegen Bescheid? Bruno hastete zu seinem Büro. Frau Härtels Stimme ließ ihn vor der Tür verharren: »Keiner ahnt, was in dem Mann vorgeht, Frau Heintze! Aber ich hab' alle informiert, alles geht seinen Gang. Der gesamte Vorstand ist im Bilde, alle Abteilungsleiter auch. Um 17 Uhr trifft sich das Komitee und bespricht die weiteren Maßnahmen.«

Bruno öffnete geräuschvoll die Tür. Die Damen fuhren wie ertappt auseinander. Frau Heintze von der Buchhaltung stammelte: »Ja, dann … guten Tag, Herr Walter … bis nachher, Lisa …« Sie drückte sich rasch an Bruno vorbei und verließ den Raum. Bruno flüchtete in sein Büro, ohne Frau Härtel anzusehen. Keuchend sank er auf den Schreibtischstuhl. Sie wussten es alle, ganz bestimmt. 63 Jahre lang untadelig gelebt, nicht einmal ein Strafmandat für Falschparken kassiert, und jetzt würden alle mit dem Finger auf ihn zeigen, Dr. Lüders an der Spitze. Wahrscheinlich käme er sogar ins Gefängnis.

»Wegen meiner Rente brauche ich mir keine Sorgen mehr zu machen ...«, murmelte er und lachte bitter. Es war aus. Seinen Entschluss fasste er spontan. Bruno stand auf, schob ordentlich seinen Stuhl unter den Schreibtisch, öffnete weit das Fenster und atmete ein letztes Mal tief ein ...

Die zahlreichen Trauergäste machten sich langsam auf den Weg zum Café. Frau Härtel stand vor dem Krematorium und schnäuzte lautstark in ein spitzenbesetztes Taschentuch. Ein Mann im eleganten Tuchmantel reichte ihr tröstend die Hand.

»Ein unermesslicher Verlust für uns alle, Frau Härtel. Für Sie ist der Schock natürlich besonders groß.«

Frau Härtel schluchzte auf. »Wenn ich bloß wüsste, warum er das getan hat! Herr Walter war ja ein so guter Mensch, aber so verschlossen! Trotzdem mochten ihn alle, und nun das ... Dabei war ich gerade damit beschäftigt, die Überraschungsfeier für ihn zu organisieren. 40 Jahre im Betrieb! Ich hab' sogar ein Festkomitee auf die Beine gestellt. Alle haben versucht herauszufinden, was man Herrn Walter schenken könnte – hat ja nie was erzählt, der Mann! Nun ist alles zu spät, und ich kann nur noch die Papiere in seinem Schreibtisch aufräumen.«

Der Mann nickte mitfühlend. »Genau zu diesem Schreibtischproblem habe ich eine Bitte an Sie, liebe Frau Härtel. Sie könnten eine Menge Geld verdienen ...«

Seine Stimme schnarrte beim Sprechen.

Endspiel

Rudi Höhne, Präsident von Fortuna 03, grüßte nach allen Seiten, bezog ächzend seinen Platz in der VIP-Loge und ließ den Blick über die Tribünen schweifen. Volles Haus – kein Wunder beim entscheidenden Meisterschaftsspiel. Seine Fortuna musste unbedingt gewinnen, wenn sie in der nächsten Saison im lukrativen internationalen Fußballgeschäft mitmischen wollte. Die ganze Region wartete auf diesen Erfolg, und alle wären ihm, dem Zocker-Rudi, dafür auf ewig dankbar. Nur ihm war es zu verdanken, dass die Fortuna vor einem Monat das argentinische Stürmertalent Rinaldo für eine aberwitzige Ablösesumme verpflichten konnte. Wenn wir heute verlieren, dachte Höhne, ist der Verein bankrott und mein Ruf ruiniert. Aber sie würden nicht verlieren – dafür hatte er gesorgt!

Höhne grinste und winkte hinüber zum freundlich nickenden Bürgermeister.

Elegant umkurvte Rinaldo drei Abwehrspieler und zog knallhart ab. Die Fortunen-Fans jubelten schon, da fischte Borussen-Torwart Jan Lohmann den Ball in gewagtem Hechtflug aus dem Winkel. Es stand null zu null, und damit lag Borussia in der Meisterschaft noch immmer vorn. Mist, dachte Lohmann, hätte ich das Ding nicht gehalten, hätte mir niemand einen Vorwurf gemacht – und ich wäre um eine halbe Million Euro reicher. Diese Summe hatte ihm Rudi Höhne geboten, wenn er den Fortunen zum Sieg verhelfen würde. Lohmann hatte zugesagt. Seinem eigenen Verein geschähe das ganz recht: Lohmann war 38, seit 20 Jahren bei den Borussen, aber in der nächsten Saison würde ein Jüngerer im Tor stehen.

Nach all den Jahren hatte man ihn kalt abserviert …

Wieder faustete er einen Ball zur Ecke. Er konnte nicht anders. 20 Jahre Profitraining, um Tore zu verhindern. Wie sollte er da plötzlich mit Absicht einen durchlassen? Ein Pfiff – Elfmeter für Fortuna! Rinaldo legte sich den Ball zurecht …

Keule stand in der Kurve hinter Lohmanns Tor, umkrampfte den Messergriff in der Tasche und war ratlos. Der Lohmann ist bestochen und lässt den Ball durch, hatte Höhne gesagt. Damit er hinterher nicht auspacken kann, legst du ihn um – nach dem Schlusspfiff stürmst du mit den Fans auf den Rasen und erstichst Lohmann im Getümmel!

100 000 Euro sollte Keule dafür kriegen, aber jetzt war er ratlos. Lohmann hielt wie ein Weltmeister, nun sogar den Elfmeter – sollte er auch umgebracht werden, wenn er keinen Ball durchließ?

Keule sah entnervt zur Uhr …

Noch eine Minute, dachte Lohmann und hörte, wie ihn die Borussen-Anhänger mit Sprechchören feierten. Er sah hinüber zur Tribüne – einen Moment zu lange: Rinaldo sprintete in eine Rückgabe, erwischte den Ball mit der Fußspitze und im Schneckentempo kullerte das Leder über die Torlinie …

Eins zu null für Fortuna!

Der Schlusspfiff des Schiedsrichters ging im Gegröle der Menge fast unter. In Scharen stürmten die Fans das Spielfeld.

Keule drängte sich durch die Menschenmasse, den Messergriff umklammert. Da leuchtete vor ihm auch schon das grellfarbene Torwarttrikot mit dem Namenszug »Lohmann«! Keule rammte das Messer genau links neben die Nummer eins und tauchte in der johlenden Menge unter, während sein Opfer zusammenbrach …

In der Borussen-Kabine zog sich Jan Lohmann ein verschwitztes Fortuna-03-Trikot vom Leib. Gute Bilanz im letzten Ligaspiel, dachte er. Klasseleistung gezeigt, halbe Million kassiert und nach dem Schlusspfiff noch mit dem großen Rinaldo das Trikot getauscht.

Gar nicht übel.

Leise rieselt der Schnee

Leise rieselte der Schnee, aber Klausen schwitzte. Das lag nicht an der Weihnachtsmannkutte und am künstlichen Rauschebart. Es lag an dem Sack auf seiner Schulter: 20 kleine Plastiktüten mit Kokain, kaum bedeckt von einem hübsch verpackten Baukasten. Der Baukasten für seinen fünfjährigen Sohn Malte. Das Kokain gehörte einem alten Kumpel. 20 000 Euro – dafür sollte Klausen den Stoff eine Weile aufbewahren, weil der Kumpel schon im Visier der Drogenfahnder war.

»Wir veranstalten eine Weihnachtsfeier mit Kollegen. Du kommst als vermummter Nikolaus, packst den Stoff in den Sack und gehst. Falls die Bullen auf der Lauer liegen, identifizieren sie dich so garantiert nicht!«

Klausen hatte sich noch nie auf krumme Sachen eingelassen. Aber seine Frau war gestorben, das Geld reichte einfach nicht mehr. Und der kleine Malte sah von Tag zu Tag trauriger aus, wenn Klausen ihm zu erklären versuchte, dass dieses Jahr der Weihnachtsmann wohl nicht käme. Darum schleppte Klausen jetzt Kokaintüten durch die Gegend und schwitzte immer noch, als er in sein Auto stieg.

Leise rieselte der Schnee, und Klausen sah die unauffällige Limousine nicht, die ihm folgte …

Im Fernsehen lief die Sesamstraße, aber Malte sah gar nicht richtig hin.

»Der Weihnachtsmann kommt heute«, hatte Papa vorhin erklärt. »Heiligabend hat er so viel zu tun! Er versteckt dein Geschenk in meinem Zimmer. Du kriegst es Weihnachten …«

Jetzt ging tatsächlich die Haustür auf!

Malte vergrub sich aufgeregt im Sessel. Der Weihnachtsmann grüßte mit verstellter Stimme, strebte sofort ins Schlafzimmer und verschloss die Tür.

In Sicherheit, dachte Klausen und stopfte den Sack in den Kleiderschrank, oberstes Fach. Jetzt nichts wie runter ins Auto, umziehen und ganz normal nach Hause kommen …

Klausen zwängte sich gerade in die Jeans, als zwei Männer die Wagentüren aufrissen.

»Polizei, Drogenfahndung! Na, Sie Weihnachtsmann – wo ist denn der Sack geblieben? Wohl schon zu Hause eingelagert?«

Wie konnte ich mich nur darauf einlassen, dachte Klausen und stieg aus. Schweigend nahmen ihn die Fahnder in die Mitte und eskortierten ihn ins Haus, hinauf in die Wohnung ...

Malte klammerte sich ängstlich an seinen Vater, als der den Sack aus dem Schrank zog und wortlos den Polizisten übergab. Die schütteten den Inhalt sofort auf dem Fußboden aus: nichts als ein hübsch verpacktes Paket ...

Hastig rissen die Fahnder das Papier herunter.

»Hurra! Ein Baukasten!«, jubelte Malte, während die Polizisten Klausen verlegen ansahen. »Pardon, Herr Klausen ... ist wohl ein Versehen ... wir dachten ...«

Klausen schaltete schnell und schob die beiden zur Tür hinaus. »Kann ja mal vorkommen, Leute! Euer Job ist hart – aber Weihnachtsmann ist auch nicht ohne ...«

Kaum hatte Klausen die Haustür geschlossen, umklammerte ihn sein Sohn.

»Nicht böse sein, Papa – ich wollte nur das Paket von außen angucken! Ich hab' durchs Schlüsselloch gesehen, wo der Weihnachtsmann es versteckt hat! Aber dann ist mir der Sack runtergefallen, und dieses weiße Zeug ist aus den Tüten geplatzt ... Ich hab alles schnell zusammengefegt und im Klo runtergespült. Jetzt weiß ich auch, was das war: Das hat der Weihnachtsmann in den Sack gelegt, damit beim Transport mein Baukasten nicht kaputtgeht, stimmt's? Das Zeug braucht er doch sicher nicht mehr ...«

»Das Zeug braucht kein Mensch!«, bekräftigte Klausen und drückte seinen Sohn gerührt. Sie würden einfach in eine andere Stadt ziehen, Malte und er.

Einen Neuanfang machen. Und jedes Jahr Weihnachten feiern. Jetzt erst recht.

In vino veritas

»Bis morgen, Junge!« Seine Mutter küsste ihn flüchtig, dann schlug die Tür hinter ihr zu. Arme Mutter, dachte Lennart Wulff. Nach der Arbeit als Kassiererin im E-Markt schob sie jetzt noch Nachtschichten in der Fabrik. Trotzdem kamen sie nicht von den Schulden herunter, die Vater ihnen hinterlassen hatte, als er vor zwei Jahren einfach abgehauen war – irgendwohin, ohne eine Nachricht zu hinterlassen. Der 17-jährige Lennart war von der Schule abgegangen und jobbte als Hilfskraft in der Fabrik, um Mutter zu unterstützen. Aber jetzt?

»Außer Ihnen trifft es noch einige Hundert andere Mitarbeiter«, hatte der Personalchef gesagt und von »harten Zeiten« und »Rationalisierung« schwadroniert. »Sie finden schon was Neues, Herr Wulff – sind doch noch jung!«

Und ungelernt. Noch vierzig Jahre Sozialhilfe bis zur Rente. Er wusste einfach nicht, wie er das seiner Mutter beibringen sollte. Aber wenn sein Plan klappte, wäre die Beichte gar nicht nötig. Lennart nahm die Weinflasche aus dem Küchenschrank, die er gestern im E-Markt gekauft hatte. Behutsam führte er eine Spritzenkanüle durch den Korken und injizierte Rattengift in die Flasche.

Morgen würde er in den E-Markt gehen und die Flasche ins Regal zurückstellen. Die Geschäftsleitung geriet garantiert in Panik, wenn jemand nach Genuss eines E-Markt-Weins krepierte. Genau die richtige Gemütsverfassung, um Lennarts Erpresserbrief ernst zu nehmen. Eine halbe Million müsste es schon sein. Die E-Markt-Kette zahlt das aus der Portokasse, dachte Lennart, und wir kommen endlich auf einen grünen Zweig.

»Dumping-Preise im E-Markt«, pries die Leuchtschrift auf der Werbetafel an. Die darunter auf Paletten gestapelten Konservenpyramiden waren billigste Ware. Gehetzte Mütter entrissen ihren plärrenden Kindern üppig präsentierte Süßigkeiten. Zittrige Greise überschlugen heimlich die Möglichkeiten, von der schmalen Rente den Betrag für eine Flasche Eierlikör abzuzweigen. Arbeitslose versuchten sich in der vergeblichen Illusion, den Preisvergleich der Billigbiere als eine Art Erlebniseinkauf zu betrachten.

Lennart sah zu seiner Mutter hinüber, die an der einzig geöffneten Kasse saß und ihren einsamen Kampf gegen das Anwachsen der Kundenwarteschlange kämpfte. Bald nicht mehr, dachte Lennart grimmig. Er ging zum Weinregal und wartete auf einen günstigen Moment, um die präparierte Flasche unter der Jacke hervorzuziehen und zurückzustellen. Jetzt guckte niemand – Lennart schob die Finger unter die Jacke …

»Lassen Sie mal sehen, junger Mann!«

Eine starke Hand packte Lennarts Arm und drehte ihn herum. Ausgerechnet Jensen, der Marktleiter und Chef seiner Mutter! Jensen nahm Lennart die Flasche aus der Hand.

»Wir zeigen jeden Ladendiebstahl an! Kein Pardon … Moment mal – sind Sie nicht der Sohn von Frau Wulff?«

Lennart nickte schwach. Ausgerechnet jetzt musste das passieren. Er dürfte nichts sagen. Auf keinen Fall seinen Plan verraten – selbst wenn er einen Ladendiebstahl vorgeben müsste …

Jensen schüttelte den Kopf. »Frau Kroll, lösen Sie bitte Frau Wulff an der Kasse ab. Sie soll ins Büro kommen!«, rief er einer neugierig herüberlugenden Angestellten zu.

»Ich weiß nicht, was in den Jungen gefahren ist«, seufzte Vera Wulff verzweifelt, nachdem Jensen ihren Sohn aus dem Büro entlassen hatte. »Er ist sonst ein guter Kerl. Nur weil er mir ein Geschenk machen wollte … Würden Sie von einer Anzeige absehen, wenn ich Ihnen meine Kündigung anbiete?«

»Aber Frau Wulff, ich bitte Sie!« Jensen überlegte. Die Wulff war seine zuverlässigste Mitarbeiterin. Außerdem hatte nicht sie geklaut, sondern ihr Junge. Die arme Frau war geschlagen genug – erst haut der Mann ab, nun dreht der Sohn durch … Drück ein Auge zu, dachte Jensen. Wäre gar nicht schlecht, bei der Wulff etwas gutzuhaben. Sieht ganz passabel aus, die Frau, ist so allein und braucht ihren Arbeitsplatz dringend … Mal sehen, wie weit er sie kriegen könnte.

»Also gut, Frau Wulff, keine Anzeige. Und Sie arbeiten selbstverständlich weiter bei uns. Unter einer Bedingung …« Jensen musterte sie lüstern. »Darf ich Sie nachher zum Essen einladen?«

Warum nicht, dachte Vera Wulff. Jensen ist zwar verheiratet, aber wenn er unbedingt will … Könnte außerdem nicht schaden, den Chef ein bisschen an der Leine zu haben. Wenn er sich mit mir einlässt, hat er mehr zu verlieren als ich. Der Posten seines Stellvertreters wird demnächst frei. Das wäre etwas für mich.

»Gern, Herr Jensen! Wie kann ich das je gutmachen?«

Da fällt uns schon was ein, frohlockte Jensen. Er zog sein Taschenmesser hervor, klappte den Korkenzieher aus und griff nach der Weinflasche.

»Am besten, wir vernichten das Streitobjekt auf elegante Art. Ist ja gleich Feierabend!« Jensen nahm zwei Gläser aus dem Schreibtisch, füllte sie schwungvoll und reichte eines seiner Mitarbeiterin. »Ich heiße übrigens Albert.«

»Prost, Albert! Ich bin Vera.« Sie hob ihr Glas und setzte es an die Lippen. Siegesgewiss nahm Jensen einen großen Schluck. Erst als Vera Wulff mit schmerzverzerrtem Gesicht über dem Schreibtisch zusammenklappte, spürte er das entsetzliche Brennen in seiner Kehle.

Alles Rock 'n' Roll

Bongo betätigte hämmernd die Base-Drum und rührte mit wirbelnden Sticks eine schwellende Klangfontäne aus den vibrierenden Becken. Eddy quälte den letzten Ton seines Gitarrensolos mit zusammengebissenen Zähnen ins schrillste Nirwana pfeifender Rückkopplungen, setzte zum finalen Luftsprung an und landete synchron zum erlösenden Schlussakkord beidfüßig auf der Bühne.

Der Beifall hielt sich in Grenzen.

Kein Wunder bei den paar Leuten, die in die Spelunke mit dem hochtrabenden Namen »Music Hall« gekommen waren – und zwar weniger wegen der ergreifenden Darbietung von »Guitar Eddy & Band« als vielmehr aufgrund der Tatsache, dass hier der Bierpreis ähnlich bescheiden war wie das Ambiente.

Rock 'n' Roll hat Höhen und Tiefen, dachte Eddy.

Wird Zeit, dass ich mal die Höhen kennenlerne.

Später saßen sie im Übungsraum – Eddy, Bongo, Rolle und Heiko.

»Irgendwann klappt's«, meinte Bongo. »Wir sind mindestens so gut wie TM, unser Sound klingt original nach TM – wir sind bloß nicht so reich wie TM.«

»Und nicht so tot!«, gab Rolle zu bedenken. Die Jungs grinsten.

Die legendäre Spitzenband »Travelling Marshmellows«, unter Kennern kurz »TM« genannt, war auf der Höhe ihrer Popularität bei einem Flugzeugabsturz verunglückt. 30 Jahre später waren ihre Platten immer noch gefragt, aber Eddy & Band wollte niemand hören – obwohl sich die Jungs hoffnungsvoll denselben Übungsraum gemietet hatten, in dem TM anfänglich probte, bevor die Gruppe groß herauskam.

»Ich hab' mir was überlegt, Jungs.« Eddy holte tief Luft. »Da wir exakt klingen wie TM, sollten wir einen Song aufnehmen, die Leute vom TV Music Channel anrufen und eine Weltsensation ankündigen: einen alten, bislang unbekannten Originalsong von TM – zufällig gefunden zwischen Sperrmüll im einstigen Übungsraum der Gruppe! Der meistbietende Sender kriegt das Band!«

»Spitzenmäßig! Super Idee, Eddy!« Guitar-Eddy zog einen unförmigen Kasten hervor. »Das hier ist mein altes Tonbandgerät – 60er Jahre, Konfirmationsgeschenk. Wir wollen ja nicht auffliegen, indem wir eine Technik benutzen, die es vor 30 Jahren noch nicht gab … Auf geht's, Leute!«

Zwei Stunden später war die Aufnahme im Kasten. Eddy ließ den Schlussakkord mit der typischen Dissonanz verenden, die als Markenzeichen TMs galt.

»Das schnallen die nie!«, grölte Bongo. Wüst kichernd schlugen sich die Jungs auf die Schultern. Heiko spulte bereits das Band zurück, schaltete dann auf Wiedergabe. Man lauschte begeistert, bis Eddy entschlossen die Stopptaste drückte.

»Original TM! Ich ruf' sofort die Sender an!«

»Hi, Leute!« Die aufgeputzte TV Music Channel–Moderatorin grüßte pseudocool ins Publikum, umarmte Eddy und die Jungs auf offener Bühne und nahm feierlich das Tonband entgegen.

»Dank dieser fabelhaften Männer präsentiert TV-MC jetzt eine sensationelle Premiere: 30 Jahre nach ihrem tragischen Ende ein neuer Hit von TM, den Travelling Marshmellows!«

Atemlos lauschten die Zuschauer der historischen Aufnahme. Eddy triumphierte still. 100 000 Euro würde der Sender zahlen! Der Schlussakkord brach ab, die Menge schwieg ergriffen.

Da dröhnte Bongos Stimme aus den Lautsprechern: »Das schnallen die nie!«

Bevor die Wiedergabe stoppte, war noch der Auftakt des wüsten Gekichers zu hören, mit dem die Jungs Bongos Kommentar bestätigt hatten.

»Zu spät die Aus-Taste gedrückt!«, flüsterte Heiko schreckensbleich.

»Ist eh alles Rock 'n' Roll, Mann!«, tröstete Eddy und starrte auf die tumultartigen Szenen im Saal, wo Sitze splitterten, Lautsprechertürme barsten und Kameras zertrampelt wurden.

Kein Job für Krause

Nach dem Mittag wusste es jeder bei Gundlach KG: Im Vertrieb wird eine Stelle gestrichen. Krause hatte es kommen sehen. Die Einbauküchen von Gundlach hatten einen guten Ruf, aber die Konjunktur war mies. Alle schnallten den Gürtel enger. Wer vor der Alternative stand, sich entweder einen Karibikurlaub oder eine neue Küche zu leisten, entschied sich für die Karibik. Damit ließ sich einfach besser protzen.

Krause glotzte seit Stunden auf den PC-Bildschirmschoner. Fliegende Toaster. Fliegender Krause. Alimente für zwei Kinder und jede Menge Hypotheken am Hals. Mit 48 zu jung für die Rente und zu alt für einen neuen Job. Die junge Renz war zu tüchtig, Müller zu etabliert. Rose ging nächstes Jahr ohnehin in den Ruhestand. Blieben zwei Kandidaten übrig – der widerliche Heller und er selbst.

»Schlaf nicht ein, Krause! Oder träumst du schon vom geruhsamen Leben mit Arbeitslosenunterstützung?« Aufdringlich klatschte Heller seine Hand auf Krauses Schulter. »Stell dich darauf ein, Krause. Ich hab' gute Karten beim Chef! Außerdem muss ich noch ein paar Raten für meinen neuen Flitzer löhnen – seht mal raus zu dem roten Gerät da drüben, Leute!«

Alles stürmte zum Fenster und machte »Aaah!«. Nur Krause blieb sitzen. Er hatte das neue Auto schon morgens gesehen, als Heller hart am Fußweg vorbei und durch eine Pfütze gebraust war, garantiert absichtlich – Krauses Mantel war immer noch nicht trocken. Krause selbst konnte sich kein Auto leisten. Arbeitslosigkeit schon mal erst recht nicht. Er würde dem Chef die Entscheidung abnehmen und Heller in die Wüste schicken. Und zwar endgültig. Krause gab sich einen Ruck. Es war zwar erst halb drei, aber er würde jetzt einfach gehen. Er musste noch etwas besorgen …

Krause wuchtete den massiven Gullydeckel auf das Brückengeländer und spähte in den Nieselregen. Die Straße führte am Gundlach-Parkplatz vorbei, unter der Fußgängerbrücke hindurch in

Richtung City – Hellers alltäglicher Heimweg. Heute nur bis hierher, dachte Krause. Da nahte bereits der knallrote Angeberschlitten! Krause ließ den Gullydeckel genau im richtigen Moment fallen. Er sah, wie das Metallgeschoss krachend die Scheibe auf der Fahrerseite durchschlug, der Wagen schlingernd in die Seitenböschung rutschte und dort stehen blieb.

Volltreffer!

Krause verzog sich schleunigst.

Am nächsten Tag kam Krause pünktlich zur Arbeit. Gundlach schätzte so etwas.

»Herr Krause, bitte zum Chef!«

Beschwingt betrat Krause Gundlachs Büro und blieb entsetzt stehen – neben dem Chef saß feixend Heller.

»Kommen Sie rein, Krause!«

Gundlach wies auf einen Stuhl. »Sie haben ja schon von der Stellenstreichung gehört. Ich wusste bis gestern nicht, ob es Herrn Heller oder Sie treffen sollte. Aber als ich nachmittags um drei die Situation mit Ihnen beiden besprechen wollte, war nur Herr Heller anwesend. Sie haben offenbar ihren Arbeitsplatz zuvor kommentarlos verlassen. Das können Sie nun auch tun – endgültig!«

Krause wusste kaum noch, wie er auf den Flur hinausgelangt war.

Heller klatschte ihm tröstend die Hand auf die Schulter: »Nimm's leicht, Krause! Ich hab' auch gestern Pech gehabt! Irgendein Irrer hat einen Gullydeckel von der Brücke durch meine Autoscheibe geworfen. Hätte ich nicht in meinem neuen Wagen gesessen, wäre ich jetzt erledigt!«

»Wieso?«, stammelte Krause verwirrt.

Heller tippte ihm an die Stirn: »Morgan. Englisches Modell. Steuer auf der rechten Seite, mein Lieber!«

Gelernt ist gelernt

»Schön vorsichtig sein, Herr Müller!«, quäkte Schwester Johanna. »Und dass wir ja rechtzeitig zum Abendessen zurück sind!«

»Wird sich kaum vermeiden lassen«, brummte Herbert Müller und hängte seinen Stock über den Arm. Nur fünf Stufen führten hinab zur Straße, aber für ihn war es wie die Eigernordwand. Er krallte die Finger ums Treppengeländer. Gut, dass wenigstens seine Hände noch zupacken konnten. Nach 74 Jahren Lebenskampf blieben ihm ein Zweibettzimmer mit Gemeinschaftsschrank im Seniorenstift und Schwester Johanna, die wie eine Knastaufseherin kommandierte und sich dabei vorkam wie Mutter Teresa.

Deprimierend.

Herbert Müller bewältigte erfolgreich die letzte Stufe und schlurfte zur U-Bahn.

Ritas Arbeitsplatz war die Kreuzung vor dem Hauptbahnhof. Jede Menge Männer, fast alle mit dicker Brieftasche unterwegs. Rita war süße 19 Jahre jung, was man ihr allerdings momentan nicht ansah. Ihre Schultern hingen herab, um die gebeugte Gestalt schlotterte ein abgewetzter Mantel. Graue Strähnen fielen in die faltige Stirn. Ihr Kinn zitterte, die Augen waren hinter dunklen Brillengläsern verborgen. Sie sah aus wie eine 80-Jährige. Kein Problem für eine gelernte Visagistin wie Rita. Ihrer Verkleidung konnte kein Kavalier alter Schule widerstehen. Dieser freundliche Vico-Toriani-Typ da vorn an der Fußgängerampel garantiert auch nicht, dachte Rita und stellte sich neben dem solide gekleideten Herrn in Position.

»Entschuldigen Sie, mein Herr – würden Sie mir bitte über die Straße helfen? Ich hatte erst kürzlich eine Hüftoperation ...«

»Selbstverständlich, gern!«

Rita hakte sich bei ihm unter. Regel eins für Trickdiebstahl: Körperkontakt zum Opfer herstellen, es damit ablenken und Regel zwei befolgen – Blitztransfer der Brieftasche. Routiniert erledigte Rita das, bevor sie die andere Straßenseite erreichten.

»Vielen Dank!«, lächelte sie zuckersüß. »Jetzt schaff' ich es allein!«

Umgehend eilte Rita zu ihrer »Umkleidekabine« – die Toilette im Fußgängertunnel. Dort öffnete sie die erbeutete Brieftasche und staunte: ein dickes Bündel Scheine quoll heraus!

»Volltreffer!«

Zusammen mit der restlichen Tagesbeute ...

Aufgeregt fingerte Rita nach ihrer eigenen Geldbörse.

Vergebens ...

»Dieser gemeine Dieb!«

Rita stürmte zornschnaubend aus der Toilette, zurück in den Tunnel. Da umklammerte jemand hart ihre Schulter. Der vermeintliche Kavalier alter Schule sah plötzlich Jahrzehnte jünger und sehr unfreundlich aus.

»Hallo, Kollegin, wollen wir freiwillig tauschen?«

»Darf ich Ihr Gespräch kurz unterbrechen?« Herbert Müller tippte ungeduldig seinen Stock auf den Boden. »Die Rolltreppe funktioniert mal wieder nicht. Wären Sie bitte so freundlich, mir hinaufzuhelfen?«

Giftige Blicke austauschend, nahmen Rita und ihr Kontrahent den gebrechlichen Alten in die Mitte und schleiften ihn untergehakt die Treppe hinauf.

»Danke schön!« Herbert Müller schlurfte davon.

»Nun zu uns«, knurrte Rita. »Austausch!«

Ihre Hände fuhren gleichzeitig in die Manteltaschen – und kamen leer wieder zum Vorschein. Verblüfft starrten sich die beiden Trickdiebe an.

»Wir sind reif fürs Altersheim, werte Kollegin ...«

»Gerade noch rechtzeitig!«, keifte Schwester Johanna.

Wie recht du hast, schmunzelte Herbert Müller und tastete nach Brieftasche und Geldbörse in der Manteltasche. Noch ein, zwei Fischzüge, und er würde auf Mallorca überwintern. Sangria trinken, um Mitternacht Steaks essen und den Makaroni tanzen – oder wie dieser Modetanz auch immer hieß. Die Welt steckte voller Amateure.

Gut, dass seine Hände noch zupacken konnten.

Theaterdonner

Plötzlich hielt der zornige Mann einen Revolver in der Hand. Panisch starrte die Frau vor ihm auf die Mündung.

»Ich habe lange genug an dir gelitten, Weib. Sieh her, hier steht die Frau, die mich wirklich versteht!«

Hinter ihm trat eine junge Schönheit hervor, blickte ihre Widersacherin kalt an – da krachte schon der Schuss, das Opfer sackte stöhnend zusammen.

»Danke, Leute – Mittagspause, dann der dritte Akt noch einmal! Gut gemacht, Charles! Alissa, du warst fabelhaft!«

Maurice Beauville klatschte in die Hände, auf der Bühne und im Zuschauerraum flammte das Licht auf. Alissa Berger, die scheinbar Getroffene, richtete sich wieder auf, beehrte den Regisseur mit einem honigsüßen Lächeln und verschwand in Richtung ihrer Garderobe. Charles Westwood steckte den Theaterrevolver ein und strebte ebenfalls zu seinem privaten Ruheraum. Sharon Röder, die schöne Geliebte im Hintergrund, zögerte einen Augenblick unschlüssig. Sollte sie die kurze Pause in der Gemeinschaftsgarderobe mit den anderen Nebendarstellern verbringen oder hinüber zu ihrer Mutter gehen, die wie stets als kritischer Zaungast auf einem der hinteren Plätze im leeren Saal saß?

Sharon entschied sich für die erste Variante. Mutter würde doch bloß wieder die alte Leier herunterklagen – seit Generationen hätten die Röders alle wichtigen Hauptrollen in den berühmtesten Theatern der Welt gespielt, und ausgerechnet Sharon, jüngster Spross dieser begnadeten Darstellerdynastie, schafft den Durchbruch nicht! Sharon wollte nicht mehr auf der Bühne stehen und mit ihren illustren Ahnen verglichen werden. Das würde sie ihrer Mutter sagen, gleich morgen! Oder nächste Woche. Irgendwann …

Sharon winkte hilflos in den Saal und eilte zur Garderobe.

Nora Röder kochte vor Wut. Ihre Tochter war gut, aber ihr fehlte der Ehrgeiz. Diese Alissa Berger hatte wesentlich weniger Talent, aber trotzdem die Hauptrolle bekommen. Für Sharon blieb nur die »schöne Geliebte«: Auftritt erst im letzten Akt mit ein paar banalen Sätzen. Dabei hat Sharon die Hauptrolle perfekt drauf, dachte Nora. Regisseur Beauville hat sie auch schon in dieser Rolle erprobt und als Zweitbesetzung für die Berger vorgesehen. Deswegen würde Nora jetzt Sharons Karriere auf die Sprünge helfen. Der Revolver in ihrer Tasche sah genauso aus wie die Theaterwaffe, aber er war echt und scharf geladen. Charles Westwood saß garantiert wie üblich im Bistro und hatte seine Bühnenkleider im Ruheraum gelassen. Wenn sie gleich heimlich die Waffen vertauschte, würde es dieser eitle Fatzke nicht merken ...

Die Berger musste weg.

Mittelmäßige Darsteller sind sowieso eine Zumutung, fand Nora.

Maurice Beauville versammelte sein Ensemble auf der Bühne. »Noch ist das Stück nicht reif! Also jetzt an die Arbeit – wie besprochen.«

Die Schauspieler nickten. Der Schlussakt nahm seinen Lauf ...

Charles Westwood zielte mit der Waffe auf die Berger: »Ich habe lange genug an dir gelitten, Weib. Sieh her, hier steht die Frau, die mich wirklich versteht!«

Sharon trat hinter ihm hervor. Westwood kniete plötzlich vor der Berger nieder und reichte ihr den Revolver: »Aber du bist meine Ehefrau, und ich verzeihe dir ...«

Alissa Berger hob die Waffe, zielte auf ihre Nebenbuhlerin: »Doch ich verzeihe nie!«

Der Schuss krachte, Sharon sackte stöhnend zusammen.

»Wunderbar, Leute!«, schrie Beauville. »Diese Fassung nehmen wir – das wollen die Leute sehen!«

Fassungslos rang Nora nach Luft ...

Zu Tode verwirrt

Keine Verfolger in Sicht. Der erste Teil des Coups gelungen – wie immer. Grubers Masche war simpel: Provinzpostamt auswählen, hineingehen, Pistole ziehen, abkassieren und im geklauten Fluchtauto verschwinden. Bis die Landeier-Polizei am Tatort eintraf, war man längst weg. Und die beklauten Postler würden als Täter einen Mann, südländischer Typ, beschreiben.

Gruber nahm die Sonnenbrille ab, sah in den Innenspiegel und beglückte sich selbst mit einem strahlenden Lächeln. Dann löste sie mit einem Handgriff den aufgeklebten Schnurrbart, zog die dunkle Kurzhaarperücke herunter und ließ kopfschüttelnd ihre wallende blonde Mähne über die Schultern herabfallen. Noch verbarg eine derbe, wattierte Jacke ihre schlanke Figur. Doch bald würde Tatjana Gruber Designerfummel tragen. Aber erst musste Teil zwei des Coups erfolgen – den Wagen wechseln und endgültig verschwinden …

Tatjana Gruber bremste ab und rollte auf den Parkplatz eines Restaurants. Jede Menge Autos. Sie kniff ein Auge zusammen. Der dunkelblaue BMW da drüben – der gefiel ihr. Aufknacken und ab damit!

Tobias Mahnke nahm den Fuß vom Gaspedal. Bloß kein Strafmandat riskieren! Der Tag lief auch so schon schlecht genug. Wie eigentlich fast alle Tage im Leben des Tobias Mahnke, seitdem Müller ihr Vertriebsgebiet neu strukturiert hatte.

»Strengen Sie sich an, Mahnke! Kollege Landsberg verkauft fast doppelt so viel wie Sie. Dabei ist sein Gebiet noch kleiner!«

Der Chef begriff einfach nicht, dass in Bodo Landsbergs Bezirk jede Menge Betriebe ansässig waren. In Tobias' Gebiet gab es fast ausschließlich Landwirte – die hatten nun mal kaum Verwendung für Kopierer. Bodo hatte immer Schwein. Er hatte Lisa geheiratet, auf die Tobias lange scharf gewesen war, und jetzt galt er in der Firma als große Verkaufskanone.

112

Tobias stutzte, als ein dunkler BMW an ihm vorüberzog. War das nicht Bodos Auto? Hinten mit dem kleinen gelben Firmenaufkleber?

Wilderte der jetzt schon in seinem Verkaufsgebiet?

Tobias gab Gas und nahm die Verfolgung auf. Wenigstens würde Bodo nicht schneller sein. Ihre Dienstwagen waren typengleich.

Tatjana war sauer. Kaum sitzen Männer in einer PS-Keule, benehmen sie sich steinzeitmäßig, dachte sie und lenkte möglichst weit nach rechts, um den lichthupenden Drängler vorbeizulassen. Doch der Typ im dunklen BMW fuhr mit gleicher Geschwindigkeit neben ihr her und glotzte blöd herüber.

Lisa ist das nicht, dachte Tobias, und Bodo noch weniger. Allerhand! Lässt Bodo seine blonde Gespielin während der Arbeitszeit mit dem Firmenwagen herumkutschieren! Das wird Müller aber gar nicht gefallen. Und Lisa sowieso nicht. Hoffentlich glauben die mir das überhaupt, bei meinem Pech …

Moment mal, ich hab' doch die Kamera im Handschuhfach …

Tobias kramte mit der rechten Hand den Fotoapparat hervor, die linke umklammerte das Lenkrad.

Dieser Spinner, dachte Tatjana und trat das Gaspedal durch. Tobias blieb eisern auf gleicher Höhe und legte die Kamera an. Den riesigen Mähdrescher bemerkten beide erst, als es längst zu spät war …

»Wirklich ein Träumer, dieser Mahnke! Hab' ich schon immer gewusst! Als Verkäufer mäßig, und nun wollte er in James-Bond-Manier eine bewaffnete Posträuberin stoppen. Na ja, Friede seiner Asche! Herr Landsberg, Ihr neuer Dienstwagen kommt morgen – ist sogar eine Nummer größer als der alte.«

Klasse Story

»Ich weiß auch, dass ich das Skript schon abgeben sollte!« Adrian Kreutzer hielt den Telefonhörer auf Abstand. Trotzdem verstand er Wegners Tirade Wort für Wort. Ausbezahlte Vorschüsse. Drucktermin. Werbung schon angerollt. »Übermorgen, okay?«

Kreutzer legte auf, trat ans offene Fenster und atmete durch. Wegners Verlag ging den Bach hinunter, wenn Starautor Adrian Kreutzer nicht bald einen neuen Bestseller vorlegte. Allerdings hatte Kreutzer keine Ahnung, wie er das schaffen sollte. Seine Gedanken schienen wie vernebelt. Er hatte noch keine Zeile geschrieben, nicht den Hauch einer Geschichte im Sinn. Völlig blockiert. Nächste Woche sollte er im Fernsehen aus seinem schon so lang angekündigten Werk vorlesen. Sein Ruf wäre ruiniert, käme er mit leeren Händen. Da könnte er gleich aus dem Fenster springen. Er lehnte sich weit hinaus, es schwindelte ihm …

»Darf ich hereinkommen, Herr Kreutzer?«

Eva Keller. Seine Schülerin aus dem Schreibseminar. Für ein Spitzenhonorar gab Kreutzer den Guru für einen Zirkel gut betuchter, aber hoffnungslos überspannter Pseudo-Literatinnen. Gut für die Kasse, schlecht für die Nerven.

»Was gibt's?«

Schüchtern legte die junge Frau einen schmalen Hefter auf den Schreibtisch. »Die Kurzgeschichte … meine Seminararbeit …«

Grimmig griff Kreutzer nach dem Hefter. Schon nach den ersten Zeilen litt er Höllenqualen. Der letzte Mist. Lächeln, Adrian …

»Ich lese das heute Abend, ja?«

Unbeirrt zog Frau Keller einen dicken Ordner aus der Tasche. »Ich habe auch einen Roman geschrieben. Bitte, mir liegt so viel an Ihrer Meinung – würden Sie … ?

Seufzend schlug Kreutzer den Ordner auf, las – und las gebannt weiter. Das war erste Sahne, von Anfang an. Spannend. Pointiert. Aus einem Guss!

»Ich habe noch niemandem davon erzählt! Sie sind der Erste, der es liest!«

Kreutzer merkte auf. Und plötzlich wusste er genau, wie diese spezielle Geschichte ausgehen würde: Schreibschülerin wird während der Besprechung ihrer Seminararbeit schwindelig, sie taumelt zum offenen Fenster, schnappt Luft, stolpert, stürzt in die Tiefe, Starautor ist tief betroffen. Und präsentiert eine Woche später sein neues Werk, dasselbe, das gerade in einem unscheinbaren Ordner auf dem Schreibtisch lag.

Klasse Story.

»Frau Keller ...« Kreutzer lächelte der jungen Frau freundlich zu. »Kommen Sie doch bitte mal mit zum Fenster ...«

Der Applaus verebbte nur langsam, Kreutzer lächelte glücklich in die Kamera.

»Vielen Dank für die mit Spannung erwartete Lesung aus Ihrem neuen Roman!«, hudelte der Moderator. »Als Dankeschön eine kleine Überraschung: Wir haben heute fünf ganz treue Verehrerinnen von Ihnen zu Gast – Ihre Schreibschülerinnen!«

Die Damen betraten das Studio, allen voran Nadja Kamps – die beste Freundin der verstorbenen Eva Keller. Sie ergriff das Wort:

»Bei uns galt Adrian Kreutzer in literarischen Fragen als unfehlbar. Nur eine von uns hegte Zweifel, und so bereiteten wir einen Test vor: Wir besorgten uns einen noch nicht in Deutschland erschienenen Roman des amerikanischen Bestsellerautors Jan Griscom, übersetzten den Text und tippten ihn ab ...«

Kreutzer schnürte es die Kehle zu.

Nadja Kamps fuhr fort, gnadenlos. »Unsere Kollegin brachte das Skript zu Kreutzer und tat so, als hätte sie es selbst verfasst. Was hier eben vorgelesen wurde, ist unser übersetzter Griscom-Text – und Adrian Kreutzer hat dafür gemordet!«

»Und noch mehr Überraschungsgäste!«, krähte der Moderator dazwischen. »Die Kripo – Applaus, Applaus!«

Männer in dezenten Anzügen drängten sich um Adrian Kreutzer.

Klasse Story, dachte der Moderator.

Gut für die Quote.

Schwer geleimt

»Wir haben im Lager einen Fehlbestand in sechsstelliger Höhe! Was sagen Sie dazu, Klausen?«

»Kei … keine Ahnung, Chef«, stotterte Klausen.

Schäfer grunzte verächtlich und legte eine weitere Lücke im Lagerregal frei, die von ein paar kunstvoll gestapelten Tapetenrollen verdeckt gewesen war. So ein Mist, dachte Klausen. Monatelang hatte er im Lager von Schäfers Baustoffhandel schwungvollen Schwarzhandel mit abgezweigter Ware betrieben.

Und jetzt machte der Chef unangemeldet Inventur, mitten im Jahr!

»Sie sind dafür verantwortlich, Klausen! Sie sind gefeuert! Und ich werde Anzeige erstatten – Sie sollen blechen, ein Leben lang! Gehen Sie!« Wutschnaubend verschwand Schäfer auf der Suche nach weiteren Lücken hinter den Regalen.

Klausen zitterten die Knie. Er musste etwas unternehmen! Noch wusste bloß Schäfer von der Unterschlagung. Das Lager hatte nur einen Ausgang und keine Fenster – er war hier ganz allein mit dem Chef … Sein Blick fiel auf eine Palette mit Pinselreiniger. Als Brandbeschleuniger war das Zeug bestimmt auch zu gebrauchen. Daneben stand der Karton mit Sekundenkleber. Entschlossen fischte Klausen eine Tube heraus, griff sich eine Flasche Pinselreiniger und verschüttete deren Inhalt, während er langsam zum Ausgang zurückwich. Klausen öffnete die Tür und bestrich die innere Klinke mit Kleber. Dann zückte er sein Feuerzeug. Wie Bruce Willis in »Stirb langsam II«, dachte er.

Echt cool.

»Cheerio, Schweinebacke!«

Als die Flammenspur ins Lager zischte, schloss Klausen die Tür von außen und machte sich eilig davon.

Klausen lehnte an seinem Wagen, einem BMW Roadster – hatte er sich natürlich nur durch seine »Nebenbeschäftigung« leisten können. Vom Parkplatz aus sah man noch immer Rauchschwaden aus dem schwelenden Lager aufsteigen. Gerade hatte man Schäfers Leiche abtransportiert. Die Schreie waren furchtbar gewesen ...

Sie hatten ihn auf dem Boden neben der Tür gefunden. Der Sekundenkleber musste Schäfer so lange an der Klinke festgehalten haben, bis die Hand verkohlt war. Niemand würde Klausen auf die Spur kommen. Die Polizei hatte schon mit allen gesprochen, niemand wusste etwas. Und die Lagerbestände ließen sich nun auch nicht mehr nachprüfen.

Er war glatt aus dem Schneider.

Gerade fühlte Klausen in der Jackentasche nach der Tube mit dem Kleber, als er einen Polizisten auf sich zukommen sah. Jetzt holen sie mich, schoss es ihm durch den Kopf.

Weg mit dem Kleber!

Rasch warf er die Tube hinter sich in den Fußraum des BMW gleiten – da stand der Beamte schon vor ihm.

»Entschuldigen Sie – hätten Sie vielleicht mal Feuer für mich?«

Der Polizist zückte eine Zigarettenschachtel. Will der mein Feuerzeug sehen?, durchfuhr es Klausen. Langsam zog er es aus der Jacke. Der Beamte zündete seine Zigarette an, reichte das Feuerzeug unbesehen zurück und ging.

Klausen atmete tief durch.

Jetzt war alles gut.

Erleichtert stieg er in den Roadster, startete, knallte den Gang hinein und fuhr an. Dabei spürte er einen ungewohnten Widerstand. Energisch trat er kraftvoll zu – irgendetwas quetschte unter dem Gaspedal, gab nach, platzte auf ...

»Gerade hat er mir noch Feuer gegeben«, gab der schreckensbleiche Beamte seinem Vorgesetzten zu Protokoll. »Dann sprang er plötzlich ins Auto. Erst fuhr er normal – aber dann schoss der Schlitten wie irre los, an der Ausfahrt vorbei, frontal gegen diese Mauer. Es brannte sofort! Er hatte keine Chance ...«

Falsch verbunden

Kröger stand in einer Toreinfahrt und peilte die Lage: Rundherum sozialer Wohnungsbau der biederen Art, 50er-Jahre-Architektur, akkurate Gardinen und Alpenveilchen in den Fenstern. Kein Ambiente für Millionäre, aber Kleinvieh macht auch Mist. Außerdem gab es hier weder Alarmanlagen noch Wachdienste.

Krögers Masche brachte zwar nicht den Millionencoup, nährte aber den Mann. Er klingelte bei alleinstehenden Rentnerinnen und gab sich als Mann von der Telefongesellschaft aus. Einmal in der Wohnung, war der Rest ein Kinderspiel – die meisten Omas fielen schon vor Schreck um, wenn er ihre Schränke nach Wertsachen durchwühlte. Ansonsten sorgten wohlgezielte Schläge schnell für Ruhe …

Kröger studierte ein Klingelbrett und fand, was er suchte: Hertha Rose. Das hörte sich nach alleinstehend und mindestens 80 an.

Exakt Krögers Klientel.

Er steckte den Zettel wieder weg und rieb sich in stiller Vorfreude die Hände.

Im Treppenhaus roch es nach Bohnerwachs. Die zierliche alte Dame, die auf Krögers Klingelzeichen hin öffnete, sah ihn fragend an.

»Telefongesellschaft!«, verkündete Kröger wichtig, zückte rasch einen ebenso imposanten wie falschen Ausweis und ließ ihn schnell wieder in die Tasche gleiten. »Mit Ihrem Apparat stimmt was nicht! Ich darf eintreten?«

Schon stand er im Flur, drückte hinter sich die Tür zu, schob den Riegel vor und ließ gierig den Blick schweifen. Einzimmerwohnung. Mobiliar sauber, aber abgenutzt. Ein billiger Kunstdruck im Wechselrahmen, Klein-TV aus dem Supermarkt, eine voluminöse Glasvase auf einer Kommode.

Alles normal.

Trotzdem. Irgendetwas stimmte nicht, das wusste Kröger sofort. Aber was?

»Von der Telefongesellschaft?«, fragte die Alte zittrig. »Da könnten Sie mir einen Gefallen tun, junger Mann … Darf ich Ihnen gleich das Geld für die Telefonrechnung mitgeben? Dann brauche ich nicht extra zur Bank – da war ich vorhin schon, die Rente abholen …«

»Aber gern!«, frohlockte Kröger. Oma hat Bares im Haus und schleppt es sogar ganz von selbst an! Gespannt beobachtete er, wie Hertha Rose zielstrebig eine Kommodenschublade öffnete und ihn dann verwirrt ansah.

»So was! Hier hat die Brieftasche doch vorhin noch gelegen …«

Verdammt! Schon stand Kröger neben ihr und zog hastig alle Schubladen auf – alle voller Krimskrams und Trödel, kein Geld.

»Die Brieftasche muss runtergefallen sein! Bitte – wären Sie so nett, mal unter der Kommode nachzusehen? Mein Rücken …«

Schon lag Kröger bäuchlings auf dem Fußboden und stierte ins Dunkel. Seine ausgestreckte Hand schob sich unter das Möbel, erforschte eine dicke Staubschicht, ertastete eine Wand und die Telefondose …

Plötzlich wusste Kröger, was hier nicht stimmte.

Er zog die Hand zurück und wandte sich gerade fragend der alten Dame zu, als die splitternde Wucht der niedersausenden Glasvase sein Gesicht in eine blutige Masse verwandelte.

»Hübsche Schweinerei«, kommentierte der Mann von der Mordkommission den Anblick der Leiche inmitten der Scherben.

Hertha Rose nickte bedauernd. »Stimmt! Die Vase war mein letztes gutes Stück.«

Der Kommissar schüttelte fassungslos den Kopf. »Den Kerl haben wir schon lange auf der Fahndungsliste! Auf den sind etliche Leute reingefallen. An was haben Sie ihn denn so schnell durchschaut?«

Hertha Rose wies auf die leere Kommode und lächelte.

»Ich habe kein Telefon …«

Betriebsprüfung

»Mahlzeit, Herr Thomsen!«, grüßte die Dirks und schielte über ihre Brille. »Ich soll Ihnen von der Geschäftsleitung ausrichten: Der Betriebsprüfer kommt gleich zu Ihnen!«

»Danke«, würgte Thomsen mühsam hervor. Er schaffte es gerade noch in sein Büro, dann brach er auf dem Schreibtischstuhl zusammen. Betriebsprüfung! So früh im Jahr! Bisher hatte niemand in der Firma bemerkt, dass Thomsen regelmäßig Gutschriften für angeblich beschädigte Container auf ein privates Konto umleitete. Aber so ein smarter Betriebswirt würde den Schwindel sofort auffliegen lassen, da war sich Thomsen sicher. Wenn er doch das Geld noch hätte! Fast eine halbe Million – alles verzockt. Immer hatte er fest an eine Glückssträhne am Spieltisch geglaubt. Dann hätte er das unterschlagene Geld heimlich zurückgezahlt, ganz bestimmt. Aber nun war es aus!

Er musste Zeit gewinnen.

Vielleicht könnte er dann ein paar Unterlagen fälschen, alles besser verschleiern …

Zeit gewinnen. Das war es.

Da klopfte es schon. Geschockt eilte Thomsen zur Tür, riss sie auf. Ein junger Mann lächelte ihn freundlich an – Designeranzug, modische Brille, Aktenkoffer.

»Herr Thomsen?«

Raus hier, schoss es Thomsen durch den Kopf. Weg mit dem Kerl vom Computer und allen verdächtigen Aktennotizen!

»Kommen Sie, mein Herr!«

Thomsen klopfte dem verblüfften Betriebsprüfer auf die Schulter und drängte ihn zurück auf den Flur. »Die Theorie flutscht nachher viel besser, wenn Sie sich vorher mal die Praxis angesehen haben, stimmt's? Ich zeige Ihnen, wie und womit wir hier arbeiten. Sie wollen uns doch sicher auf Herz und Nieren testen, oder?«

Der Prüfer nickte und ließ sich ergeben durch den Betrieb schleifen. Thomsen redete fieberhaft auf ihn ein. Vielleicht schaffe ich es, den Kerl bis Feierabend zu beschäftigen, spekulierte er. Dann hätte ich wenigstens eine Nacht lang Zeit, die Spur zu verwischen.

»Und das ist unser Freigelände!«, präsentierte Thomsen zwei Stunden später atemlos.

»Container, so weit das Auge reicht!«, bemerkte der Prüfer trocken und gähnte diskret. »Können wir jetzt ... ?«

»Na klar!«, unterbrach ihn Thomsen. »Nur eine Sache noch, wirklich interessant ...«

Jetzt musste ihm unbedingt etwas einfallen! »Kommen Sie, ein Stück dort entlang, hinter den Containerstapel da ...«

Thomsen sah sich hastig um. Sie waren allein, und hinter dem Containerstapel hörte er einen der riesigen Kräne heranrumpeln.

Es ging blitzschnell. Ein harter Stoß, und der junge Mann flog hinter dem Container hervor, stolperte auf die Schienen. Unbeirrt zog der stählerne Koloss eine blutige Spur – der Kranführer bemerkte es nicht einmal.

Thomsen eilte zurück ins Büro. »Der Prüfer ist irgendwann allein weitergegangen«, hämmerte er sich unterwegs seine Geschichte ein. »Dabei muss er auf das Freigelände geraten sein ...« Jetzt hatte er Zeit genug, die Akten zu frisieren!

Die Akten lagen schon auf Thomsens Schreibtisch. Sein Chef sah ihm wütend entgegen, während eine smart wirkende Dame in den Unterlagen blätterte.

»Allerhand, dass Sie hier noch aufkreuzen, Thomsen!«, röhrte der Chef. »Ausgerechnet Sie beschummeln mich um eine halbe Million! Und ich sag' heute Morgen noch zu meinem Sohn: Junge, wenn du wirklich in den Semesterferien bei uns arbeiten willst, geh zu Thomsen, das ist der beste Abteilungsleiter im ganzen Betrieb, da lernst du was! Und was findet die Betriebsprüferin? Sagen Sie mal, Thomsen – wo ist mein Junge eigentlich?«

Zu spät betrunken

»Konfetti!«, kreischte Buchhalter Hansen animiert und entleerte den gestanzten Inhalt eines Aktenlochers über der wie entfesselt vorbeihüpfenden Polonaise seiner Kollegen aus der Spedition Bertram. Betriebsweihnachtsfeier, aber das Stimmungsbarometer stand klar auf Rosenmontag. Auch die Mädels aus der Telefonzentrale amüsierten sich prächtig.

»Er will mit dir alleine ein Glas Champagner trinken? Der Chef? Echt?«

»Will er!«, triumphierte die schöne Gina. »Unser flotter Rainer Bertram erwartet mich in einer Stunde oben in seinem Penthouse. Nächste Weihnachtsfeier könnt ihr »*Chefin*« zu mir sagen – wetten?«

»Aber was ist mit Peter?«

»Ach, der ...« Gina rümpfte die hübsche Nase und warf einen schnellen Seitenblick zum Nachbartisch, wo ein Mann gerade sein Schnapsglas leerte und sofort wieder nachfüllte. »Viel Muskeln, wenig Hirn, nie einen Plan – und seine Stelle wird bald gestrichen, weiß ich vom Bertram ...«

Tuschelnd steckten die Damen die Köpfe zusammen, während Peter Klein das nächste Glas kippte und so tat, als hätte er nichts gehört. Gina würde sich wundern. Alle würden sich wundern! Diesmal hatte Klein nämlich durchaus einen Plan: Gleich auffällig zur Herrentoilette torkeln, durchs hintere Fenster hinaus, drei Stockwerke am Regenrohr hinauf bis zum Penthouse, Scheibe eindrücken, einsteigen und dann Bertram den Hals umdrehen – diesem widerlichen Kerl, der Kleins Job streichen wollte und ihm Gina ausspannte! Wenn er mit Bertram fertig war, würde Klein über die Außenfassade wieder zur Feier zurückkehren. Niemand käme später auf die Idee, dass der volltrunkene Peter Klein in der Lage gewesen wäre, so eine halsbrecherische Kletterpartie zu überstehen. Dafür müsste man nüchtern sein. Klein grinste grimmig und leerte das nächste

Glas – pures Leitungswasser aus einer präparierten Schnapsflasche. Besaufen würde er sich hinterher. Zwischen dem Mord und der Entdeckung der Leiche bliebe genug Zeit, um die Promille aufzutanken, die er jetzt nur vortäuschte. Schwankend erhob er sich und rempelte gegen den Tisch der Telefonistinnen. »Tschulligung, die Damen ...«, lallte Klein und taumelte gekonnt in Richtung Toilette.

»Voll wie Hacke – echt peinlich, der Typ!« hörte er Gina noch zischen. Du Miststück, dachte Klein bitter. Keine Stunde mehr, und Gina würde zum Rendezvous mit einer Leiche kommen ...

Kommissar Florian Cord stand knöcheltief in Konfetti. Trostlose Trümmer, dachte er. An den Tischen saßen die entsetzten Mitarbeiter der Firma Bertram, sichtlich geschockt von der schrecklichen Nachricht des Mordes an ihrem Chef. Nur ein Mann, ein Hüne von Kerl, schraubte gerade stillvergnügt den Verschluss von der Kornflasche – eine geleerte Flasche stand schon neben ihm.

»Wer ist das?«, wandte sich Cord an Gina, die er gerade als wichtigste Zeugin befragt hatte.

»Der? Ein besoffener Idiot ist das!«

»Kräftiger Bursche – käme bestimmt am Regenrohr hoch ...«, bemerkte Cord nachdenklich. Gina winkte verächtlich ab. »Der kann gar nichts!«

Klein merkte auf, sein Gesicht verfinsterte sich. »Kannichwohl, du ...«

Jetzt winkte auch Cord ab. »Schafft der nicht, sehe ich ein. Zu blau, zu blöd.«

Klein stemmte sich mühsam hoch, zornrot im Gesicht. »Jezz' vielleich', aber nich vorhin, Mann! Hab' nur Wasser gesoff'n – musste doch noch die Wand hoch ...«

Atemlose Stille herrschte, dann klickten die Handschellen.

»Sie hätten Schnaps trinken sollen«, bemerkte Kommissar Cord. »Das wäre ausnahmsweise gesünder gewesen.«

Still ruht der See

»Wiedersehen, Herr Burckhardt! Muttern wartet sicher schon mit dem Essen!«

Frau Miesbach, die Sekretärin, grinste honigsüß. Prompt fingen ihre beiden Kolleginnen an zu kichern. Burckhardt grinste verkrampft zurück, bis sich die Fahrstuhltüren endlich schlossen. Seufzend lehnte er sich an die Kabinenwand. Jeden Tag in dieser Firma ging er durch die Hölle. Alle hackten auf ihm herum, trieben ihre Spielchen mit ihm. Irgendein Opfer hatten sie gebraucht. Als bekannt wurde, dass Burckhardt mit 40 Jahren noch bei seiner Mutter wohnte, hatten sie ihr Opfer gefunden. Am schlimmsten trieben es Meyer, Kröger und Groth. Ausgerechnet mit denen musste sich Burckhardt ein Büro teilen.

Das Spießrutenlaufen war unerträglich.

Aber für heute war es erst einmal vorbei. Burckhardt trat aus dem Lift in die Tiefgarage, ging zu seinem Wagen und ließ sich aufatmend hinters Lenkrad fallen. Bloß weg hier, dachte er und steuerte rasant an der Reihe geparkter Fahrzeuge vorbei – da ließ ihn ein dumpfer Stoß an der Karosserie auf die Bremse steigen! Rasch sprang er aus dem Wagen und stolperte fast über einen verkrümmt daliegenden Körper. Meyer, sein Kollege – blutüberströmt, klaffende Wunden am Kopf, Arme und Beine verdreht, ganz still. Burckhardt zitterte. Ein Unfall! Er hatte ihn nicht gesehen!

Er konnte doch nichts dafür …

Plötzlich wusste Burckhardt, dass alle anderen das ganz anders sehen würden! Im Geiste hörte er schon die Aussagen von Kröger und Groth bei der Polizei: »Das hat der Burckhardt mit Absicht gemacht, Herr Kommissar – er hatte Stress mit Meyer, und jetzt hat er den armen Hund einfach platt gefahren …«

Alle würden dazu nicken, von Sekretärin Miesbach bis hin zum Büroboten. Und er, Burckhardt, käme als Mörder hinter Gitter. Das durfte nicht geschehen! Blitzschnell öffnete er den Kofferraum, riss

Meyers schmalen Körper hoch, ließ ihn in den Wagen rollen und schloss den Deckel. Dann klemmte er sich wieder hinter das Lenkrad und raste, wie von Teufeln gehetzt, aus der Tiefgarage ...

Stunden später stand der Benzintank auf Reserve, aber Burckhardt war am Ziel: Ein Steilhang über einem dunklen Stausee, abgrundtief und einsam gelegen. Burckhardt fuhr von der Straße ab auf die abschüssige Wiese. Als die Kühlerhaube genau auf den See zeigte, schaltete er in den Leerlauf und ließ sich seitlich aus dem Wagen fallen. Das Auto rollte davon, rumpelte über die Abbruchkante. Ein entferntes Platschen, dann hatte der See die Limousine und Meyers Leiche verschluckt. Burckhardt musste nur noch zum nächsten Bahnhof laufen, nach Hause fahren und sein Auto als gestohlen melden ...

Als Burckhardt am nächsten Tag ins Büro kam, lauerten Kröger und Groth schon feist feixend auf ihn.

»Na, Burckhardt – noch weiche Knie?«

Burckhardt blickte erschrocken auf. Die beiden Kollegen legten sofort nach.

»Mann, Burckhardt, Sie Mammasöhnchen, wir haben Fotos in der Garage gemacht – Meyer am Boden, das Blut, Sie daneben, völlig fertig ... Sie sind geliefert!«

Burckhardt sackte auf einen Stuhl, totenbleich. Kröger und Groth wieherten vor Vergnügen.

»Und Mamas Liebling fällt tatsächlich auf Groths Schlag gegen den Kotflügel, Theaterschminke, Schweineblut und Meyers Schauspielkunst herein! Schmeißt Meyer in den Kofferraum und haut einfach ab! Köstlich! Wann haben Sie denn den armen Kerl wieder freigelassen, Burckhardt? Und überhaupt ...« – beide wurden plötzlich wieder ernst – »warum ist Meyer heute noch nicht im Büro?«

Burckhardt saß am Tisch, den Kopf in den Armen vergraben, und gab keine Antwort.

Brüderchen und Schwesterchen

»Dass er so früh von uns gegangen ist …«

Frau Haller ging kopfschüttelnd die Stufen zur Pforte hinunter und drehte sich noch einmal um. »Auf Wiedersehen, Fräulein Reimann – und nochmals mein aufrichtigstes Beileid für Sie und Ihren Herrn Bruder!«

»Vielen Dank, Frau Haller! Gute Nachbarn sind uns ein Trost.«

Blöde Kuh, dachte Doris, hau endlich ab. Zwei Stunden hatte die Haller sich im Reimann'schen Wohnzimmer Kuchen ins klatschsüchtige Maul gestopft und Krümel prustend Vater Reimanns Tod beklagt. Dabei hatte sie ihn seit Mutters Tod vor fünf Jahren kaum noch gegrüßt. Doris bekreuzigte sich im Geiste und genoss noch einen Augenblick die Aussicht über den steilen Abhang zum Stausee. Dann schloss sie die Haustür und ging durch die Diele des schmucken Bungalows. Ihr Haus. Und das ihres Bruders Dirk, der natürlich schon wieder den Cognac in der Hand hielt, als Doris das Wohnzimmer betrat.

»Wir müssen eine Traueranzeige entwerfen«, empfing Dirk sie. »Ich schlage vor, wir nehmen jeder einen Bogen Papier und sehen mal, was wir zustande bringen.«

Doris nickte und holte zwei Briefbögen und Schreiber.

Dirk starrte auf das weiße Papier mit Vaters Namen oben links. Lieber Vater …

Ein lieber Vater war Heinz Reimann nie gewesen, jedenfalls nicht für Dirk. Mürrisch, selten zu Hause, oft betrunken. Dirk nahm einen zügigen Schluck Cognac. Von Vater kam selten etwas Gutes. Deshalb war er vorletzte Nacht auch im Bett geblieben, als er Vater hatte rufen hören. Dirks Hand zitterte unübersehbar. Geschrieben hatte er auch noch nichts. Doris ließ ihren Schreiber natürlich übers Papier flitzen, als gelte es eine Einladung zum Kindergeburtstag zu verfassen. Doris. Drei Jahre älter als er, energisch, tüchtig, herrschsüchtig. Er müsste weg von ihr. Am besten das Haus verkaufen, seinen Anteil einstecken und ab. Aber Doris wollte das Haus bestimmt behalten. Und wie sollte er gegen Doris ankommen?

»Sein Tod ließ uns hilflos in großer Trauer«, schrieb Doris, »ohne ihn wird unser Leben nicht mehr sein wie zuvor.«

Hoffentlich, dachte sie. Erst 52 war Vater gewesen und schon ein Wrack. Seit Jahren arbeitslos und ständig besoffen. Zum Glück hatte Mutter genug Vermögen hinterlassen. Aber wie lange hätte es noch gereicht? Gut, dass sie nicht hingegangen war, als Vater vorletzte Nacht nach ihr rief. Sonst hätte er nicht selbst versucht, volltrunken die steile Treppe zum Weinkeller hinabzusteigen.

»Nur der Tod konnte das Rückgrat dieses aufrechten Mannes brechen«, schrieb Doris.

Und nur sein Tod verschaffte ihr Freiheit und den Besitz des Hauses auf dem Hügel. Ihr Haus. Und das ihres Bruders, der sich da mühsam mit ein paar Zeilen abquälte. Ein Bündel aus hirnrissigen Ideen und Fluchtfantasien, der Prototyp eines Versagers. Was war mit so einem Bruder die Freiheit schon wert? Nachdenklich musterte Doris die Cognacflasche.

»Er wird uns fehlen. Wie soll es weitergehen?«, las Dirk auf seinem Blatt.

Keine Ahnung, wie's weitergeht, dachte er und bezog diese Erkenntnis gleichermaßen auf die Traueranzeige wie auf das Leben schlechthin. Er schielte auf Doris' Blatt hinüber. »Der Verlust ist kaum zu ertragen, unser Leben dunkler geworden«, stand da. Doris ist auch kaum zu ertragen, fand Dirk und dachte plötzlich: Aber als Abschiedsbrief würde sich ihr Pamphlet gut machen. Ein Leben ohne Doris wäre einfach perfekt. Er würde das Haus verkaufen, eine Weltreise machen, sich ein Cabrio zulegen. Dirk musterte seine Schwester: Kalte Augen, verkniffene Mundwinkel, gestraffte Schultern. Plötzlich wusste er genau, was zu tun war.

Wenigstens einmal in seinem Leben würde er alles richtig machen.

»Ich muss ein paar Schritte gehen«, sagte er, »vielleicht fällt mir dann mehr ein!«

Doris sah ihm nach, als er hinausging: fettige Haare, schlaffe Gestalt, schlurfender Schritt. Was für ein jämmerlicher Anblick. Mit

25 Jahren hatte er weder einen Beruf noch irgendwelche Freunde. Wenn er nicht vor der Glotze saß und Cognac schlürfte, schraubte er an seinem Auto herum. Er würde ihr auf Dauer die Freude am Haus genauso vergällen wie Vater. »Wie soll es weitergehen?«, las sie auf Dirks Briefbogen. Typisch für ihn – er wusste bestimmt nicht, wie's weitergeht.

Aber sie wusste es plötzlich ganz genau.

Der verzweifelte Sohn, überwältigt von Trauer und Cognac, würde im Dunkeln einen Spaziergang zum Bootssteg unternehmen, die Balance verlieren und im eiskalten Stausee ertrinken. Vaters Schlafmittel in den Cognac schütten, das setzt ihn außer Gefecht. Dirk ins Auto laden, den Hang hinunter zum Steg fahren und ihn in den See werfen. Falls er hochkommt, stoße ich ihn mit der Rettungsstange zurück. Doris lief mit glänzenden Augen zum Bad und wühlte im Medizinschrank.

Dirk saß erleichtert vor dem Fernseher. Er fühlte sich gut wie seit Langem nicht mehr. Vielleicht war er doch ein Mann der Tat. Jedenfalls, wenn es darauf ankam. Er lächelte Doris an, und sie lächelte sogar zurück.

»Möchtest du einen Cognac?«

Dirk nickte überrascht. Doch während er zusah, wie seine Schwester gekonnt eine großzügige Portion in den Schwenker goss, dachte er grimmig: Zu spät für Friedensangebote!

»Wohl bekomm's«, wünschte Doris formvollendet.

Dass ein schlaffer Heini so schwer ist, ging es Doris durch den Kopf, als sie ihren schnarchenden Bruder aus dem Sessel zerrte. Bis zur Haustür schaffte sie es nur mit zwei Pausen, während derer sie Dirk kurzerhand auf dem Teppichboden ablegte. Ihr Wagen stand zum Glück noch in der Einfahrt. Sie öffnete weit die Beifahrertür. Der Kies knirschte, als sie Dirk über die Einfahrt schleifte und auf den Beifahrersitz hievte. Er rutschte vom Sitz und sackte auf dem Wagenboden zusammen. Sie ließ ihn dort liegen, schloss Haus- und Beifahrertür und setzte sich ebenfalls in den Wagen. Prüfend sah sie zu den Nachbarhäusern hinüber – alles dunkel, sogar bei Frau Haller. Die Haller war gefährlich, die sah mehr als eine Mischung zwischen Dobermann und Apatschenhäuptling. Vielleicht sollte sie vor der Abfahrt lieber das Tor öffnen und im Leerlauf ein Stück Weg den Hang hinunterrollen. Sonst stand der Wagen mit laufendem Motor in der Einfahrt, was die Haller todsicher hinter die Gardine locken würde.

Doris ging zum Tor hinunter. Wenn sie die Sache am Bootssteg hinter sich gebracht hätte, würde sie einen entlegenen Parkplatz aufsuchen, dort die Nacht verbringen und morgens ganz früh im Büro auftauchen. Dann könnte sie bei der Vernehmung behaupten, sie hätte geschlafen, sei früh zur Arbeit gefahren und wäre Dirk seit dem Vortag nicht begegnet.

»So spät noch unterwegs, Fräulein Reimann?«

Frau Haller sah neugierig zu Doris hinüber. Der Dackel, den sie an der Leine führte, steckte mit dem gleichen Gesichtsausdruck die schnüffelnde Schnauze durch den Jägerzaun.

»Ich … Guten Abend, Frau Haller … ich kann nicht schlafen, wegen Vater, wissen Sie. Ein paar Kilometer Autobahn helfen mir bestimmt. Ich will bloß leise aus der Einfahrt rollen, Dirk schläft schon!«

»Armes Kind! Fahren Sie nur, ich schließe das Tor hinter Ihnen!«

»Danke!«, sagte Doris und ging zum Auto zurück. Das war knapp. Dirk lag mittlerweile vollends auf dem Wagenboden. Sie legte ihre Jacke über ihn und löste die Handbremse. Sachte rollte der Wagen auf die Pforte zu, passierte Frau Haller, die wie ein Wachtposten salutierte. Ein besseres Alibi als Frau Haller gab es überhaupt nicht. Doris triumphierte innerlich. Sie startete den Motor und gab Gas.

Dirk fühlte dumpfe Nebelschwaden im Kopf. Sie versperrten den Blick, lähmten die Gedanken und dämpften jedes Geräusch. Jedes Geräusch bis auf ein gleichmäßiges Brummen. Motorenlärm … Auto … Er zwang sich mit aller Macht, die Augen zu öffnen. Doris' hartes Gesicht verschwamm im grünlichen Licht der Armaturen.

Grünes Armaturenlicht – das war Doris' Auto.

»Do-ris!«, lallte Dirk. Doris schreckte auf. »Die … Bremsen! Ich hab' die Bremsen …«

Entsetzt sah Doris auf die enge Kurve am Steilhang über dem Stausee.

129

Sie trat aufs Bremspedal.

Nichts.

»Vielleicht wollten sie ja sterben«, sagte Kommissar Hausmann und nickte hinüber zum Kran, dessen Haken soeben das Autowrack über die Uferböschung zog. Wasser lief aus den Türdichtungen.

Wachtmeister Schöller zuckte mit den Schultern. »Schon möglich. Ihre Briefe über den Tod des Vaters waren wirklich rührend.«

»Dabei war der alte Reimann ein echtes Miststück«, bemerkte Hausmann. »Hat das ganze Haus versoffen. Völlig überschuldet, hat mir die Bank gesagt. Wäre übrigens auch ein Grund für den Geschwister-Selbstmord.«

»Kommt in den besten Familien vor«, meinte Schöller und ging zum verbeulten Wrack, um die Türen zu öffnen.

Auf alle Fälle Safe

Die Anzeige lautete: »Safety Safe entwickelt absolut aufbruchsichere Wandsafes. Um allen Wünschen künftiger Kunden gerecht zu werden, benötigen wir Ihre Hilfe. Natürlich nicht umsonst: Wir verlosen einen Spezialsafe und 100 bunte Frühlingsblumensträuße!« Darunter standen einige Fragen: Was möchten Sie im Safe aufbewahren – Gold, Wertpapiere, Schmuck, Bargeld? Haben Sie bereits einen Safe – ja/nein? Und für unsere Statistik: Wie alt sind Sie? Familienstand?

»Geniale Idee von dir, diese Anzeige aufzugeben, Olli!«, feixte Norbert und knüllte die Zeitung zusammen. »Jetzt sammeln wir bloß die Antwortkarten aus dem anonymen Postfach und haben eine Kartei von Leuten, die ein Vermögen im Haus und keinen Safe haben!«

Olli griente zurück. »Und aus dieser Kartei suchen wir uns dann die ältesten, alleinstehenden Senioren aus!«

»Oma allein zu Haus!«

Wiehernd klopften sie sich gegenseitig die Schultern weich.

Leonie Schöller hantierte am Türriegel. Sie sah den kleinen Knauf nicht besonders gut, wofür sie das Zwielicht im Flur verantwortlich machte. Aber vermutlich lag es schlicht an ihren 92 Jahren, gestand sie sich ein, als endlich die Tür aufschwang. Auf der Schwelle standen Olli und Norbert, bewaffnet mit Frühlingsblumen.

»Herzlichen Glückwunsch! Sie haben beim Safety-Safe-Preisausschreiben diesen schönen Blumenstrauß gewonnen! Dürfen wir hereinkommen?«

Leonie Schöller wirkte überfordert. »Was haben Sie gesagt? Kommen Sie doch bitte herein und sprechen Sie etwas lauter!«

Olli zischte Norbert siegessicher zu: »Siehste – so'n Blumenstrauß ist wesentlich billiger und besser als 'ne Brechstange!«

Es dauerte eine Weile, bis Leonie Schöller einigermaßen zu begreifen schien, worum es ging. Ja, sie hätte schon gern einen Safe! Sie habe auch etwas zum Hineinlegen!

Norbert konnte sich kaum noch beherrschen.

Olli zügelte ihn raunend: »Gleich schleppt die Olle das Zeug selbst an, dann brauchen wir nicht mal danach suchen!«

Tatsächlich präsentierte Oma Schöller eine funkelnde Schmuck-kollektion. Doch als sich Norbert darauf stürzen wollte, bemerkte sie:

»Leider ist alles wertlos! Darum brauche ich ja einen Safe!«

Die Gangster glotzten verständnislos.

»Ich habe zeitlebens so getan, als sei es echter Schmuck«, erklär-te Leonie Schöller verschämt. »Aber meine beste Freundin Almut hegt schon lange den Verdacht, dass der Schmuck nicht echt ist. Es ist mir peinlich, ihr einzugestehen, dass ich sie seit Jahren anlüge! Sie ist sehr wohlhabend. Wenn ich einen Safe für meinen Schmuck hätte, wäre Almut bestimmt von dessen Echtheit überzeugt, glauben Sie nicht auch? Finanziell leisten kann ich mir den Kauf allerdings nicht – deshalb hatte ich gehofft, einen Safe zu gewinnen! Die Blu-men sind trotzdem sehr hübsch, meine Herren.«

»Wir müssen leider gehen …« Olli zog den verstörten Norbert hinter sich her. »Besitzt ihre Freundin bereits einen Safe?«

»Nein!«, strahlte die alte Dame. »Almut Grosse kauft bestimmt einen! Goethestraße 47! Grüßen Sie sie herzlich von mir.«

»Stell dir das vor, Almut!«, empörte sich Leonie Schöller am Telefon. » … stehen kaum in der Tür und murmeln was von Brech-stange! Meine Augen lassen nach, aber ich höre wie ein Luchs! Und blöder als diese beiden Knaben kann man selbst mit 92 kaum sein. Konnten meine wertvollen Brillanten nicht von Talmischund unter-scheiden! Mach's gut, Almut. Die Polizei ist gleich bei dir. Kannst mir morgen beim Seniorenball erzählen, wie ihr die Schwindler hochgenommen habt.«

Leonie Schöller legte den Telefonhörer auf und schüttelte den Kopf. »Ich weiß selbst nicht mehr genau, ob mein Schmuck echt ist oder nicht! Na ja – kann mir in meinem Alter eigentlich egal sein …«

Omas Haus

»… und so gedenken wir, die wir uns heute versammelt haben …«

Viele sind es nicht mehr, dachte Rainer Talbach. So ist das, wenn man erst mit 96 Jahren stirbt – Oma hat ihren Mann, ihre Freunde und sogar ihren Sohn überlebt. Im Saal des Krematoriums lauschten neben den Enkeln Rainer und Marie nur zwei alte Nachbarinnen den hohlen Phrasen des Trauerredners.

» … die so plötzlich von uns ging …«

Sehr plötzlich, schmunzelte Rainer insgeheim. Niemand hatte gemerkt, dass er seiner Oma eine tödliche Überdosis ihres eigenen Herzmittels verpasst hatte. Wer veranlasst schon eine Obduktion bei einer 96-jährigen, die offenkundig friedlich im eigenen Bett stirbt? Oma fühlte sich längst nutzlos, jammerte über Wehwehchen und Einsamkeit, wollte aber nie ins Altersheim.

Und sie starb einfach nicht.

»… aufopferungsvoll gepflegt von den Enkelkindern Rainer und Marie …«

Marie schluchzte. Sentimentale Kuh. Schade, dass sie die Hälfte der fünf Millionen erben würde. Das war der ungefähre Wert von Omas Aktienpaket. Als Opa damals die Aktien zusammenstellte, hatte Rainer sich die Wertpapiere notiert. Über deren Stand war er bestens im Bilde. Fünf Millionen. Und Oma hatte bis zuletzt in dem schmucklosen Siedlungshäuschen gewohnt, das Opa nach dem Krieg gebaut hatte.

»Was soll ich alte Frau mit dem Geld? Das könnt ihr später erben!«

Aber vor ihrem Ableben etwas herausrücken wollte sie nicht. Dabei stand Rainer das Wasser bis zum Hals. Doch jetzt schlug seine Stunde. Er würde auf Omas Grundstück mit dem Aktiengeld ein Mehrfamilienhaus errichten lassen.

»… sagen wir nun Else Talbach Adieu!«

Rainer ließ die Taschenlampe nur kurz aufblitzen. Eigentlich fand er sich blind zurecht. Drei Räume, ein Badezimmer. Kein Keller, dafür ein holzbockzerfressener Dachboden. Und was sagt seine blöde Schwester nach der Trauerfeier? »Rainer, ich ziehe in Omas Haus. Es soll dort alles so bleiben, wie's ist. Es ist für mich ein Stück Kindheit! Natürlich zahle ich dir die Hälfte vom Wert aus.«

Er hatte alle Argumente aufgefahren: Das Grundstück ist groß, von der Lage her eine Sahneschnitte, rundherum stehen Wohnblocks mit hochpreisigen Eigentumswohnungen. Leider verschloss sich die gefühlsduselige Marie Vernunftgründen grundsätzlich. Da halfen nur vollendete Tatsachen. Er verteilte einen Stapel Altpapier auf dem Fußboden, riss ein Streichholz an und ließ es fallen.

So spare ich sogar die Abbruchkosten, fiel ihm dabei ein.

»Bis auf den Boden niedergebrannt – wirklich schade um deine Umzugspläne, liebe Marie!«, heuchelte Rainer gekonnt. »Die Feuerwehr sagt, es war vermutlich ein Penner, der im leeren Haus Unterschlupf gesucht hat!«

Bevor Marie antworten konnte, bat sie der Notar ins Büro.

»Bevor wir zur eigentlichen Testamentseröffnung kommen, habe ich einen Brief zu verlesen, den Ihre Großmutter bei mir hinterlegt hat.« Feierlich öffnete er einen Umschlag und entfaltete langsam einen Bogen Briefpapier: »Liebe Marie, lieber Rainer! Ich habe in meinem langen Leben gute und schlechte Zeiten erlebt. Die Inflation in den 20er Jahren, während der mein Vater sein ganzes Vermögen verlor, habe ich nie vergessen. Was für Zeiten jetzt auf uns zukommen, weiß der Himmel – Währungsunion, Euro, keine D-Mark mehr … Mein Rat an Euch: Man sollte sein Geld nicht weggeben. Ich habe daher das Aktienpaket aufgelöst. Ihr findet fünf Millionen in gebündelten Tausendern in der kleinen Pappschachtel neben der Luke auf dem Dachboden …«

Die Gelbe Sansibar

Lohmann köpfte gekonnt sein Frühstücksei, ohne den Blick von der Zeitung zu lösen. »Alfons W. (73) verbrannte in seinem Einfamilienhaus, nachdem sich ein Gasbrenner entzündet hatte …«

War Onkel Alfons ganz recht geschehen, dachte Lohmann. Nicht einmal für seinen einzigen Verwandten hatte er etwas übrig gehabt. Bevor er seinem nichtsnutzigen Neffen Geld geben würde, hatte der Alte getönt, erweitere er lieber seine Briefmarkensammlung – da stecke ohnehin sein ganzes Vermögen drin, und er würde niemals eine Marke verkaufen. Das hatte Lohmann den Rest gegeben. Nachts war er beim schlafenden Onkel ins Haus gestiegen, hatte das Briefmarkenalbum an sich genommen und den Gasbrenner manipuliert. Wozu hatte er im Knast mal Installateur gelernt? Prompt war die Bude samt Alfons in die Luft geflogen, und Lohmann würde das Erbe einstreichen.

Das Haus war bestimmt gut versichert.

Es klingelte an der Tür, ein Mann stellte sich vor: »Ich bin Herr König, von der Versicherung Ihres verstorbenen Onkels ….

Erwartungsvoll bat Lohmann den Besuch herein. Alfons hatte tatsächlich Policen in beträchtlicher Höhe abgeschlossen – vor allem für die Briefmarkensammlung, seinen kostbarsten Besitz.

»Ein Jammer, dass die Marken verbrannt sind!«, bedauerte Herr König. »Ihr Onkel besaß sogar eine Gelbe Sansibar, wussten Sie das?«

»Eigentlich nicht«, stotterte Lohmann.

»Ein kanariengelber Fehldruck, unter Sammlern glatt eine halbe Million wert, stellen Sie sich das mal vor!«

Lohmann stellte sich das vor und schluckte. Er schluckte noch mehr, als König ihm eröffnete, dass die Auszahlung der Versicherungssumme aus diversen Gründen erst frühestens in sechs Monaten erfolgen könne. Lohmann schloss die Tür hinter dem Versicherungsagenten und fluchte. Er brauchte das Geld dringend, und zwar sofort! Entschlossen zog er Onkel Alfons' Briefmarkenalbum aus einer Schublade und blätterte.

Tatsächlich – da war sie ...

»Eine Gelbe Sansibar?« Der Briefmarkenhändler musterte Lohmann fragend, dann sah er wieder auf das kanariengelbe Stück Papier auf dem Tresen. »Hab' ich ja noch nie gesehen ...«

»Kein Wunder!«, trumpfte Lohmann auf. »Eine halbe Million hat man ja nicht jeden Tag auf dem Tisch liegen! Aber sehen Sie das gute Stück ruhig genau an, bevor Sie ein Angebot machen.«

Kopfschüttelnd nahm der Händler eine starke Lupe. Nach einer Weile richtete er sich mit hochrotem Gesicht auf: »Gelbe Sansibar, gar kein Zweifel! Eine halbe Million ist zwar zu viel für mich, aber ich kenne einen Käufer – ein Anruf, und er ist in 30 Minuten hier! Zwei Prozent Provision für mich. Einverstanden?«

Lohmann nickte. Der Händler ging kurz ins Büro und kehrte dann zurück, um Lohmann mit einem langen Vortrag über Briefmarken zu beglücken. Da betrat plötzlich Herr König den Laden, gefolgt von zwei Polizisten.

»Nehmen Sie ihn fest, meine Herren! Er hat seinen Onkel ermordet – der hätte sich niemals freiwillig von seiner Sammlung getrennt! Tja, Herr Lohmann, eine Gelbe Sansibar gibt es nicht. Die hat Ihr Onkel auf meinen Rat selbst gebastelt, um mögliche Diebe zu überführen ...«

Verdutzt stammelte Lohmann: »Woher wussten Sie, dass ich in diesem Laden bin?«

König drückte ihm grinsend die Briefmarkenlupe in die Hand. »Werfen Sie doch mal einen Blick auf die Marke!«

Lohmann starrte durch das Vergrößerungsglas auf den gelben Papierfetzen und las in fein gepinselten Buchstaben:

»Diese Marke ist gestohlen. Bitte anrufen: König, 4397138«

Killers Lohn

Lehmitz setzte die Schubkarre ab, zog eine Harke unter der Plane hervor und begann fahrig zwischen ein paar Rhododendren herumzukratzen. Eine alte Frau fütterte die Enten am Teich. Der Dackel eines Rentners hechelte mit einem Jogger um die Wette. Auf einer Bank biss eine junge Mutter gedankenverloren in einen angekauten Butterkeks, während sich ihre kleine blonde Tochter wieder der Sandkiste zuwandte.

Ein ganz normaler Tag im Park.

Bis auf die beiden Polizisten an der alten Eiche. Zwei weitere eine Ecke dahinter. Und etliche Uniformträger vorn an der Straße, gegenüber dem Gefängnistor. Keiner von ihnen nahm Notiz von Lehmitz, der im grünen Overall, die Harke in der Hand, exakt dem Bild eines Pflegers öffentlicher Grünanlagen entsprach. Lehmitz peilte durch die Büsche zum Tor.

Noch zehn Minuten, dann würde Kröger kommen.

Killer-Kröger.

»Als ob wir sonst nichts zu tun hätten!«, stöhnte Wachtmeister Walter und kickte gelangweilt einen Stein gegen den Stamm der alten Eiche. »Killer-Kröger wird entlassen, da müssen wir doch nicht mehr auf ihn aufpassen!«

»Wäre aber peinlich für uns, wenn man ihn gleich vor der Knasttür umnietet!«, gab sein Kollege Ferner zu bedenken. »Drohungen hat's reichlich gegeben.«

»Und verdient hat er sie alle. Der hat genug auf dem Kerbholz, sogar für seinesgleichen. Auf dem Kiez haben sie schon ein Kopfgeld auf ihn ausgesetzt! Mir wäre es lieber, wir täten hier was Sinnvolles – so wie dieser Gärtner da hinten!«

Walter nickte zu Lehmitz hinüber, der scheinbar hochkonzentriert sein Beet beackerte …

Lucy. Seine kleine, stets fröhliche Tochter, immer in Bewegung.

137

Ein anderer Park: Lucy im Gras, regungslos, der kleine Körper zerrissen von Bleikugeln.

Nur weil Killer-Kröger bei seiner Verhaftung wahllos um sich geschossen hatte.

Die unschuldige Lucy war tot.

Lehmitz, Steuerzahler und gesetzestreu, hatte seine Tochter verloren.

Und Kröger durfte heute von vorne anfangen. Lehmitz trat der Schweiß auf die Stirn, verbissen riss er die Harke durch die Erde. Auf der Schubkarre, unter der Plane, lag ein Gewehr mit Zielfernrohr. Von hier aus war das Schussfeld frei. Sollten sie ihn danach ruhig verhaften. Ohne Lucy war sein Leben ohnehin kaputt.

Noch eine Minute …

»Du kommst ja gar nicht weiter.«

Das kleine blonde Mädchen stand neugierig vor Lehmitz.

»Geh weg!«, zischte er. Das Tor – er durfte das Tor nicht aus den Augen lassen!

»Du harkst immer auf der Stelle, weißt du das?«

Das Tor öffnete sich, da war er: Kröger!

Das Gewehr, dachte Lehmitz, ließ die Harke fallen und fuhr zur Schubkarre herum – da trat die Kleine dazwischen.

»So wirst du nie fertig!«

»Hau ab!«, schrie Lehmitz, bemerkte im gleichen Moment, wie die beiden Polizisten an der Eiche zu ihm hinübersahen und sich die Mutter des Mädchens alarmiert von der Bank erhob. Er zögerte kurz, und genau in dieser Sekunde geschah es: Ein offener Wagen bog schleudernd um die Ecke, eine Maschinenpistole hämmerte. Kröger schaute noch ungläubig dem davonjagenden Auto nach – dann brach er zusammen, von allen Seiten rannten Polizisten auf seine Leiche zu …

Das kleine blonde Mädchen musterte Lehmitz unbeirrt und streckte ihm eine rote Spielzeugharke entgegen.

»Ich wollte dir bloß helfen!«

»Du hast mir sehr geholfen …«

Lehmitz kämpfte mit den Tränen, aber er lächelte, als er der Kleinen übers Haar strich.

Versuch macht klug

»Das, meine Herren, ist das Anwesen Ihres verstorbenen Großonkels
– Sie kennen es ja von früher!« Kohn, der Verwalter, wies mit zittri-
ger Greisenhand auf das dunkle Gutshaus. »Reichlich Wohnfläche
und Nebengebäude. Leider ziemlich marode Bausubstanz, aber 200
Hektar Land.«

Weiß ich doch längst, du Quatschkopf, dachte Robert und wechselte einen genervten Blick mit seinem Vetter Klaus, der scheinbar
dasselbe dachte wie er – ausnahmsweise. Robert und Klaus waren
für gewöhnlich nie einer Meinung. Sie hassten sich seit frühester
Kindheit und waren sich seit Jahren aus dem Weg gegangen.

Aber jetzt war Onkel Berthold gestorben.

Die beiden Vettern sollten erben, unter einer Bedingung: Sie
müssten gemeinsam und ohne fremde Begleitung ein letztes Wochenende auf Gut Schönstein verbringen, bevor sie es verkauften.

»Schon gut, Kohn«, verabschiedete Klaus das alte Faktotum seines Onkels ungeduldig. »Gehen Sie. Wir kommen schon zurecht!«

Die Vettern eilten auf das Haus zu und ließen den Alten stehen …

Die großzügigen Räumlichkeiten waren heruntergekommen, das
Mobiliar nur noch Sperrmüll. Allein im Kaminzimmer standen zwei
heile, schwere Ledersessel. Robert und Klaus ließen sich sofort hi-
neinfallen.

»Onkel Berthold hat wirklich in einem Schweinestall gehaust!
Was hat er eigentlich die letzten Jahre gemacht?«

»Sein Geld gezählt und irgendwelche Forschungen betrieben.«
Klaus schüttelte sich. »Mit Ratten und so! Den alten Berthold hat ja
seit Jahren keiner aus der Familie mehr besucht.«

»Immer allein mit Quasimodo Kohn! Brr!« Robert hob den Blick
schaudernd zur Decke. Da sah er den Riss, der gezackt um einen großen Mauerbrocken verlief – direkt über dem Kopf seines Vetters …

»Was wirst du mit dem geerbten Zaster anfangen?«, erkundigte
sich Klaus ahnungslos und erstarrte plötzlich, als jetzt er einen Spalt

in der Decke bemerkte – unmittelbar über Roberts Kopf begann sich das Gemäuer zu lockern!

»Weiß ich nicht«, antwortete Robert beiläufig und beobachtete gebannt, wie der Mauerbrocken über Klaus in sachte Bewegung geriet. Robert hatte Schulden ohne Ende. Wenn er Onkel Bertholds Erbe allein antreten könnte, bliebe vielleicht sogar noch etwas für ihn über. Klaus... der Mauerbrocken ... marodes Haus ... ein Unfall ...

Gleich ist Robert platt, dachte Klaus. Der Stein hängt nur noch an einem Faden. Ich warne den Blödmann nicht. Ich erbe allein!

Verlegen grinsten sich die Vettern an – dann prasselte auf beide der Tod herab ...

Ein flimmernder Monitor zeigte Klaus und Roberts Bild in den schweren Ledersesseln. Im nächsten Moment krachte die Zimmerdecke herunter, die Szenerie verschwand in einer wallenden Staubwolke. Onkel Berthold schaltete den Bildschirm ab und drehte sich höhnisch lachend herum.

»Was zu beweisen war: Habgier macht die Menschen absolut berechenbar! Robert und Klaus können wir also streichen, genau wie vorher schon Tante Rosi, Cousine Clara, Schwager Dieter und Onkel Fritz. Mein lieber Kohn, Sie müssen die Zimmerdecke wieder neu präparieren Wen haben wir noch auf der Liste?«

Kohn schüttelte bedauernd den Kopf: »Keiner mehr da, Professor.«

Gähnend verschränkte Onkel Berthold die Arme hinter dem Kopf.

»Dann nehmen wir ab morgen wieder Ratten. Die sind sowieso cleverer.«

Genug ist genug

Hertha Reimann stand mitten auf der Kreuzung, als die Fußgänge-rampel auf Rot umsprang. Fünf Sekunden später tobte das Inferno: Kühlerhauben schnappten nach ihr wie hungrige Krokodile, Hupen gellten und ein rotgesichtiger Zornbold mit Übergewicht sprang aus seinem Wagen, um wild gestikulierend eine wüste Schimpftirade abzulassen.

»Schleich dich, Oma!«, war alles, was Hertha Reimann davon mitbekam, aber da hatte sie bereits schwer atmend die rettende Ver-kehrsinsel erreicht.

Hinter ihr startete der Verkehr mit verächtlich quietschenden Reifen.

Die zweite Etappe schaffte sie einigermaßen, aber ihr Bein schmerzte wieder.

»Das wird immer mal Probleme bereiten«, hatte der Arzt gesagt, als sie nach dem schlecht verheilten Oberschenkelhalsbruch aus dem Krankenhaus entlassen wurde. »Mit 86 Jahren sollten Sie lang-sam daran denken, in ein Altersheim zu ziehen, Frau Reimann. Oder gibt es vielleicht Angehörige, die Sie aufnehmen würden?«

Gibt es nicht, dachte Hertha bitter und versuchte einem Kinder-wagen auszuweichen, ohne mit dem Stock einem rasenden Fahrrad-kurier in die Speichen zu geraten. Kurt war damals nicht aus der Ge-fangenschaft zurückgekommen, ihr Baby hatte den Nachkriegswinter nicht überlebt. Wenn sie wenigstens Geld hätte, könnte sie sich gute Pflege leisten. Vor den Altersheimen graute ihr. Aber ihre schmale Rente langte kaum aus zum Überleben. Heute war erst der Zwanzigs-te, und sie ging zur Bank, um den letzten Fünfziger abzuheben, der bis zum Monatsende reichen musste.

Es gab eben keinen Platz mehr für sie.

Schleich dich, Oma.

Joachim Springer, genannt Joschi, hielt seinen Kumpel Kalle Jacob für ein Genie. Verglichen mit Joschi ließ sich vermutlich so ziemlich jeder als Genie bezeichnen. Das minderte jedoch Joschis Verehrung für Kalle keineswegs. Zum Beispiel dieser Plan mit dem Banküberfall, der war wirklich großartig. Eine Minute vor der Mittagspause in die Filiale marschieren, Knarren rausholen, einen Bankheini die Tür abschließen lassen und in aller Ruhe den Tresor leeren. Niemand würde sich über die verschlossene Tür wundern – war ja Mittagspause.

Einfach genial.

Joschi wäre so etwas niemals eingefallen. Bewundernd sah er Kalle an, der neben ihm auf der Parkbank saß und angestrengt zur Bankfiliale hinüberspähte.

Endlich kommt Kohle in die Kasse, dachte Kalle und sah auf die Uhr. Noch zehn Minuten bis zur Mittagspause. Joschi ist genau der richtige Partner – zu dumm, um mich hinterher reinzulegen. Außerdem macht er alles, was ich sage. Auf Befehl legt der jeden um. Und Kalle hatte nicht vor, Zeugen zu hinterlassen.

»Los, Joschi! Wir gehen jetzt rüber. Und streif die Strumpfmaske erst über, wenn wir drinnen sind, klar?«

Joschi nickte und trabte ergeben hinter Kalle her.

Der Kassierer beobachtete angespannt Hertha Reimann, die den Fünfzigeuroschein umständlich viermal faltete und mit tattrigen Fingern in ein ganz spezielles Fach ihres Portemonnaies zu stecken versuchte. Schneller, Oma, du bist die Letzte, dachte er. Die hätte doch nun wirklich den ganzen Vormittag über Zeit gehabt. Aber nein, sie kommt zwei Minuten vor Torschluss. Und ich bin mit Gabi zum Essen verabredet.

Hertha Reimann spürte den Blick des Kassierers und zitterte noch stärker. Ihre Nerven waren am Ende.

»Hände hoch! Überfall!«

Der Kassierer, Hertha Reimann und die beiden Angestellten hinter dem Tresen erstarrten. Kalle richtete seine Waffe auf einen der Angestellten und schrie ihn an: »Komm her und schließ die Eingangstür ab!«

Langsam näherte sich der Angestellte der Eingangstür. Bevor einer der Gangster reagieren konnte, riss er sie auf und flüchtete. Sein Kollege versuchte, den Alarmknopf unter dem Tresen zu erreichen…

»Leg ihn um!«, schrie Kalle.

Joschi schoss. Der Banker sackte wortlos zusammen.

Joschi blickte verwirrt um sich. Irgendetwas lief schief.

»Leg das Geld in die Tüte!« herrschte Kalle den Kassierer an.

Mechanisch stopfte der geschockte Mann Banknotenbündel in die Plastiktüte, die der Gangster ihm durchreichte. In diesem Augenblick ertönten Sirenen.

Nur Momente später bremsten mehrere Polizeiwagen vor der Bank.

»Verdammt!«, fluchte Joschi. »Was machen wir jetzt?«

»Komm aus deinem Kasten«, knurrte Kalle den Kassierer an. »Du gehst jetzt raus zu den Bullen und erzählst ihnen, dass wir ein Auto brauchen. Wir nehmen die Oma als Geisel, die ist leichter zu handhaben als du. Los, verschwinde!«

Mit einem scheuen Seitenblick auf die alte Frau zog der Kassierer ab.

Immer ich, dachte Hertha Reimann. Mit mir können sie's ja machen. Meinen Fünfziger nehmen die mir bestimmt auch noch weg. Plötzlich merkte sie, dass sie nicht vor Angst zitterte, sondern vor Wut. 86 Jahre alt, und alle hacken auf ihr herum. Sie sah auf die Pistolen und das viele Geld in der Plastiktüte. Alle nehmen sich einfach, was sie brauchen. In einer Blechkiste mit Hupe hat man immer Vorfahrt, und Revolverschwinger pfeifen auf überzogene Girokonten. 86 Jahre, krank und chronisch pleite – was sollte ihr eigentlich noch zustoßen? Hertha Reimann hatte endgültig genug.

»Der Wagen ist da!«, meldete Joschi vom Fenster aus. »Komm her, Oma!«, raunzte Kalle. Die alte Dame straffte sich. »Bedaure, meine Herren – ich spiele nicht mit.«

»Ich leg' sie um«, erbot sich Joschi pflichteifrig.

Hertha Reimann konterte: »Ohne Geisel können Sie sich gleich gegenseitig verhaften.«

Kalle trat dicht an sie heran. »Was wollen Sie, Oma?«

Sie musterte ihn kühl und erwiderte: »Meinen Anteil. Ein Drittel. Jetzt sofort.«

Kalle überlegte nur einen Augenblick, dann griff er schweigend in die Tüte und stapelte Geldbündel auf den Tresen. Hertha Reimann füllte schmunzelnd die Taschen ihres abgewetzten Wintermantels.

Ein ganz neues Lebensgefühl.

Joschi verstand die Welt nicht mehr, bis sein Kumpan ihm zuraunte: »Wenn wir die Bullen abgehängt haben, machen wir die Alte fertig!«

»Auf geht's, Männer«, verkündete Hertha unternehmungslustig. »Ich geh' voran, ihr bleibt mit gezogenen Waffen dicht hinter mir. Wir sind doch jetzt Partner!«

In dieser Formation verließen sie die Bank. Hertha Reimann sah den abgeriegelten freien Platz vor dem Gebäude und das geparkte Fluchtauto. Polizisten drängten eine neugierige Menschenmenge ab. Hinter unauffällig getarnten Dienstwagen ragten Gewehrläufe.

Hertha Reimann schrie durchdringend und sackte theatralisch zu Boden.

Die Gangster fragten sich noch, was diese Aktion bedeutete, als schon die ersten Kugeln in ihre Körper schlugen.

Hertha öffnete erst wieder die Augen, als sie im Krankenwagen lag und der Beifahrer die Tür schließen wollte. Sie lächelte ihn freundlich an.

»Junger Mann, mir geht's schon wieder ganz gut. Tun Sie mir also einen Gefallen, bevor Sie mich ins Krankenhaus fahren: Würden Sie bitte nachsehen, ob meine Brille noch in der Sparkasse liegt? Ohne das Ding kann ich nicht einmal ein Formular ausfüllen ...«

»Kein Problem, wird sofort erledigt!«

Kaum war der Sanitäter gegangen, stieg sie aus dem Wagen und verschwand im Gewühl der Menge Schaulustiger, die sich nicht weiter um Hertha Reimann kümmerte – eine unscheinbare Alte im zerschlissenen Wintermantel, die Taschen ausgebeult von wohltuend knisternden Geldscheinbündeln.

Voll isoliert

Im Traum lief sie über raureifbedecktes Gras. Ihre Lungen füllten sich mit frostkühler Luft, die beim Ausatmen als weißes Wölkchen im Morgenlicht hängen blieb. Sie sah ihre Füße den Boden berühren. Unter raumgreifenden Sprüngen zerplatzte die Eisdecke gefrorener Pfützen mit geräuschvollem Klirren ...

Anne Weidner riss erschrocken die Augen auf. In der Dunkelheit ihres Schlafzimmers erschienen alle erkennbaren Umrisse vertraut, aber irgendetwas stimmte trotzdem nicht. Sie wandte den Kopf zum Radiowecker mit den digitalen Leuchtziffern – kurz nach zwei Uhr –, da war es wieder: ein Geräusch, als würde ein Wasserglas zu Boden fallen. Oder die Scherben einer zerbrochenen Fensterscheibe.

Anne fühlte, wie die Angst in ihr aufstieg.

Das Haus lag einsam am Waldrand.

»Wie geschaffen für uns und die Legion Kinder, die wir einmal haben werden!«, hatte Robert damals gesagt. Aber sie war allein, wie immer seit Roberts Tod vor drei Jahren.

Und sie könnte nicht einmal weglaufen.

Der Verkehrsunfall, bei dem Robert ums Leben gekommen war, hatte ihr den Rollstuhl eingebracht. Vom Bauchnabel abwärts war Anne Weidner gelähmt.

Ein dumpfer Laut, als sei etwas umgefallen. Vielleicht der Garderobenständer. Stimmengeflüster. Schleichende Schritte. Sie mussten schon im Korridor sein. Anne zog sich zum Bettrand, stützte die Hände auf den Teppich und ließ sich zu Boden fallen. Kaum hatte sie sich unter dem Bett verborgen, öffnete sich die Tür, und ein Taschenlampenstrahl kroch durch den Raum.

»Keiner da!«, ließ sich eine raue Stimme vernehmen.

»Lass sehen«, brummte ein Zweiter.

Anne sah ein braunes Paar zerschlissener Halbschuhe auf sich zukommen und keine 30 Zentimeter neben ihrem Gesicht verharren.

»Okay«, sagte Halbschuh, »wir nehmen das Wohnzimmer auseinander. Mal sehen, was wir finden.«

Die Schuhe verschwanden, die Tür wurde geschlossen.

Das Telefon.

Sie brauchte nur unter dem Bett hervor und zum Telefon auf dem Nachttisch zu kriechen. Wenn sie bloß ihre Panik niederkämpfen könnte. Anne atmete tief durch. Wie früher vor entscheidenden Wettkämpfen, als sie noch um Meisterschaften lief. Verdammter Rollstuhl. Sie kroch auf den Ellenbogen zum Nachttisch, stemmte sich einhändig ab und hob das Telefon herunter.

Kein Freizeichen.

»Die Leitung haben wir längst erledigt, werte Frau!«, höhnte es da hinter ihr, und das Deckenlicht flammte auf. »Siehst du, Willi – wenn die Haustür von innen verriegelt ist, muss jemand zu Hause sein! Und wenn dann noch ein Rollstuhl neben dem Bett parkt ...«

Willi nahm die Belehrungen seines Partners klaglos hin. Offenbar war er dergleichen gewöhnt. »Pack an, Werner, wir setzen die Lady auf ihren rollenden Thron. Wenn wir sie durchs Haus fahren, kann sie uns viel besser erzählen, wohin die Gans ihre goldenen Eier gelegt hat, hähähä.« Das meckernde Gelächter ließ sein aknezerfressenes Gesicht unter den fettigen Haaren auch nicht sympathischer erscheinen. Anne schloss die Augen, als beide Kerle zupackten und sie unsanft in den Rollstuhl verfrachteten.

Diese Widerlinge.

Ihre Angst wich langsam der Wut. Sie empfand das als Befreiung, obwohl sie den Verbrechern jetzt offensichtlicher ausgeliefert war als im Versteck unter dem Bett.

Das Wohnzimmer war eine Trümmerlandschaft, ebenso die anderen Räume des Hauses. Vor Annes Augen hatten die Männer Schubladen ausgekippt, Polster zerschnitten und Porzellan zerbrochen. Geld fanden sie nicht – nur das Portemonnaie mit etwas Haushaltsgeld. Anne kochte vor Wut.

Die Gangster ebenfalls.

Halbschuh-Werner baute sich vor ihr auf und hob drohend die Faust. »Wo ist die Kohle? Wo ist dein Schmuck? Erzähl mir nicht, du hast nichts im Haus. Dann kann ich dich ja gleich erledigen!« Seine Augen flackerten irre.

Ihr musste jetzt etwas einfallen, das war Anne klar.

»Im Safe«, murmelte sie, scheinbar gebrochen, »alles im Safe.« Sie wies hinüber zum Wandspiegel im Korridor, dem einzigen Stück, dem die Gangster noch nicht zu nahe gekommen waren.

Wahrscheinlich konnten sie ihren eigenen Anblick auch nicht ertragen.

Willi eilte hinüber, hob den Spiegel ab und sah auf die massive Stahltür mit dem leeren Schlüsselloch.

»Wo ist der Schlüssel?«, krächzte seine raue Stimme.

»Bedaure!«, sagte Anne ruhig. »Den Schlüssel verwahrt meine Bank. Wenn ich ihn brauche, rufe ich dort an, und ein Bote bringt ihn vorbei. Praktisch, nicht? Was soll ein Safe, wenn Einbrecher den Schlüssel im selben Haus finden können? Tut mir leid, Jungs.«

Werner und Willi starrten sie offenen Mundes an. Werner fing sich zuerst.

»Okay, Lady – dann warten wir eben. Wir sperren dich ein, schlafen ein wenig, und morgen rufst du diese Bank an und lässt dir ganz regulär den Schlüssel schicken.«

Anne starrte auf die Kacheln ihres Badezimmers. Es war zwar geräumig, hatte aber kein Fenster. Die Gangster hatten sie einfach hineingeschoben und die solide Tür hinter ihr abgeschlossen. Ein paar Stunden Gnadenfrist, mehr nicht. Es gab zwar einen Safeschlüssel, aber nicht auf der Bank. Er steckte in einem Täschchen an der Seitenlehne ihres Rollstuhls. Und die Kerle waren brutal genug, dieses Wissen aus ihr herauszuprügeln. Aber Anne war eine Kämpferin. Was sollte ihr noch geschehen? Sie hatte Roberts Tod überwunden und die harten Monate im Krankenhaus.

Vor hirnlosen Verbrechern würde sie nicht kapitulieren.

Sie stopfte zusammengerollte Handtücher vor den Spalt zwischen Tür und Fußboden, löste den Wasserschlauch von der Waschmaschine und drehte den Hahn auf. Während das Wasser auf den Kacheln erste Pfützen bildete, schnitt sie mit der Nagelschere das Kabel ihres Haarföhns ab. Sie hielt das Kabel an der Isolierung, steckte den Stecker in die Dose und begann zu schreien.

Die Tür wurde aufgerissen, die Männer stürzten herein und blickten verstört auf das Wasser zu ihren Füßen. Anne hob triumphierend die linke Hand mit dem Safeschlüssel.

»Seht mal, was ich habe!«

Dann warf sie das blanke Kabel den Gangstern vor die Füße.

Mit hässlichem Zischen durchzuckte der Stromstoß ihre Körper. Als sie endlich reglos am Boden lagen, zog Anne den Stecker aus der Dose. Vorsichtig lenkte sie ihren Rollstuhl an den Leichen vorbei zum Flur.

»Vollgummireifen«, murmelte sie, »prima Isolierung, Jungs.«

CRIME LIVE!

Eddie sah gerade noch den Rest von Jan de Bils Anmoderation.

»… der elfte Tag im Narrenkäfig bringt vielleicht Antworten auf die Fragen, die uns alle so beschäftigen: Wird Rosi ihr 1000-Teile-Puzzle fertigstellen? Wird Britta Rosi das Puzzleteil wiedergeben, das sie ihr heimlich gemopst hat? Wie reagiert Cindy auf Roberts senfgefüllte Scherzpralinen? Und wer ist reicher – Stefan oder Jens?«

Ich bin echt süchtig nach dieser Container-Show, dachte Eddie und folgte begierig den wechselnden Perspektiven der Kameras, die jeden Winkel der Räumlichkeiten gnadenlos erfassten. Sechs Kandidaten wohnten noch im Container, jede Woche wurde einer ausgezählt. Dem Sieger winkte ein Geldpreis.

Und was hatte Eddie davon?

Der saß, pleite wie immer, vor seinem betagten TV-Gerät und sah Rosi aus Ingolstadt beim Puzzeln zu – echt bescheuert. Obwohl, Stefan und Jens fand er super. Die versuchten von Anfang an, sich gegenseitig mit ihrem Besitz zu überprotzen. Jetzt gerade Stefan wieder:

»In meinem Penthouse stehen nur die teuersten High-End-Geräte! Vom Erlös meiner Münzsammlung könnte eine Normalfamilie drei Jahre leben! Die Gemälde …«

Und alles für diesen Typen allein, dachte Eddie neidisch.

»Kandidat Stefan lebt solo in seinem noblen Heim«, das war in der Fernsehzeitung zu lesen. Da stand sogar die Adresse – übrigens in derselben Stadt gelegen wie Eddies Sperrmüllbude. Eddie merkte plötzlich, wie in seinem Gehirn ein Rädchen einrastete.

Stefans Wohnung steckt voller Wertsachen, und der Hausherr ist garantiert nicht daheim!

»Alarmanlage?«, verhöhnte Stefan gerade seinen Rivalen Jens. »Brauch' ich nicht! Für das Geld jette ich lieber nach New York, Klamotten kaufen …«

Eddie verschüttete vor Aufregung sein Bier und schaltete den Fernseher ab.

Das war die Chance seines Lebens!

Die Tür war überhaupt kein Problem. Nicht mal ein Sicherheitsschloss! Eddie peilte die Lage: Stefans Penthouse glich einer Schatzkammer – Luxusartikel, wohin das Auge blickte. Eddie raffte hastig alles zusammen, was in die beiden großen Koffer passte, die er vorsorglich mitgebracht hatte. Dann besann er sich: Wozu diese Eile? Niemand würde ihn stören. Zeit genug für Eddie, auch mal gepflegtes Ambiente zu genießen!

Im Kühlschrank fand sich eine Flasche Champagner. Eddie fläzte sich damit auf ein Ledersofa gegenüber einem riesigen Flatscreen-High-End-TV-Gerät. Eigentlich müsste gerade der »Narrenkäfig« laufen, dachte Eddie. Das ist die Krönung, lieber Stefan: Ich sitze auf deinem Sofa, saufe deinen Schampus und sehe dich, wie du mit deinen Sachen angibst! Wiehernd drückte Eddie die Tasten der Fernbedienung und sah, wie das breite Grinsen des Moderators Jan de Bil den Bildschirm füllte:

»Willkommen bei unserer ersten Sendung von CRIME LIFE! Nachdem Sie eben Zeuge eines echten Verbrechens wurden, erleben Sie jetzt die Reaktion des Opfers!«

Umschnitt auf Stefan, zornrot. »Runter von meinem Sofa, du Mistkerl!«

Umschnitt, Jan de Bil. »Und nun sind Sie live dabei, wie der Kriminelle vom Kripo-Einsatzkommando verhaftet wird! Wenn Sie Glück haben, leistet er vielleicht sogar Widerstand …«

Auf dem Bildschirm drückte sich ein blasser Eddie ins Sofa. Sein panisch umherirrender Blick entdeckte die versteckten Augen der Kameras erst, als dunkle Gestalten mit vorgestreckten Waffen die Wohnung stürmten.

Warm, wärmer, heiß

»Es wird spät werden. Der Ball geht bis zum frühen Morgen, und ich will ihn auskosten bis zuletzt«, schwelgte Gabriele Richter und drehte vorfreudig eine Pirouette vor dem Badezimmerspiegel.

In dem tief ausgeschnittenen Modellkleid sah ihre Mutter echt prima aus, fand Sarah. »Amüsiert euch, solange ihr wollt, Mama! Ich komm' schon klar – bin schließlich kein Baby mehr!«

Nein, dachte Gabriele, ein Baby ist sie wirklich nicht mehr. Sie warf im Spiegel einen prüfenden Blick auf ihre Tochter: Sarah, knappe 15 Jahre, erwartungsvolle dunkle Augen unter langem Blondhaar und Beine, die schon lange keinen Gummitwist mehr hüpften. Schnell gereizt, immer auf emotionalem Kreuzzug. Pubertät ist ein schwieriges Zeitalter.

»Schatz, ich hab' das Taxi bestellt. Kommt in fünf Minuten.«

Wolfgang Richter betrat das Badezimmer und wedelte hüstelnd Haaprayschwaden beiseite. Das Display des Digitalthermometers neben dem Spiegel war beschlagen. Er wischte mit dem Zeigefinger darüber. »Keine drei Grad über null! Nimm bloß einen Schal mit. Und Sarah – schließ die Tür gut ab. Die Kellertür ist schon zu.«

»Ja, ja.« Sarah verdrehte die Augen. So viel Getue. Sie lebten doch nicht im Urwald. Zum Glück hupte jetzt draußen das Taxi. Letzte Hektik vor der Garderobe im Flur – »Viel Spaß!« »Geh nicht zu spät ins Bett!« – weg waren sie.

Sarah atmete durch und schloss ab. Sie ging in die Küche und holte sich einen Eisbecher aus dem Tiefkühlschrank. Anschließend setzte sie sich im Wohnzimmer in einen Polstersessel, schwang ein Bein über die Seitenlehne, griff zur Fernbedienung und drehte MTV auf teenagergemäße Lautstärke.

Sturmfreie Bude war doch etwas Feines.

Stunden später ertappte Sarah sich beim Einnicken. Vielleicht doch besser langsam schlafen gehen ... Blinzelnd tappte sie nach der Fernbedienung und zappte gewohnheitsmäßig vor dem Abschalten durch alle Programme: Fußballgejohle – Frau Wirtin steigt aus der Lederhose – Schmidt plaudert Late Night. Plötzlich: Blutverschmierte Gehwegplatten, Nahaufnahme einer verkrampften Hand unter weißem Laken!

»… konnte der Täter nicht ermittelt werden. Nach ersten Aussagen der Polizei hatte die 28-jährige Frau in den letzten Wochen bereits mehrmals einen Streifenwagen alarmiert, weil sie sich beobachtet fühlte. Vermutlich wollte sie vor dem Täter fliehen, kam aber nur bis zur Gartenpforte ihres Hauses in Hamburg-Blankenese. Die Tatwaffe, wahrscheinlich ein Jagdmesser, wurde bislang nicht gefunden.«

Der Bericht schloss mit Bildern vom Abtransport der Leiche.

»Urks«, machte Sarah und stellte das Gerät ab.

Blankenese, ihr eigener Stadtteil. Wie kann man bloß ein Messer in jemanden hineinstoßen. Wo hat die Frau gewohnt? Rennt, verfolgt von einem messerschwingenden Bösewicht, schreiend vor dem Haus herum, und niemand hört es. Wie gut, dass sie selbst Nachbarn hatten. Der alten Hiller, zum Beispiel, entging garantiert nichts. Die sah und hörte alles, das war manchmal schon unheimlich. Als neulich nach dem Schulfest Mark Sarah nach Hause gebracht und vor der Hecke geküsst hatte, wusste das Frau Hiller eher als Sarahs beste Freundin.

Mark – der Typ war ihr eigentlich nicht ganz geheuer. So verschlossen. Seine verflossene Freundin Sabine sollte er sogar mal verprügelt haben. Na ja, mit der Hiller als Nachbarin verfügte man über eine biologische Alarmanlage.

Über diesen Gedanken kichernd knipste Sarah im Wohnzimmer das Licht aus, kontrollierte noch einmal die Haustür und ging die Treppe hinauf. Bereits im Nachthemd betrat sie das Bad.

»Uff! Was für ein Mief!«

Die Haarspraynebel hatten sich noch immer nicht ganz gelegt. Sarah ging zum Fenster und öffnete es weit. Dann putzte sie die Zähne. Dabei fiel ihr Blick auf das Thermometer neben dem Spiegel. Typisch Vater, mit seinem Faible für technische Spielereien. Das Digitalthermometer besaß einen Außenfühler, dessen Draht draußen an der Hauswand um die Sprosse einer Pergola gewickelt war. Das

Display neben dem Spiegel zeigte in stetem Wechsel Uhrzeit und Außentemperatur, für Vater unverzichtbare Informationen während der Morgenrasur. Wahrscheinlich schnitt er sich deswegen so häufig.

1.23 Uhr, blinkte das Display. 2,8°. Sarah fröstelte.

1.23 Uhr. 4,6°.

Sie blinzelte. 1.24 Uhr. 9,7°.

Wie bitte? Das war doch nicht möglich! 1.24 Uhr. 15,9°.

Wenn die Batterie leer war, erlosch einfach die Anzeige. Das Gerät würde deswegen nicht verrückt spielen. Was ist los?

1.25 Uhr. 28,3°.

Der Außenfühler! Irgendetwas heizte den Außenfühler auf. Das musste es sein. Sarah starrte gebannt auf das Thermometer.

36,5°.

Dabei blieb es.

Ein Mensch. Eine Hand auf der Pergolasprosse, verkrampft über dem Fühlerdraht. Sarah schluckte, drehte sich langsam zum Fenster und sah die dunkle Gestalt über die Brüstung klettern!

»Hilf ...«

Eine Hand presste sich schwer auf ihren Mund. Sarah riss die Augen weit auf, als sie das Gesicht erkannte.

»Mark! Sag mal, spinnst du?«

»Hallo, Sarah!« Wenn Mark Gerstner verlegen grinste, sah er einfach grandios aus – fast wie James Dean, fand Sarah. »Deine Eltern sind doch heute Abend weg ... Ich dachte, wir hören vielleicht ein bisschen Musik oder so ...«

»Du spinnst tatsächlich«, seufzte Sarah, ließ sich aber trotzdem gern umarmen. Sie umfasste Marks Hüften. Etwas Hartes in seiner Jackentasche streifte ihre Hand. Neugierig glitten ihre Finger in die Tasche, schlossen sich ...

»Heh!« Mark stieß sie grob von sich.

Sarah taumelte gegen das Waschbecken und sah entsetzt auf das blutbefleckte Jagdmesser in ihrer Hand. »Mark ... was soll das Ding?«

»Los, gib's her!«, forderte Mark ärgerlich und streckte die Hand aus. Quer über seine Handinnenfläche verlief ein roter Streifen – eine frische Schnittwunde.

»Gib's her!« Mark packte ihr Handgelenk.

Sarah schrie auf, ließ das Messer fallen und kämpfte sich los. Brutaler Typ. Blutverschmierte Gehwegplatten. Mörder.

Mörder!

Panisch riss sie die Tür auf und floh die Treppe hinab. Wohin? Das Telefon stand im Flur, doch hinter ihr polterte Mark schon über die Stufen. Messer. Messerblock. Ab in die Küche. Sarah stieß die Küchentür auf, doch ehe sie noch den Messerblock auf der Arbeitsplatte erreichte, schubste Mark sie nach vorn. Sie prallte unsanft gegen den Herd.

»Warum haust du ab?«, hechelte Mark, »Ist das etwa Liebe oder was?«

Er ist verrückt, dachte Sarah, vollkommen durchgeknallt. Ganz ruhig. Während sie sich aufrichtete, suchten ihre Hände hinterrücks fieberhaft nach einem Ausweg. Der Herd. Mit kurzer Drehung aktivierte sie sämtliche Kochfelder.

Jetzt Ablenkung.

»Mark. Lieber Mark. Ich liebe das wilde Leben, weißt du das eigentlich? Ich find's toll, wenn's hart auf hart geht. Ist einfach spannend.«

»Hä?«

Hoffentlich sind die Kochfelder heiß genug.

Jetzt.

Sarah ergriff theatralisch Marks Hände, zog sie nach vorn und drückte sie auf die zischenden Herdplatten.

»Aaaaah!«

Mark warf die Arme hoch und kam mit erhobenen Händen auf sie zu. Mit flüssiger Bewegung riss Sarah das Tranchiermesser aus dem Block und stieß zu …

Gerichtsmediziner Dr. Ehrmann hatte so etwas schon öfter gesehen. »Erst 15, sagen Sie? Saubere Arbeit!«

»Stimmt«, entgegnete Inspektor Walter. »Sie dachte, er sei ein notorischer Frauenschänder. So was in der Art. Versteh' einer pubertierende Teenager. Dabei hat er das Messer vorher nur für eine Mutprobe unter Freunden benutzt. Wer sich wohl traut, sich selbst in die Hand zu schneiden – altes Old-Shatterhand-Ritual, kennen Sie ja ...«

»Und das Thermometer zeigte 36,5 Grad?«

Inspektor Walter nickte.

Dr. Ehrmann sah auf die Leiche, hob die Augenbrauen und bemerkte trocken:

»Jetzt hat er weniger.«

Nachteulen

Scheppernd knallte die Kellnerin ein Tablett mit vier gefüllten Schnapsgläsern auf den Stammtisch.

»Erst mal Prost, Jungs! Nieder mit dem Waldschrat!«

René Bartels hob sein Glas und blickte auffordernd in die Runde. Ralf Ostmann, Uwe Ahlers und Gerd Schneider kippten gehorsam den Aquavit hinunter.

Allesamt Gemeinderäte.

Und alle nicht mehr ganz nüchtern.

»Ist doch nicht einzusehen, Leute! Wem gehört denn das Waldstück? Uns vieren! Unser Eigentum sollten wir doch wohl verkaufen dürfen! Ihr kennt das Angebot von der Reha-Klinik …«

Ahlers und Schneider grummelten zustimmend. Oh ja, dachte Ostmann. Wenn die Reha da bauen dürfte, hätten sie ausgesorgt.

»Wir sind der Gemeinderat«, fuhr Bartels fort. »Die Baugenehmigung kriegen wir hin – wenn Haug, dieser Öko-Fuzzi, nicht dauernd wegen der blöden Eulen quertreiben würde. Der Mann ist nicht zu überzeugen. Ich sag' euch was …« Bartels beugte sich vor und senkte die Stimme. »Haug muss weg!«

»Freiwillig geht der nicht!«, gab Ahlers zu bedenken.

Bartels grinste triumphierend. »Stimmt! Deswegen wird Haug ein Opfer seiner geliebten Tierwelt …«

Jürgen Haug sah die Eulen nicht, aber er wusste, sie sahen ihn. Ihre Augen, hundertmal empfindlicher als die des Menschen, waren scharf genug, ihn im Dämmerlicht der hereinbrechenden Nacht zu erspähen. Haug wusste eine Menge über Eulen, und er würde alles dafür tun, um dieses Brutrevier zu erhalten. Der Vogelschutzbund würde helfen, die Pläne profitgieriger Typen wie Bartels zu unterlaufen. Haug spähte in eine dunkle Erdhöhle, in der er das Nest einer seltenen Eulenart vermutete. Über ihm erscholl ein dumpfes »Uuuh«. Diesem Klageschrei verdankten die Eulen ihren Ruf als Todesbote, dachte Haug – da prasselten Zweige. Hechelnd sprangen ihn schwarze Schatten an. Noch bevor sein Körper auf dem Boden aufschlug, zerriss etwas Haugs Kehle.

Hinter einem Gebüsch regten sich vier Gestalten.

»Los, hol deine Köter zurück!«, zischte Ostmann.

René Bartels lief zu seinen Jagdhunden, die aufgeregt um den regungslosen Körper herumtänzelten, und riskierte einen Blick auf die Leiche.

»Im nächsten Leben wirst du garantiert kein Tierschützer«, murmelte er.

»Wir gingen spazieren und fanden ihn.« Bartels, Ostmann und die anderen redeten aufgeregt durcheinander. »Streunende Hunde haben wir hier oft! In der Nähe ist ein Parkplatz. Da setzen die Leute ihre Haustiere aus.«

Inspektor Schütz nickte nachdenklich. Weihnachten war der Welpe noch so niedlich, plötzlich ist er so groß wie ein Kleinwagen und frisst täglich drei Kilo Fleisch – also weg damit. Kam immer wieder vor. Schütz wandte sich von der Leiche ab.

»Chef, jemand will Sie sprechen!«

Ein Mann eilte ihnen entgegen.

»Inspektor? Weiland, Vogelschutzbund. Ich war eigentlich hier mit Herrn Haug verabredet ... wie furchtbar!«

Neugierig fragte Schütz: »Warum wollten Sie sich denn ausgerechnet hier treffen?«

Weiland deutete auf eine Erdhöhle neben der Leiche.

»Wegen der Eulen, die dort nisten. Und vor allem ...«, er wies auf einen Baum hinter dem Toten, »wegen der Kamera. Haug hat von uns eine automatische Kamera mit Infrarotfilm geliehen, um die nachtaktiven Eulen zu filmen. Wir haben sie gestern gemeinsam im Baum installiert.« Er sah scheu zu Haug hinüber. »Die Leiche liegt genau im Blickfeld des Objektivs, Inspektor! Spielen Sie den Film ab, und Sie sehen, wie Jürgen Haug starb!«

Interessiert beobachtete Inspektor Schütz, wie die Mienen Bartels' und seiner drei Freunde vor Entsetzen erstarrten.

Bombensicher

»Guten Abend, Herr Krall! Sie hatten ein Taxi bestellt? Ich bin Ihr Fahrer.«

Speedy Blunk inszenierte ein Strahlerlächeln. Die Luxusvilla des Kunden ließ auf gediegenen Reichtum und das wiederum auf ein potenziell dickes Trinkgeld schließen. Also hoch mit den Mundwinkeln.

Michael Krall lächelte zurück, wandte sich dann um und rief: »Schatz! Das Taxi ist da!«

Eva Krall überprüfte den Sitz der diamantenen Ohrringe, warf sich eine Nerzstola über die Schultern und eilte zu ihrem wartenden Gatten.

»Fertig, Michi! Ich freu' mich schon so!«

»Wo soll's denn hingehen?«, erkundigte sich Speedy, nachdem alle im Taxi saßen.

»Staatsoper«, informierte ihn Michael Krall. »Vier Stunden herrlicher Wagner! Keine Minute werden wir uns entgehen lassen!«

»Wagner! Um die Karten beneide ich Sie!«, heuchelte Speedy Kunstverständnis. Von Wagner wusste er bloß, dass der wahrscheinlich schon tot war.

Vier Stunden.

Reichlich Zeit für Freund Rickie und die Aktion »Trinkgeld für Taxifahrer«.

»Da wären wir!« Speedy riss eilfertig die Wagentüren auf, kassierte prompt einen Zehner Tip und bedankte sich: »Ich wünsche einen unvergesslichen Abend.«

»Vier Stunden weg? Das reicht!« Rickie bewies sich einmal mehr als Mann der Tat. Die Masche war schließlich seine Idee: Speedy und er teilten sich ein Taxi und hielten es rund um die Uhr im Einsatz. Fuhren sie Fahrgäste zur Bahn oder zum Flughafen, die nach Geld aussahen, kümmerten sie sich anschließend um die verwaiste Wohnung. Der jeweils diensttuende Fahrer blieb im Taxi am Funk und simulierte Vollbeschäftigung, der dienstfreie Fahrer räumte die Hütte leer.

Speedy parkte ein paar Häuser von der Krall'schen Villa entfernt. »Petri Heil, Rickie!«

Sein Kumpel grinste. »Unser System ist bombensicher, Mann!«

Er reckte den Daumen nach oben und machte sich auf den Beutezug …

Speedy rauchte zwei Zigaretten, quatschte ein bisschen über Funk mit der Leitstellen-Susie und bastelte einen Papierflieger aus einem Quittungsformular. Da sah er plötzlich einen Mann vorbeigehen. War das nicht dieser Krall?

Speedy schwitzte.

Tatsächlich – der Mann strebte eilig zur Krall-schen Haustür und verschwand in der Villa! Speedys Hände umkrampften das Lenkrad. Hoffentlich passte Rickie auf …

Nach Minuten, die Speedy wie eine Ewigkeit erschienen, öffnete sich die Haustür wieder, Krall schlüpfte hinaus und eilte am parkenden Taxi vorbei, ohne es zu beachten.

Speedy atmete auf.

Gerade noch mal gut gegangen …

Rickie fiel ein Stein vom Herzen, als er hörte, wie die Haustür von draußen abgeschlossen wurde. Vorsichtig stieg er aus dem Kleiderschrank. Speedy hatte doch vier Stunden garantiert! Zum Glück hatte Rickie schon Schmuck und einiges Bargeld zusammengerafft und dabei kaum Unordnung angerichtet, als dieser Typ so unvermittelt nach Hause kam. Was hatte der bloß gewollt? Er war gleich in den Keller gestiegen …

Rickie lugte misstrauisch zur Kellertreppe. Er vernahm ein fernes Zischen …

Speedy erstarrte angesichts der riesigen Stichflamme, die aus der Villa schlug. Die folgende Detonation zerfetzte die Wände und schleuderte Trümmer in alle Richtungen.

Krachend landete ein Dachziegel auf der Kühlerhaube des Taxis.

Im Dunkel der Opernloge küsste Krall seine Frau. »Perfekt gelaufen, Schatz! Das defekte Ventil in die Gasleitung geschraubt, die präparierte Lampe mit dem Kurzschluss an eine Zeituhr angeschlossen und weg! Keine Unterlagen mehr für die Steuerfahndung und reichlich Kohle von der Versicherung. Niemand hat mich gesehen. Wir waren in der Oper. Der Taxifahrer wird's bezeugen – ich habe ihm extra einen Zehner Trinkgeld gegeben ...«

Polzers Premiere

Nobbie Polzer träumte von Palmen und weißen Stränden, Tangamädchen und Piña Coladas. Der Tagtraum endete jäh, als neben ihm ein Tanklastzug startete und Dieselschwaden die imaginäre Meeresbrise vertrieben.

Ein Autobahnrastplatz ist nicht die Copacabana.

Nobbie sah auf die Uhr – noch zehn Minuten. Sein erstes großes Ding auf eigene Rechnung. Jahrelang hatte er als Kleindealer die Drecksarbeit geleistet und dafür nur Trinkgeld kassiert, während die Bosse den großen Schnitt machten. Aber Nobbie hatte gelernt. Er konnte gute von schlechter Ware unterscheiden. Und er verfügte über Stammkundschaft, die ihm das Zeug abnehmen würde. Als dieser Holländer in der Szene aufkreuzte und durchblicken ließ, er könne Heroin zum Dumpingpreis anbieten, falls der Kunde den Transport über die deutsch-niederländische Grenze übernehme, erkannte Nobbie sofort seine große Chance.

Nervös fingerte Nobbie am Zahlenschloss des Aktenkoffers. Die 200 000 Euro für den Deal hatte er natürlich nicht selbst aufbringen können. Doch mit den richtigen Verbindungen war auf dem Kiez alles möglich. Karate-Kalle hatte ihm die Summe beschafft, allerdings zu einem enormen Zinssatz.

Und wehe, er würde das Geld schuldig bleiben …

Auf den Parkplatz neben Nobbie rollte ein grauer Chrysler. Gus, der Holländer – allein, wie vereinbart. Gus stieg aus und grinste zu Nobbie hinüber: »Alles klar?«

Nobbie nickte und trat neben Gus an den geöffneten Kofferraum des Chryslers. In einem offenen Karton lagen sechs Zuckerhüte, original verpackt.

»In meiner Organisation arbeitet ein ehemaliger Konditor! Du kannst die Folie hier leicht öffnen und schließen – vermutlich willst du die Ware testen?«

Fachmännisch untersuchte Nobbie jeden der vermeintlichen Zuckerkegel. Feinstes Heroin, Spitzenqualität. Er würde trotz der Wucherzinsen einen Riesenreibach machen. Perfekter Deal. Nobbie überreichte den Geldkoffer.

»Jederzeit wieder, Gus!«

»Viel Glück, Nobbie! Zur Grenze sind's ja bloß noch drei Kilometer.«

»Hier in Nieuweschans kontrollieren die nie! Und wenn, sag' ich einfach, ich brauch' die Dinger für 'ne Feuerzangenbowle …«

Lachend stieg Nobbie in seinen Wagen, winkte und startete den Motor.

Angesichts der Grenzposten wurde ihm doch etwas mulmig. Doch Nobbie musste nicht einmal anhalten. Gelangweilt winkten die Beamten ihn durch. Nobbie juchzte und schob eine Samba-Cassette in den Rekorder.

Das Polizeimotorrad sah er erst, als es überholte und der Fahrer ihn herauswinkte. Man hielt auf einem kleinen Parkplatz. Aus einem Wohnmobil stiegen zwei weitere Polizisten.

»Drogenfahndung, guten Tag! Dürften wir bitte Ihre Papiere sehen?«

Während einer den Führerschein kontrollierte, inspizierte sein Kollege den Kofferraum und zog prompt den Karton hervor.

»Bitte kommen Sie mit!«

Man eskortierte Nobbie zum Wohnmobil. Als Nobbie zitternd einstieg, sah er bereits einen Beamten an den Hütchen hantieren. Aus und vorbei.

»Entschuldigen Sie, Herr Polzer. Das ist natürlich tatsächlich Zucker! Gute Fahrt.«

Verwirrt jagte Nobbie seinen Wagen über die Autobahn. Auf dem Beifahrersitz lagen die zerbröselten Zuckerhüte.

Purer Zucker, tatsächlich!

Karate-Kalle legt mich um …

Im Wohnmobil zog der Streifenpolizist die gefälschte Uniform aus. Sein Kollege sprach gerade in ein Handy: »Bestens gelaufen, Boss! Wir haben das Heroin. Nobbie dealt jetzt mit echten Zuckerhüten!«

Er steckte das Handy weg.

»An die Arbeit, Leute! Gus schickt dann gleich den nächsten Spinner!«

Klaus kommt raus

Brock schlenderte fröhlich pfeifend durch die Grünanlage. Gelegentliche Windböen veranstalteten kuriose Wirbel aus Papierschnitzeln und Plastikmüll. Der verwahrloste Park zwischen grauen Mietskasernen ging nicht gerade als städtebauliches Juwel durch. Aber für Brocks Geschäfte war er optimal, und die Geschäfte liefen ausgezeichnet. Sein Stammplatz als Dealer lag zwischen einer Berufsschule und einem Gymnasium. Ecstasy war der größte Verkaufsschlager seit der Erfindung von Smarties, fand Brock. Die bunten Pillen verlockten die Schüler. Jugend forscht.

Brock grinste.

Heute musste er schon nach der ersten großen Pause Nachschub holen. Das Erddepot hinter einem Parkgebüsch hatte sich bewährt. Schließlich wollte er im Falle einer Razzia nicht mit einer Drogenmenge erwischt werden, die ausgereicht hätte, die komplette gymnasiale Oberstufe eine Woche lang zu narkotisieren.

Als Brock das Geäst über dem Versteck beiseitebog, brach ihm der Schweiß aus. Es war aufgegraben! Gleich würde hinter jedem Busch ein Polizist auftauchen …

»Hallo! Ich bin Ertan. Suchst du was?«

Brock fuhr herum. Hinter ihm stand ein kleiner Junge, der den Mann aus großen braunen Augen neugierig musterte.

»Gehören dir die bunten Dinger?«

Brock peilte schnell in die Runde: niemand zu entdecken.

»Na ja, irgendwie schon«, entgegnete er. Vielleicht war noch etwas zu retten! »Hast du meinen Schatz gefunden?«

Ertan schüttelte ernst den Kopf. »Das war Marvin! Der buddelt überall! Die bunten Steine hat er in seinen Hänger geladen und zum Hügel gefahren. Da hat er mit dem Kies eine Straße gebaut. Ich zeig' dir, wo!«

Brock hetzte hinter Ertan zum kleinen Hügel am Parkrand.

»Hier war's!«, wies der Kleine stolz auf eine Stelle.

Brock starrte enttäuscht auf die blanke Erde, entdeckte dann aber auf dem Boden eine zertretene rote Tablette. Der Junge log nicht!

»Wo sind die Dinger jetzt?«, fuhr Brock ihn an.

»Ich erzähle nacheinander oder gar nicht!«, verkündete Ertan wichtig. »Sina und Meflude haben Marvin die Steine weggenommen, weil er mit dem Dreirad gegen Mefludes Bein gedonnert ist. Sina hat einen Karton geholt und mit den bunten Dingern Diamantenschatz gespielt!«

»Wo ist der Karton?«, knurrte Brock.

»In der Sandkiste! Aber er ist leer. Roger hat Sina eine geknallt ...«

»Ich knall' dir auch gleich eine, wenn du nicht bald ...«

»Dann sag' ich dir nicht, wie Michi Roger in die Pfütze geschubst hat«, schmollte Ertan beleidigt. »Und wie Michi die bunten Dinger in seinen Ränzel gekippt hat, weil die was für seinen Bruder sind. Klaus ist groß und geht schon in die Disco!«

Und eröffnet da demnächst mit meinen Pillen einen schwungvollen Handel, erboste sich Brock. Aber nicht mit mir.

»Wo wohnt dieser Klaus?«

»Der wohnt in unserem Haus, komm mit!«

Ertan führte ihn bereitwillig zu einem Hauseingang, wo er eine Klingel drückte. Aus der Wechselsprechanlage meldete sich eine blecherne Stimme.

»Das ist Klaus!«, flüsterte Ertan.

Brock beugte sich vor: »Sie haben etwas Buntes, was mir gehört! Reden wir darüber?«

Nach kurzem Zögern antwortete die Blechstimme leise: »Okay.«

Dann schnarrte der Türsummer. Brock betrat ein schummriges Treppenhaus und erstarrte. Vor ihm stand grinsend ein Polizist in Uniform, die Dienstwaffe im Anschlag.

»Klaus ist nämlich Polizist!«, piepste Ertan hinter Brock. »Michi hat gesagt, wenn einer was verloren hat, ist er bei seinem Bruder genau an der richtigen Adresse!«

Brock hob resigniert die Arme.

Börsenspiel

Der elegant gekleidete Mann verließ die Villa. Unter seinen Schritten knirschte der Kies, als er sich der in der Auffahrt geparkten Limousine näherte. Plötzlich ging alles blitzschnell: Zwei Arme umklammerten ihn, Handschellen klickten, jemand stülpte einen Sack über den Kopf des Gefangenen. Man stieß ihn vorwärts, bis sein Schienbein gegen eine Metallkante knallte und er wie Frachtgut auf die kalte Ladefläche eines Transporters geworfen wurde. Hinter ihm schlugen Türen zu.

Das Gefährt setzte sich in Bewegung.

Benno zog sich verschwitzt die Gorillamaske vom Gesicht und lugte durch ein kleines Fenster in den Laderaum.

»Hat prima geklappt, Marco! Wir haben unseren Goldesel im Sack!«

Einhändig lenkend entledigte sich nun auch Marco seiner Gorillahaube. Selbst ohne Maske sah er wie ein Affe aus. Grinsend tippte er aufs Armaturenbrett, wo ein Zeitungsausschnitt mit dem Foto des eleganten Mannes lag.

»Herbert Witt, millionenschwerer Chef des Witt-Konzerns«, las Marco. »Wir bringen ihn zum Versteck, dann wird abkassiert!«

Als ihm der Sack endlich vom Kopf gezogen wurde, blinzelte der Gefangene irritiert in zwei Affengesichter.

»Was wollen Sie von mir?«

Benno lachte dumpf unter seiner Tarnung. »Wie wäre es mit mit zwei Millionen Euro? Sie dürfen die Kohle gleich telefonisch bei ihrer Frau ordern, Herr Witt!«

Der Gefangene begann zunächst leise zu glucksen, steigerte sich aber schnell in schallendes Gelächter. Die Entführer sahen sich ratlos an.

»Ist das … haha … komisch …«, japste der Gefesselte, sich mühsam beruhigend, »darf ich mich vorstellen: Paul Müller, Schauspieler! Witt hatte immer Angst vor Entführungen. Deshalb bin ich als Double eingestellt – gehe zu Empfängen, hole den Wagen …«

Marco hatte bereits die Brieftasche des Entführten in der Hand.

»Verdammt!«, fluchte er, »Ausweis, Führerschein – der Mann heißt tatsächlich Paul Müller!«

»Der blufft«, knurrte Benno. »Ich ruf' Frau Witt an!«

Er verließ den Kellerraum. Deprimiert kehrte er zurück: »Die hat bloß gelacht. Ihr Mann ist geschäftlich in New York, und für das Double zahlt sie keinen Pfennig – das Risiko sei Bestandteil seines gut dotierten Vertrags, sagt sie! Was machen wir jetzt mit dem Kerl?«

»Ich hätte einen Vorschlag, meine Herren«, meldete sich das Double. »Wir schicken ein Foto von mir als Gefangenen an die Medien mit der anonymen Botschaft, Herbert Witt sei entführt worden! Am nächsten Tag geben die Aktien des Witt-Konzerns dramatisch nach, selbst wenn der echte Witt das Kidnapping dementiert – Börsenkurse reagieren immer auf Gerüchte. Inzwischen kratzen Sie alles Geld zusammen, das Sie besitzen, und kaufen Witt-Aktien. Ich kenne mich an der Börse aus und helfe Ihnen. Nach einer Woche lassen Sie mich frei. Ich kläre den Irrtum auf. Die Witt-Aktien steigen, Sie verkaufen und machen Gewinn – völlig legal!«

Die Entführer starrten ihn verblüfft an. Dann lupfte Benno die Gorillamaske und grinste: »Genial! So wird's gemacht!«

Rita Witt schloss ihren Mann in die Arme. »Wie gut, dass du immer mit so einer Situation gerechnet hast, Herbert!«

»Die falschen Paul-Müller-Papiere haben sich bezahlt gemacht! Du hast doch preisgünstige Aktienpakete erworben?«

»Natürlich, das hatten wir ja längst für den Fall vereinbart, dass du entführt wirst! Jetzt halten wir die Aktienmehrheit im Konzern!«

Witt lachte begeistert. »Und die Entführer sitzen bald im Knast – ich habe die Nummer ihres Aktiendepots bereits der Kripo mitgeteilt …«

Blütenträume

Auf dem Platz drängten sich bereits die ersten Schnäppchenjäger, bevor der Flohmarkt offiziell begann. Auch Tom Hädrich schlenderte herum. Gelangweilt betrachtete er einen angeschlagenen Nachttopf aus Emaille.

»Schau nur, Heinz!« Eine Frau neben ihm riss den Nachttopf an sich. »Das Ding sieht mit einem Strauß Trockenblumen in der Diele bestimmt bezaubernd aus!«

Tom wandte sich grinsend ab. Für wenig Geld viel bekommen – deswegen war er selbst ja auch hier, das war Teil seines Berufs. Aber mit Nachttöpfen war nichts zu gewinnen.

Plötzlich blieb sein Blick an einem Bild hängen, das zwischen minderwertigen Nippes auf einem Tapeziertisch lag.

Tom stutzte.

Ein Aquarell, auf Seide gemalt. Drei dunkle Köpfe mit exotischen Masken. Unten rechts standen der Titel »Musique barbare« und die Initialen des Künstlers – PG.

Paul Gauguin, durchfuhr es Tom, 1893 auf Tahiti gemalt.

»Gefällt es Ihnen?« Der Händler lächelte freundlich. »Stammt alles aus dem aufgelösten Haushalt meiner Großtante! Ich als ihr einziger Angehöriger sitze nun mit dem ganzen Krempel da …«

»Krempel, tja …« Ruhig bleiben, Tom. Der Typ hat keine Ahnung. Er selbst dagegen verstand viel von Grafik und Zeichenkunst. Die Signatur mit der unten nicht geschlossenen Rundung beim »P« war von Gauguin. Das Aquarell war echt, kein Zweifel – unter Kennern mindestens 100 000 Euro wert. »… naja, der Rahmen ist ganz nett. Was soll's denn kosten?«

Der junge Mann zögerte und bekannte treuherzig: »Ich habe keine Ahnung, was so was wert ist, wissen Sie …«

Tom hielt das Bild etwas schräg. Im Sonnenlicht zeigte sich deutlich die Feinstruktur des Aquarells. Ganz klar die Hand Gauguins.

»Also, einen Fünfziger würde ich schon anlegen«, schlug er vor und bemühte sich dabei, das Zittern in seiner Stimme zu unterdrücken.

»Wie entzückend! Das will ich haben! Das macht sich in meinem Loft reizend aus!« Und schon riss eine elegant gekleidete Blondine Tom das Aquarell aus der Hand. »Was immer Sie bieten«, verkündete sie herausfordernd, »ich biete mehr!«

Der Händler blickte verwirrt abwechselnd zu Tom und zur Blondine. »Ich bitte Sie …«

»100 Euro!«, schnappte Tom.

»Immer fünfzig mehr!«, fauchte Blondie.

»In bar?«, höhnte Tom.

»Arroganter Kerl! Glauben Sie etwa, Ihre Brieftasche ist dicker als meine?«

Und nun begann das Gefeilsche erst richtig, bis Tom nach einer halben Stunde ein imponierendes Geldbündel hervorzog:

»7800, 7900, 8000! Hier haben Sie es!«

Tom zählte dem sichtlich verstörten Händler die Scheine in die Hand.

»Und nun lassen Sie mich endlich mein Bild mitnehmen!«

Mit giftigem Seitenblick in Richtung seiner Widersacherin griff er sich das Bild und verschwand im Marktgetümmel.

Die Blondine und der Händler sahen sich zunächst unbewegt an, dann fielen sie sich prustend in die Arme: »Immer 50 Euro mehr, haha! Hat ja sagenhaft geklappt!«

»Hast du das gierige Glitzern in seinen Augen gesehen? Der glaubt wirklich, der Gauguin ist echt!«

»Acht Riesen! Das hat sich gelohnt! Als Nächstes male ich einen Renoir. Die Impressionisten kann ich wirklich gut!«

Tom drückte das Aquarell fest an sich. Glück muss der Mensch haben, dachte er, endlich mal ein echter Schatz. Auf den Flohmärkten steht viel Sperrmüll herum, aber manchmal eben auch das besondere Stück.

So oder so, es gab eben keinen besseren Ort, um ohne Risiko sein selbst gemachtes Falschgeld unter die Leute zu bringen.

Erlebniseinkauf

Kichernd drängten sich die Mädchen in die dunkle Ecke hinter der Rolltreppe. Lil schob lässig ihren Pulli nach oben. Darunter trug sie jetzt noch einen, und daran baumelte das Preisschild.

»Die Verkäuferin hat nichts gesehen«, triumphierte sie.

»Spitze! Echt cool!«, spendeten Rieke und Geli Beifall.

Jenny gähnte gelangweilt: »Alles Kinderkram!«

»Mach's doch besser!«, patzte Lil beleidigt und zog den Pulli wieder herunter.

»Okay«, Jenny zuckte die Achseln. »Gleich macht das Kaufhaus zu. Ich lass' mich hier einschließen. Ihr dürft jetzt Bestellungen aufgeben, Mädels!«

»Ehrlich? Cool! Hast du keine Angst, dass man dich erwischt?«

»Na und? Mir ist alles egal.«

Der Verkaufsraum lag verlassen und still. Der Nachtwächter hatte bereits seine erste Kontrollrunde erledigt, ohne Jenny zu bemerken. Sie kauerte noch immer hinter der Rolltreppe. Ihr war wirklich alles egal, seit Monaten schon. Ich bin sechzehn, resümierte sie. Vater ist mit seinem Job verheiratet, Mutter eine hysterische Psychopathin. Schule nervt, Zukunft macht Angst, und Traumprinzen gibt's nur im Kino. Sechzehn Jahre alt und nichts im Leben ist wirklich interessant. Vielleicht sollte sie morgen den großen Sprung vom Hochhaus machen.

Warum noch leben?

Plötzlich hörte sie über sich Schritte auf der abgeschalteten Rolltreppe. Nachtwächter – auch so ein hohler Job, dachte Jenny. Den werde ich mal ein bisschen aufmischen. Der schnappt mich sowieso nicht. Und wenn schon …

Sie huschte aus ihrem Versteck hinüber zur Radio- und TV-Abteilung, drehte bei den Demo-Geräten die Lautstärke auf Volldampf und betätigte den zentralen Stromkreisschalter am Kassenpool. Die Hölle brach los: Bildschirme flackerten, Techno-Beat dröhnte aus vibrierenden Boxen. Durch den Lärm vernahm Jenny einen überraschten Ausruf und sah, wie sich eine Schattengestalt von der Rolltreppe löste und im Eiltempo auf sie zukam.

Jenny stieß scheppernd ein CD-Regal in den Gang und flüchtete.

Jenny kroch hinter ein paar Stoffballen und jappte nach Luft. Der Typ war echt ehrgeizig. Seit einer halben Stunde jagte er sie durch alle Kaufhausetagen. Dabei war weit mehr zu Bruch gegangen, als sie jemals hätte klauen können. Unheimlich. Was würde der wohl mit ihr machen, wenn er sie erwischte? Sie spürte, dass ihr offenbar doch nicht alles egal war, was mit ihr geschehen würde.

Wahrscheinlich hing sie doch am Leben.

Als die Schritte wieder näher kamen, raffte sie sich auf und huschte zu einer halb geöffneten Metalltür. Dahinter lag ein dunkler Korridor und am Ende ein erleuchtetes Zimmer. Jenny lugte hinein – da war die Rückenlehne eines Sessels. Sie ging um ihn herum und starrte in ein verzerrtes Gesicht. Der Nachtwächter hielt eine Pistole in der Hand, doch sie hatte ihm nichts genützt. Unter seinem Kinn klaffte ein blutiger Schnitt …

Ein Einbrecher hat ihn umgebracht, durchfuhr es Jenny. Mich verfolgt kein Nachtwächter, sondern ein Killer!

Leise quietschend öffnete sich die Metalltür am anderen Ende des Korridors …

Jenny handelte rasend schnell. Sie entriss dem toten Wachmann die Waffe und feuerte Schuss um Schuss auf den Mann, der sich mit erhobenem Messer auf sie stürzte. »Ich will leben! Leben!«, schrie sie noch, als keine Patrone mehr übrig und das Röcheln des Angreifers längst nicht mehr zu hören war.

Schutzlos ist nutzlos

Kevin Kirchners Hand zitterte beträchtlich, als er den Whisky-Soda servierte. Ein Teil des Drinks schwappte über, die Eiswürfel klingelten wie ein frostiges Glockenspiel. Der Mann mit dem Narbengesicht grinste höhnisch. Die beiden Killertypen hinter ihm blieben unbewegt. Alle anderen Gäste waren längst gegangen.

»Ein netter Nightclub«, lobte Narbengesicht und hob das Glas. »Und ein glänzendes Geschäft für Sie, Herr Kirchner! Da kommt leicht Neid auf. Was machen Sie, wenn sich böse Konkurrenten das Mobiliar vornehmen? Oder Ihre Knochen? Sie brauchen Schutz, mein Lieber – und das ist *unser* Geschäft!«

Narbengesicht trank einen Schluck, streckte dann demonstrativ die Hand mit dem Glas von sich und ließ es zu Boden fallen, wo es splitternd zerplatzte.

»Wollen Sie es nicht aufwischen?«

Kaum bückte sich Kevin mit der Kehrschaufel über die Whiskylache, als ihn eine Hand schmerzhaft im Genick packte. Sein Gesicht wurde hinabgepresst, bis es die Scherben auf dem Boden berührte.

»Wir kommen an jedem ersten Mittwoch des Monats. Sie geben uns 5000 Euro, und wir passen auf, dass alles schön heil bleibt.«

Morgen ist Mittwoch, dachte Kevin. Was soll ich bloß machen? Ich kann keine fünf Tausender berappen, schon gar nicht jeden Monat. Zur Polizei kann ich nicht gehen – die nehmen die Typen fest und lassen sie gleich wieder frei, wenn die behaupten, alles sei nur ein Witz gewesen und gar nicht so gemeint. Und dann knallen sie mich ab.

Was macht man?

Er wusste es nicht. Aber er war ja auch frisch in der Branche, besaß den Nachtclub erst seit wenigen Wochen. Vielleicht wüsste Marko Rat ... Marko Kemm, Betreiber der »Vorzeig-Bar« im Nachbarviertel, kannte sich aus im Geschäft.

Kevin griff zum Telefon.

Marko kam in den frühen Morgenstunden, gleich nach Geschäftsschluss. »Diese Schutzgelderpresser sind eine Pest! Mittlerweile hat in dieser Stadt wohl jeder Laden so eine Gang am Hals!«

»Du etwa auch?«, fragte Kevin.

Sein Kollege nickte. »Seit einem Jahr. Ich weiß bald nicht mehr, wie ich das bezahlen soll!«

»Heute um 1700 Uhr kommt das Narbengesicht mit den beiden Killern und macht mich fertig!«

»Ich bin heute um dieselbe Zeit fällig. Bei mir kassieren drei Typen mit Vollbart.«

Die beiden Barbesitzer sahen sich an und begannen gleichzeitig zu grinsen. Viele Worte brauchten sie nicht, denn beiden war plötzlich klar, was sie zu tun hatten.

»Wenn du mich schlägst, hau' ich dir eine rein!«, grölte Marko.

Kevin erhob sich vom Barhocker: »Dann mal los!«

»Ich soll doch Schutzgeld zahlen!« Kevin wies theatralisch auf sein blaues Auge und die blutverkrustete Nase. »Dann beschützt mich bitte!«

Narbengesicht nagte verwirrt an seiner Unterlippe.

Kevin lamentierte ungebremst weiter: »Sie kamen zu dritt, heute früh. Euer Geld haben sie mitgenommen und lassen ausrichten, hier sei ihr Revier. Drei Typen mit Vollbart!«

In diesem Moment platzten drei bärtige Hünengestalten herein. Hinter ihnen zischte Marko durch geschwollene Lippen: »Das sind sie! Die Kerle, die mich so zugerichtet und eure Knete kassiert haben!«

Als Messer blitzten und Schüsse krachten, hechtete Marko zu Kevin hinter den Tresen. Erst als der letzte Schrei verklungen war, krochen sie aus der Deckung und betrachteten die sechs ineinander verschlungenen, reglosen Gestalten auf dem Fußboden.

»Endlich mal ein Problem, das sich buchstäblich von selbst erledigt hat«, meinte Kevin und schüttelte feierlich die Hand seines Kollegen.

Der Dieb von nebenan

Ein Dielenbrett quietschte leise, als sich die vermummte Gestalt vorsichtig dem Bett näherte. Die Frau erwachte, schreckte verwirrt hoch, öffnete weit den Mund zum Schrei. Schon war der Vermummte über ihr. Ein kurzes Aufbäumen, ein Zucken, ein Röcheln – dann lag sie still.

»Edith Nürnberger wurde am nächsten Morgen von ihrer Putzfrau gefunden«, sagte der Moderator und blickte ernst in die Kamera. »Der Täter raubte Schmuck und Bargeld im geschätzten Wert von 300 000 Euro.«

»Dumm gelaufen für Edith«, brummte Jochen Schuster. Ganz schön übel, wenn nachts plötzlich so ein brutaler Typ neben dem Bett auftauchte. Würde ihm auch nicht gefallen. Andererseits gab es bei ihm keine 300 000 Euro zu holen. Seine Barschaft belief sich auf kaum dreihundert – eingerechnet der stattlichen Anzahl unter dem Küchentisch aufgereihter Pfandflaschen.

»Aktenzeichen XY – ungelöst«: Mord, Vergewaltigung, Raub. Der ganz alltägliche Wahnsinn. Und alle laufen frei herum. Jochen saugte den letzten Schluck aus der Bierflasche und erwog zeitiges Schlafengehen.

»... zum letzten Fall. Gestern Abend, beim Überfall auf eine Sparkassenfiliale am Hamburger Stadtrand, nahm ein Unbekannter eine Geisel und floh mit der Beute von 300 000 Euro in einem zuvor gestohlenen Fluchtwagen. Die Polizei verfolgte den Täter quer durch die Stadt, bis sein Fahrzeug plötzlich nach Anbruch der Dunkelheit auf einer schlecht beleuchteten Straße hielt. Nachdem sich die Polizei dem Wagen vorsichtig genähert hatte, fand sie das Fahrzeug bis auf die gefesselte Geisel verlassen. Der Täter hatte neben einem Gullydeckel geparkt und war mitsamt der Beute durch die Kanalisation entkommen.«

Auf dem Bildschirm erschien ein Foto: Ein dunkler VW Golf mit geöffneten Türen parkte neben einem Loch in der Straßendecke, einige Polizisten standen etwas hilflos daneben.

Nicht schlecht.

Jochen schlug sich feixend auf die Schenkel.

»Bislang einzige Hinweise auf den Täter liefert diese kurze Filmaufzeichnung der Überwachungskamera am Kassenschalter.«

Jochen beugte sich interessiert vor. Auf dem tonlosen Schwarz-Weiß-Streifen wirkte der Ablauf seltsam unwirklich, aber die Überwachungskamera lieferte überraschend scharfe Bilder von dem Täter. Er trug eine Strumpfmaske und eine Lederjacke, aus deren Innentasche er plötzlich eine kurzläufige Pistole zog.

Während der Maskierte der vor ihm stehenden Frau die Waffe an die Schläfe setzte …

… der Mund der Geisel sich zum stummen Schrei verzerrte, als sei er von Edvard Munch gemalt …

… der Kassierer eilig Geldbündel in die Tasche stopfte, die der Maskierte ihm gegeben hatte …

… starrte Jochen gebannt weder auf die Waffe, die Geisel oder das Geld, sondern auf das Kinn des Gangsters. Die Art, wie der Maskierte beim Sprechen auffordernd den Unterkiefer nach vorn schob, mit erhobener Kinnspitze den Kassierer dirigierte und zur Eile antrieb, kam Jochen ausgesprochen bekannt vor.

»… für Hinweise, die zur Ergreifung des Täters führen, ist eine Belohnung von 15 000 Euro ausgesetzt. Damit sind wir am Ende unserer heutigen Sendung …«

Per Fernbedienung beamte Jochen den Moderator aus dem Wohnzimmer. Nachdenklich blies er ein dumpfes Barkassentuten auf der Bierflasche. Diese Macke mit dem gestikulierenden Kinn – das war Harry Drescher, wie er leibt und lebt. Harry Drescher, sein widerlicher Nachbar. Drescher lebte allein, nachdem seine Frau genug von der Herumkommandiererei hatte. Jochen sah die Szenen vor sich, die er hundertmal im Treppenhaus miterleben musste: »Lisa, heb das auf!« »Lisa, nimm die Schuhe da weg!« – immer unterstrichen von hinweisenden Bewegungen der herrisch gestikulierenden Kinnspitze. Drescher hielt sich für etwas Besseres, konnte sich aber auch nicht mehr leisten als Jochen und alle anderen Mieter ihres sanierungsbedürftigen Altbaublocks. Na ja, jetzt vielleicht schon – mit 300 000 Mücken in der Tasche …

Ob Drescher tatsächlich die Sparkasse überfallen hat? Sein Nachbar?

Jochen grübelte.

Zuzutrauen wäre es dem arroganten Heini eigentlich. Und wie ist der Täter den Verfolgern entkommen? Ab durchs Gully! Und wo arbeitet Drescher? Bei der Stadtentwässerung! Harry Drescher, die Kanalratte. Es passte alles. Aufgeregt tigerte Jochen im Wohnzimmer auf und ab. 15 000 Euro Belohnung. Er stand bereits am Telefon, da hielt er inne.

300 000 waren reichlich mehr als 15 000.

So dicht dran käme er nie wieder.

Und Dreschers Wohnung lag genau gegenüber seiner eigenen – beide auf einem Flur direkt unter dem Dach.

Am nächsten Morgen lauerte Jochen hinter seiner Wohnungstür. Normalerweise ging Drescher um sieben Uhr zur U-Bahn. Um zehn nach sieben fuhr eigentlich auch Jochens Zug zur Arbeit, aber heute machte er blau. Ungeduldig spähte Jochen durch den Türspion. Jetzt schlug es schon neun, und Drescher war noch immer nicht aufgetaucht.

Da plötzlich hörte Jochen, wie sich gegenüber der Schlüssel im Türschloss drehte. Rasch packte er den bereitstehenden Mülleimer und trat ebenfalls hinaus auf den Flur.

»Moin, moin, Herr Drescher!«, grüßte er leutselig. »Auch einen Urlaubstag genommen?«

»Nichts dergleichen«, antwortete Drescher und deutete mit vorgeschobenem Unterkiefer und spitzem Kinn an, dass er Jochen auf der Treppe den Vortritt ließ, »ich habe gekündigt.«

»Ach ja? Dann gehen Sie jetzt nicht zur U-Bahn?«

Drescher lächelte überheblich. »Mit U-Bahn-Fahren ist Schluss, Herr Schuster. Ich bin auf dem Weg zum BMW-Händler, meinen neuen Wagen abholen.«

Jochen staunte.

»Herzlichen Glückwunsch, Herr Drescher! Ist ja toll!« Er kramte umständlich in seiner Hosentasche. »Mist! Ich hab' mein Geld nicht eingesteckt. Wollte doch noch 'ne Zeitung holen … na ja, kann ich auch später machen.«

Drescher hob grüßend die Hand und ging die Treppe hinab. Jochen trat samt Mülleimer in die eigene Wohnung zurück.

Drescher war der Bankräuber, garantiert. Das Kinn, die einschlägigen Berufskenntnisse. Jetzt den Job gekündigt und gleichzeitig einen Nobelschlitten gekauft. Bestimmt verwahrte er das gestohlene Geld oder wenigstens einen reichlichen Teil davon in seiner Wohnung. Die Tür ist kein Problem, dachte Jochen. Er selbst hatte sich schon mehrmals ausgesperrt und sein eigenes antiquiertes Türschloss mittels Zange und Schraubenzieher aufgefummelt. Wie lange dauert ein Autokauf? Bestimmt lange genug. Kurzentschlossen holte Jochen seinen Werkzeugkasten.

Dreschers Wohnung war penibel aufgeräumt. Jochen rümpfte die Nase. Einem Ordnungsfanatiker wie Drescher erschien es sicher als Gipfel der Unvorstellbarkeit, Geld im Küchenschrank aufzubewahren – deswegen würde er es genau dort verstecken. Zwischen den sorgfältig gestapelten Konservendosen, Müslitüten und Knäckebrotpackungen brauchte Jochen nicht lange zu suchen. In einer Tupperdose steckte ein dickes Bündel Tausender. Leise pfeifend betrachtete er es. Da vernahm er plötzlich gedämpft das Läuten seiner eigenen Türklingel!

Er hetzte zum Türspion.

Gegenüber, vor Jochens Tür, drückte eben Harry Drescher ein weiteres Mal auf den Klingelknopf, zuckte mit den Achseln, drehte ab und stutzte beim Anblick seiner nur angelehnten Wohnungstür. Panisch zuckte Jochen zurück.

Weg hier! Raus! Durchs Fenster!

Rasch stopfte er das Geldbündel in die Tasche, eilte zum Wohnzimmerfenster, öffnete es und schwang sich hinaus. Seine Füße fanden Halt auf einem Stucksims, die Hände umklammerten den Fensterrahmen. Nur wenige Meter nach links, dann würde er sein Badezimmerfenster erreichen …

Der marode Stuck brach unter seinen Füßen.

Schreiend stürzte Jochen in die Tiefe.

»Mein eigener Nachbar! Ein Dieb!« Dreschers Kinn zitterte.

»Noch einmal, bitte«, verlangte Kommissar Heintze. »Sie haben im Lotto gewonnen und einen Teil des Geldes im Küchenschrank versteckt?«

»Ich muss doch heute das Auto bezahlen! Aber vorher wollte ich noch Brötchen holen und frühstücken. Da fiel mir ein, dass Herr

Schuster vorhin eine Zeitung kaufen wollte, aber sein Geld vergessen hatte. Also hab' ich ihm eine mitgebracht – nun wird er sie nicht mehr lesen ...«

Drescher blickte auf die Zeitung, die vor ihm auf dem Tisch lag. Sein vorgeschobener Unterkiefer wies wie ein Zeigefinger auf die Schlagzeile:

»Nach Aktenzeichen XY: Sparkassenräuber noch in selber Nacht verhaftet!«

Bogart's Geist

Humphrey Bogart balancierte die Zigarette lässig im Mundwinkel und hielt die Gangster mit der Pistole in Schach. »Ihr habt euch verkalkuliert, Jungs! Ich werde meine Freiheit genießen, ihr wandert hinter Gitter.« Eine Fanfare schmetterte, dann zog der Abspann über Bogeys Gesicht.

Maja Borg hatte den Film schon mindestens zum dritten Mal gesehen. Per Fernbedienung schaltete sie das Gerät ab und rekelte sich auf dem Bett. Wunderbar, wie Bogart jede Krise meisterte – souverän, mit Ruhe und pfiffigen Ideen. Gut, dass Michael erst mit der Nachtmaschine kam. Ihr Gatte hätte bestimmt wieder gemäkelt, was sie denn bloß an diesen Uraltkrimis so interessant fände. Für Michael gab es nur Fachliteratur, Statistiken und Börsennews.

Maja fand Verbrechen faszinierend.

Wie sie sich wohl in einer gefährlichen Situation verhalten würde? Vermutlich würde sie es nie erfahren. Eigentlich ein beruhigender Gedanke, dachte Maja und gähnte. Langsam fielen ihr die Augen zu …

Splitterndes Krachen ließ Maja aus dem Bett fahren. Zunächst orientierungslos, stieß sie ihr Knie an der Bettkante. Der Schmerz brachte sie zur Besinnung. Deutlich hörte sie jetzt, wie unten in der Küche Scherben unter Sohlen knirschten.

Einbrecher!

Ich muss hier raus! Wenn die mich entdecken …

Das war kein Film, kein Jerry-Cotton-Heft.

Aber die Haustür ist unten. Wenn ich aus dem Fenster springe, breche ich mir alle Knochen! Wenn die Typen das Wohnzimmer durchsuchen, komme ich vielleicht unbemerkt vorbei.

Rasch zog Maja sich an – da knarrten die Treppenstufen. Sie kamen herauf! »Bogart, steh mir bei!«, dachte Maja.

Da kam ihr eine Idee …

Zwei Männer öffneten die Tür und blieben überrascht stehen. Da stand eine zierliche Frau, in der Hand eine Schublade, deren Inhalt sie gerade auf das Bett schüttete.

»Sorry, Jungs – ich war zuerst hier! Dumm gelaufen. Nun steht nicht so nutzlos herum. Helft ein bisschen mit – dann langt es auch für drei. Bitte, wer sagt's denn?«

Triumphierend angelte Maja eine Schmuckschatulle aus dem chaotischen Haufen auf dem Bett. Die Einbrecher sahen sich an.

»Na, das ist ja ein Ding!«, staunte der Kleinere, ein stämmiger Kerl mit Schnauzbart. »Wie bist du denn reingekommen? Die Tür ist verschlossen, und die Fenster waren alle heil – bis eben jedenfalls …«

Maja zog ein Etui aus der Tasche und ließ einen Schlüsselbund klappern. »Habe ich der Dame des Hauses aus der Tasche geklaut. Sie weiß noch nicht einmal davon. Ich arbeite eben etwas eleganter als ihr! Und jetzt nach unten, Jungs. Erfahrungsgemäß gibt es im Wohnzimmer noch einiges zu holen!«

Willig folgten ihr die beiden nach.

Während Schnauzbart und sein Partner auf Befehl ihrer neuen Chefin keuchend die Schrankwand abrückten, um einen imaginären Safe freizulegen, tappte Maja langsam rückwärts Richtung Flur. Dann schnell die Haustür auf und ab durch die Mitte …

Als sich ein Schlüssel im Schloss drehte, hielten die Gangster inne. Oh Gott, Michael!, durchfuhr es Maja. Da stand ihr Mann bereits im Wohnzimmer, und Schnauzbart zog eine Pistole.

»Ma … Maja?«, stotterte Michael fassungslos.

»Verdammt! Er hat mich erkannt!«, schrie Maja und streckte Schnauzbart fordernd die Hand entgegen. »Tut mir leid, Jungs. Das ist natürlich nicht eure Sache. Gib mir die Pistole, ich leg' ihn um!«

Schnauzbart gehorchte willig. Maja zielte mit der Waffe umgehend auf die Einbrecher.

»Ihr habt euch verkalkuliert, Jungs! Ich werde meine Freiheit genießen, und ihr wandert hinter Gitter.«

Maja grinste.

»Und vielleicht schicke ich euch ein paar Kriminalromane!«

Reifeprüfung

Im Klassenzimmer roch es nach Bohnerwachs und Angstschweiß. Wulff sammelte gnadenlos die Arbeiten ein. »Machen Sie Schluss, André! Eine Minute mehr rettet Sie auch nicht!«

»Abitur gelaufen«, stellte Michi trocken fest, gelassen wie stets.

»Kann man wohl sagen!«, stöhnte André und erhob sich benommen. Michi hatte gut reden – seine Noten waren glänzend. Bei André sah es da ganz anders aus, besonders in Mathe. Mit der heutigen Arbeit konnte er das Abitur abhaken, das war klar.

Um ihn herum besprachen seine Mitschüler erregt die Lösungen der Klausuraufgaben. Integrale und Logarithmen. In Andrés Gehirn herrschte Nebel. Nur eines wusste er: Keine der diskutierten Lösungen hatte er auch nur ansatzweise zu Papier gebracht.

In seinem betagten Golf fuhr André seit Stunden ziellos durch die Gegend. Zu Hause wartete sowieso niemand auf ihn: Vater lebte überwiegend in der Firma, Mutter war Diplompsychologin und erklärte in ihrer gefragten Praxis krisengeschüttelten Damen mittleren Alters die Freuden der Selbstfindung.

Für André war es bereits der zweite Anlauf zum Abitur. Eine weitere Chance würde es nicht geben. Alle gehen zur Uni, bloß er ist der Depp. Was sollte er nun machen? Bäckergeselle werden, kleine Brötchen backen – nur weil er ein paar dämliche Kurvendiagramme falsch berechnet hatte?

Wenn die Matheklausur wiederholt werden müsste! Dann hätte er wenigstens noch eine Chance! Ein paar Tage büffeln, dann würde es bestimmt für die rettende Vier reichen …

Wie er zu dem Haus von Lehrer Wulff gelangt war, wusste André selbst kaum. Er parkte den Golf schräg gegenüber und peilte durch die regennasse Scheibe.

Drüben öffnete sich die Tür.

Wulff trabte im Jogginganzug die Auffahrt herunter, bog auf den Fußweg und entschwand im Laufschritt. Wulff lebt allein, durchzuckte es André – das Haus ist leer! Der Mathelehrer gab oft damit an, dass er jeden Tag zehn Kilometer joggte. Eine knappe Stunde Zeit für André, die Abiturklausuren zu klauen! Entschlossen streifte er sich ein Paar Arbeitshandschuhe über die Finger.

Vorsichtig schlich der Junge um Wulffs Haus herum. Die Glückssträhne riss nicht ab – die Wintergartentür war unverschlossen, der Wohnzimmerdurchgang auch. André schlüpfte ins Arbeitszimmer und startete die Suchaktion. Wulff, der notorische Pedant, hatte alles exakt geordnet. Die Klausuren lagen in einer säuberlich etikettierten Bürobox. Aber ließe er die Arbeiten einfach so verschwinden, fiele der Verdacht gleich auf einen Schüler – vor allem auf ihn.

André zögerte nur kurz. Dann zog er sein Feuerzeug, entzündete eine auf dem Schreibtisch stehende Kerze und schob sie dicht unter ein Bücherregal. Rasch ergriff er die Bürobox und eilte hinaus.

Im Auto warf er die Box neben sich auf den Boden, fingerte zitternd nach den Schlüsseln. Da plötzlich riss jemand die Wagentür auf!

Durchnässt und prustend ließ sich Wulff auf den Beifahrersitz plumpsen: »So ein Sauwetter! Der Waldweg war völlig überflutet, ich musste glatt umkehren! Hallo, André. Wollten Sie mit mir über Ihre Klausur sprechen?« Er sah den schreckensbleichen Jungen und lachte. »Ich habe mir Ihre Arbeit bereits angesehen. Kein Grund zur Sorge, Junge – es reicht diesmal locker für eine Drei …«

Wulffs Füße stießen geräuschvoll an die Bürobox. Er beugte sich vor, las das Etikett und fuhr auf: »Was …«

Ein splitternder Knall unterbrach den empörten Lehrer. André sah sich rasch um: Aus einem zerborstenen Fenster des Wulff'schen Hauses loderten grelle Flammen.

Trautes Heim

»Hier sind die Schlüssel für Ihr neues Heim, Herr Bohm – Haushälfte 16 A, wie besehen. 16 B habe ich heute auch schon vermietet. Sie werden die neuen Nachbarn ja bald kennenlernen! Ich wünsche Ihnen und Ihrer Gattin viel Glück.«

Zuvorkommend hielt Makler Schöller die Bürotür auf.

Rolf und Franca Bohm konnten ihren Dusel kaum fassen. Nur 1000 Euro Monatsmiete für eine gut erhaltene Doppelhaushälfte! Die Maklercourtage war allerdings happig, aber es war trotzdem ein guter Deal.

»Schade, dass Schöller uns nicht 16 B angeboten hat«, meinte Franca. »Der wild wuchernde Ökogarten ist doch unser Stil. Jetzt müssen wir bei unserer Hälfte erst mal die Gartenzwerge rausschmeißen!«

»Wahrscheinlich hat sich der neue Nachbar die hübschere Haushälfte frühzeitig gesichert!« Auch Rolf dachte etwas neidisch an den romantisch verwilderten Garten nebenan. »Aber wenigstens kann man davon ausgehen, dass jemand, der sich so ein Grundstück aussucht, mit uns total auf einer Wellenlänge liegt!«

Klaus Richter zog die Sense fluchend durch kniehoch wucherndes Wildgras. Hinter ihm rupfte seine Frau Unkraut, daneben röhrte ein Rasenmäher, eingestellt auf drei Zentimeter Schnitthöhe. Und nebenan wäre alles tipptopp, schmachtete Klaus in Gedanken. Da sah er, wie dieser langhaarige Ökoknilch im Nachbargarten die Gartenzwerge achtlos in einen Müllsack pfefferte. Letzte Woche hatte er bereits den hübschen Zierbrunnen brutal demontiert. Und jetzt kam auch noch die Schlampe im Wallekleid aus dem Haus und verteilte beidhändig Samen auf der Rasenfläche.

Was stand da auf dem Sack?

Wildblumen?

»Ach bitte, Frau Richter«, Franca Bohm trat an den kleinen Zaun, »müssen Sie die Ringelmelden unbedingt herausrupfen? Schmetterlinge lieben diese Pflanze …«

»Schmetterlinge waren mal Raupen, und Raupen fressen meine Zierblumen!«, unterbrach Klaus Richter schäumend den belehrenden Vortrag. »Gartenzwerge dagegen sind hübsch, harmlos und deutsches Kulturgut – aber davon verstehen Typen wie Sie ohnehin nichts! Und wenn Sie hier weiter Unkrautsamen in die Luft schmeißen, die vom Wind auf mein Grundstück getragen werden …«

Franca Bohm hielt theatralisch eine Hand mit Samenkörnern über den Zaun. »Aber das ist reine Natur …«

Zornbebend zog Klaus Richter den Sensenstiel über die ausgestreckte Hand. Franca schrie auf, die Samen flogen zu Boden. Unter lautem Indianergeheul stürmte Rolf Bohm auf Richter zu, einen grinsenden Gartenzwerg schwingend. Krachend spaltete der massive Gnom Klaus Richters Schädel genau in dem Moment, da die Spitze des Sensenblatts Rolf Bohms Halsschlagader durchtrennte.

»Sie lieben Ordnung, stimmt's, Herr Meier? Dann werden Sie in 16 A einiges zu tun bekommen – die Vormieter haben den Garten etwas verwildern lassen. Aber dafür stimmt ja die Miete, nicht? Viel Glück und auf Wiedersehen!«

Makler Schöller schloss hinter den Meiers die Tür und schmunzelte. 16 B hatte er bereits heute Morgen neu vermietet. Das junge Ehepaar Müller schwärmte fürs alternative Leben und wollte eigentlich 16 A mieten, aber er hatte gesagt, diese Hälfte sei nicht mehr zu haben. Jetzt haben sie wahrscheinlich schon Richters hinterlassene Zierbeete eingeebnet, und spätestens morgen beginnt der Nachbarkrieg mit den peniblen Meiers.

Das geht keinen Monat gut, spekulierte Schöller und rieb sich die Hände.

Spätestens in vier Wochen würde er die nächste Maklercourtage für 16 A und B kassieren können …

Der einzige Zeuge

Becker streckte seine Beine in die Sonne, hob das Martiniglas und ließ genüsslich die Olive darin kreisen. Im offenen Hotelrestaurant mit Blick über das Meer saß man angenehm. Teneriffa heiter 26° C, Deutschland 5° C und Nieselregen. Und Becker feierte Ferien – für immer.

Für die Einheimischen war er einfach Don Becker, der es sich leisten konnte, als Mittvierziger in den gepflegten Ruhestand zu gehen. Niemand ahnte, dass sein Geld aus dem Einbruch bei einem Düsseldorfer Juwelier stammte. Der einzige Tatzeuge war der Juwelier selbst, und der konnte nicht mehr reden – Becker hatte dem Mann in den Kopf geschossen. Der Kerl hätte ihm eben nicht die Strumpfmaske vom Gesicht reißen dürfen …

Becker schreckte auf.

Offenbar war er eine Weile eingenickt, denn jetzt ging die Sonne bereits unter, und es saßen viel mehr Leute auf der Terrasse als zuvor. Und vom Tisch in der hinteren Ecke starrte jemand herüber. Becker starrte kurz zurück und wandte sich entsetzt ab: Der Mann am Ecktisch war niemand anders als der Düsseldorfer Juwelier! Trotz der Krankenhausblässe und der Sonnenbrille erkannte Becker ihn sofort. Jetzt trat eine Dame auf die Terrasse, setzte sich zu dem Juwelier und sofort begannen die beiden zu tuscheln …

Becker zitterten die Hände, als er etwas Kleingeld auf den Tisch legte. Er drehte sich nicht um, als er mit abgewandtem Gesicht die Terrasse verließ, aber er spürte den Blick des Juweliers im Rücken. Erst in der Hotellobby legte sich seine Panik etwas. Wieso lebte der Kerl überhaupt noch nach dem Kopfschuss? Vielleicht war es doch nicht der Juwelier, sondern irgendein ähnlich aussehender Mann? Entschlossen ging Becker zum Hotelpagen, winkte mit einem Geldschein und zeigte durch das Panoramafenster zum Pärchen am Ecktisch.

»Wer ist das, Juan? Ich glaube, ich kenne den Mann aus Deutschland …«

»Das Ehepaar Rosner aus Düsseldorf? Er ist Juwelier und war sehr krank, muss sich hier erholen ...«

Er war es also wirklich.

Gegen einen weiteren Geldschein erfuhr Becker die Zimmernummer der Rosners. Ihr Zimmer lag im 4. Stock – genau unter seiner Suite. Entschlossen ging Becker zum Lift. Sein Plan stand fest: Er würde von oben auf den Balkon der Rosners klettern, die Tür aufhebeln und auf das Ehepaar warten. Diesmal würde er ganz sichergehen, dass keiner der beiden überlebte. Für die Polizei würde es aussehen wie die Tat eines ertappten Hoteldiebes.

Und Becker könnte seine Beute wieder gefahrlos genießen.

Im Schutze der Dunkelheit schwang sich Becker über die Balkonbrüstung. Langsam ließ er sich am Gitter hinab. Tief unter ihm flackerten die Kerzen auf den Tischen der Restaurantterrasse. Bloß nicht hinsehen, ermahnte sich Becker. Jetzt baumelten seine Beine in der Luft, tasteten nach der Balkonbrüstung unter ihm, fanden endlich Halt – da brach ein Gitterstück unter den Füßen. Becker ruderte wild mit den Armen, verlor das Gleichgewicht und stürzte ab ...

Becker lag in einem Chaos von umgestürzten Stühlen, Tischen und zerschmettertem Geschirr. Noch fühlte er die Schmerzen nicht, hörte nur aufgeregte Stimmen:

»Überall Blut ...

»Alles gebrochen ...«

»Keine Chance mehr ...«

Mühsam öffnete Becker die Augen. Flackernd verharrte sein Blick auf dem Ehepaar Rosner, das eben die Terrasse verließ: Untergehakt bei seiner Frau ertastete sich der Juwelier mit einem Stock den Weg zwischen den Tischen. Hinter der dunklen Brille glitzerten seine toten Augen, und die gelbe Binde mit den drei schwarzen Punkten an Rosners Arm war das Letzte, was Becker noch wahrnahm.

Herzchen

»... die Frau weiß genau, was jetzt passieren wird, aber sie kann nichts mehr machen! Kein Ausweg, voll in der Klemme, und das Messer kommt näher, wird immer größer und ...« Katrin brach plötzlich ab und kicherte. »Seht mal, Petra hält sich die Ohren zu!«

Susi, Nadine und Lina fielen sofort ins Gelächter ein.

»He, Petra, das ist doch nur ein Film!«

»So was hat man tausendmal gesehen!«

»Das ist noch gar nichts! Kennt ihr Rasierklingenschlitzer, Teil 3? Also: Da kommt dieser halb verfaulte Zombie ...«

Petra hatte ertappt die Hände heruntergenommen und versuchte mit aller Macht, einfach wegzuhören.

Wie peinlich!

Zum ersten Mal durfte sie mit den anderen Mädels mitfahren zum Zelten an den Waldsee. Und schon bewies sie es allen wieder, dass sie ein Außenseiter war! 15 Jahre und voll daneben. Zu naiv. Kein bisschen cool. Und viel zu fett. Wenigstens brannte das Lagerfeuer nur noch schwach. Niemand konnte sehen, wie ihr die Tränen über die Wangen liefen ...

Zischend löschte Wasser die heiße Glut.

»Genug gegruselt!«, kommandierte Katrin.

Drei Zweierzelte, fünf Mädchen – war ja klar, wer da alleine schlafen musste.

Fröstelnd kroch Petra in ihren klammen Schlafsack und lauschte sehnsüchtig dem gedämpften Gekicher der anderen. Obwohl – worüber die so lachen konnten ... diese grausigen Geschichten vorhin am Feuer! Massenmörder und Serienkiller, aufgeschlitzte Kehlen und abgetrennte Glieder ...

Schaudernd vergrub sich Petra noch tiefer im Schlafsack.

Warum sie plötzlich aus dem Schlaf aufschreckte, wusste sie im ersten Moment selbst nicht. Das war ihr Schlafsack, ihr Zelt – aber irgendetwas stimmte nicht.

Petra lauschte angespannt.

Nichts zu hören von den anderen. Die schliefen ja auch sicher. Ein paar dunkle, fremde Waldgeräusche: rauschende Zweige, irgendwo heulte ein Tier …

Hier am Waldsee war außer ihnen kein Mensch. Hoffentlich …

Da – ein knackender Zweig … raschelnde Schritte!

»Aaaaah!«, gellte Petras Angstschrei durch die Nacht.

Stille, die Schritte verharrten abrupt … Was war mit Katrin und den anderen? Die mussten doch jetzt wach sein! Petra schrie noch mal, und dann strich etwas kratzend neben ihr an der Zeltplane entlang.

»Katrin! Susi! Hilfe!«

Nichts. Die anderen waren bestimmt schon … Sie war allein.

Kein Ausweg.

Voll in der Klemme!

Petra keuchte. Ihr Herz schlug wie verrückt.

Dann sah sie das Messer. Eine lange Klinge schob sich durch den Zelteinstieg und drückte den Schlitten des Reißverschlusses langsam nach oben – krrrk! Das Surren des aufgleitenden Verschlusses schwoll in Petras Ohren zur Kakofonie, begleitet vom Trommeln ihres rasenden Herzens und vom Stöhnen, mit dem die Luft aus ihrer Lunge wich.

Dann brach etwas in ihr – Dunkelschwärze …

Vier hysterische Teenager und eine Leiche. Und Kommissar Cord hatte auf einen ruhigen Sonntag gehofft. Gerade kroch Dr. Rall, der Rechtsmediziner, kopfschüttelnd aus dem kleinen Zelt heraus.

»Klarer Fall von Herzversagen. Sieht nicht nach Fremdeinwirkung aus!«

»Wir haben doch bloß Spaß gemacht!«, jammerte Katrin.

»Nur Gruselgeschichten erzählt!«, schluchzte Nadine.

»Dann wollten wir Petra ein wenig erschrecken!«, heulte Lina.

»Als sie das Brotmesser gesehen hat, ist sie schon umgekippt!«, zeterte Susi.

Was für Herzchen, dachte Kommissar Cord. Die schlagen bestimmt ewig.

Tierfreunde

Als sich ein Fahrrad mit flackernder Lampe näherte, drückte sich die dunkle Gestalt in die Hecke. Der Junge radelte vorüber, die Kopfhörer eines mp3-Players in den Ohren, völlig versunken in eine autistische Welt aus dröhnenden Beats und schrillen Dissonanzen. Timo sah, wie das rote Rücklicht hinter einer Kurve verschwand, und peilte noch einmal die Straße entlang.

Nichts.

Es würde ein Kinderspiel werden, zumal das Haus leer war.

»Laubmeyers sind auf dem Frühlingsball im Club, und in diesem Snob-Viertel kümmert sich jeder nur um sich selbst«, hatte sein Kumpel Klaus behauptet.

Und zweifellos recht damit.

Die Platzhirsch-Rituale begannen bereits vor dem Golfclub. Während die Wagen anrollten und die Clubmitglieder ausstiegen, taxierten die Damen wechselseitig Schmuck und Garderobe. Die Herren gaben sich kumpelhaft, ohne zu vergessen, worauf es im Leben wirklich ankam.

»Hallo, Rainer, für deinen Jaguar ist schon ein Nachfolgemodell in Planung!«

»Ist schon längst geordert!«

»... musste den Testarossa heute im Stall lassen – Ninas Kleid ist zu eng ...«

Als Klaus Wulff seinen zehn Jahre alten Kombi neben den versammelten Nobelkarossen zum Stehen brachte, spürte er die höhnischen Blicke.

»Na, Klaus – wieder mit dem Hundeschlitten unterwegs?«

Klaus Wulff brummelte irgendetwas, zog die Schultern hoch und steuerte das hell erleuchtete Clubhaus an. Diese miesen Snobs. Ihn akzeptierten sie nur als Dorftrottel und weil das Golfplatzgelände ehemaliges Ackerland seines aufgelösten Bauernhofes war. Und weil sie aus seiner Hundezucht scharfe Wachhunde kaufen konnten, um ihre protzigen Anwesen vor Einbrechern zu schützen. So wie das Ehepaar Laubmeyer, dem Klaus Wulff letzte Woche eine kapitale Dogge namens Anka geliefert hatte.

Dahinten stand er ja, Dr. Laubmeyer, stinkreicher Fabrikant.

»Zufrieden mit dem neuen Hund?«, hörte Wulff jemanden fragen und sah Laubmeyer euphorisch nicken. Wulff griente. Anka hatte er etwas ganz Besonderes beigebracht.

Auf Anka war Verlass.

Und auf seinen Kumpel Timo auch.

Timo zog sich langsam an der Mauer hoch. Typischer Protzhaushalt, wie Klaus gesagt hatte: Vorn an der Einfahrt stand eine Überwachungskamera, weil da alle Nachbarn sehen konnten, dass man so etwas besaß – und hinten gab es bloß eine ungesicherte Mauer. Also hinüber, und dann käme Anka.

Timo zog die kleine Trillerpfeife aus der Tasche, die Klaus ihm gegeben hatte: »Ein kurzer Pfiff, und Anka wälzt sich auf dem Rücken wie ein Schoßhündchen! Bleibt nur noch die Terrassentür, aber du bist ja gelernter Schlosser ...«

Endlich hatte sein Handwerk mal goldenen Boden.

Timo grinste und ließ sich von der Mauer auf das Laubmeyer'sche Grundstück gleiten. Den bösartig knurrenden Schatten sah er nur aus den Augenwinkeln. Timo setzte die Trillerpfeife an und blies verzweifelt, bis bleckende Zähne seine Kehle zerrissen.

Klaus Wulff schob sich neben Dr. Laubmeyer an den Tresen. »Freut mich, dass Sie mit Anka zufrieden sind!«

»Wissen Sie, mein lieber Wulff ...«, der Fabrikant zögerte etwas. »Mir gefiel Anka ja ganz gut, aber meiner Frau ... Cora fand, die Dogge passt farblich nicht zu ihrem neuen Cabrio, etwas Schwarz-Weißes wäre da besser ...«

Wulff bekam weiche Knie.

»Aber das Problem ist gelöst!«, strahlte Laubmeyer. »Mein Nachbar hatte einen scharfen Mastino und fand Anka auf Anhieb niedlich. Wir haben getauscht!«

Der Kurzarbeiter

Draußen erschollen Rufe und polterndes Fußgetrampel. Hektische Stimmen dirigierten unsichtbare Häscher, bis ein scharfes Kommando die Schar weitertrieb. In der Ferne verebbte Martinshorngewimmer wie der ersterbende Schrei einer gewürgten Kreatur. Mike Graumann grinste dämonisch. Sie würden ihn nicht kriegen.

Nie wieder.

Er sah sich in seinem Versteck um. Das Schloss des Bauwagens hatte er mit einem simplen Draht überwunden und von innen auf die gleiche Weise verschlossen. Kein Problem für einen begnadeten Bastler wie Mike Graumann. Für die Flucht aus dem Knast hatte er sich in der Werkstatt aus dem Inhalt der Schrottkiste sogar Nachschlüssel und eine Leiter gebaut. Und ein Messer. Das steckte jetzt allerdings in einem allzu pflichtbewussten Wärter. Noch zehn Jahre absitzen – nicht mit ihm. Alles, weil bei seinem letzten Bruch dieser fette Millionär die Nerven verloren und lauthals um Hilfe gebrüllt hatte. Wenn der Spinner den Abend wie geplant in der Oper verbracht hätte, läge er jetzt nicht verrottet unter der Grasnarbe.

Und Mike Graumann steckte nicht, von der Meute gehetzt, in diesem Bauwagen.

Als er eine Woche vor dem Ausbruch vom Zellenfenster aus beobachtete, wie ein paar Arbeiter den Bauwagen außerhalb des Gefängnisses am Straßenrand abstellten, wusste er sofort, das war das ideale Versteck – schnell zu erreichen und schon deswegen sicher, weil jeder annehmen würde, dass der Flüchtling so schnell wie möglich im Ausland oder in einer Großstadt untertauchen wollte. Wer würde schon Killer-Mike Stunden nach dessen Ausbruch zehn Meter neben der Knastmauer suchen? Ein, zwei Tage würde er hier bleiben. Dann ein paar Brüche auf die Schnelle, um die Finanzen auf Vordermann zu bringen. Und wehe, wenn ihm jemand in die Quere käme ... er hatte nichts zu verlieren. Sein Strafregister brächte ihn schon für Brötchendiebstahl auf Jahre hinter Gitter.

Mike sah auf die Uhr. Viertel nach sechs. Durch die Ritzen der Fensterläden drang bereits Dämmerlicht. Aus einer Kiste hingen Arbeitsoveralls mit Farbspritzern. Keine üble Tarnung, fand er und suchte sich einen Overall aus.

Das Auto hielt neben dem Bauwagen, als Mike Graumann eben die etwas zu lang geratenen Ärmel aufkrempelte. Er schaffte es gerade noch, die Tür zu öffnen. Aber verlassen konnte er den Wagen nicht mehr – vor ihm standen drei stämmige Gestalten und starrten ihn verblüfft an.

»Gu… Guten Morgen«, quetschte einer der drei schließlich heraus.

»Guten Morgen«, erwiderte Mike betont ruhig. Bloß keinen Fehler machen jetzt.

»Wer …« ‚fing der andere wieder an, doch plötzlich erhellte sich seine Miene, und er setzte Mike den Zeigefinger wie einen Pistolenlauf auf die Brust. »Ach klar: Sie sind von der Agentur Behrens, dieser Zeitarbeitsvermittlung! Mann, das ist mal 'ne prompte Bedienung! Der Alte hat doch erst gestern bei euch angerufen.«

»Na ja«, schaltete Mike schnell, »ich war frei, und Behrens meinte, ihr könnt sicher schon heute Verstärkung gebrauchen.«

»Können wir! Wir wollen gerade Material auffüllen und dann zur Baustelle. Der Wagen war wieder mal nicht abgeschlossen, was? Kunze, der alte Schlamper! Ich bin übrigens Kalli, und das da sind Karsten und Lutz.«

»Martin Grauer«, sagte Mike Graumann charmant lächelnd und schüttelte nacheinander die Hände seiner neuen Kollegen.

»Dann mal los!«, kommandierte Kalli.

Optimal, dachte Graumann und verstaute die von Lutz angereichten Farbeimer auf der Pritsche des Transporters. Vier Maler im Firmenwagen kontrolliert niemand. Mit Kalli & Co. könnte er überall hinfahren. Nachdem der letzte Eimer aufgeladen war, quetschte sich Mike Graumann neben Karsten auf die Rückbank. Kalli startete rasant durch.

»Wo geht's denn hin?«

»Bloß um die Ecke!«

Tatsächlich – Kalli bremste, blinkte vorschriftsmäßig und bog ab in die Einfahrt der Strafvollzugsanstalt. Der Torwächter kam aus seinem Häuschen und ging auf den Transporter zu. Mike Graumann sackte zusammen. Was tun? Kalli beiseitestoßen – dem Wächter die Waffe entreißen – Geiseln nehmen oder einfach bloß weglaufen?

»Guten Morgen und Halt! Ach, die Maler ... macht ihr auch mal endlich weiter? Dann will ich euch nicht von der Arbeit abhalten ...«

»Keine Leibesvisitation, Chef?«, frozzelte Kalli zurück.

Der Beamte winkte ab. »Los, schwingt die Pinsel!«

Das Tor öffnete sich. Der Transporter rollte hindurch und hielt vor dem eingerüsteten Verwaltungstrakt. Erst jetzt bemerkte Mike Graumann, dass er immer noch krampfhaft Kallis Rückenlehne umklammerte.

Auf der obersten Gerüstetage entspannte sich Mike ein wenig. Hier stand er – im wahrsten Sinne des Wortes – über den Dingen und traktierte mit einer Farbrolle die Putzfassade. Eine gute Arbeit. So etwas lag ihm. Schön, er war wieder im Knast. Aber das wusste ja schließlich niemand. Und hier würde man ihn letztendlich noch weniger suchen als zehn Meter außerhalb der Gefängnismauer, oder? Flüchtiger Killer-Mike verschönt die Fassade der Knastdirektion. Ein irrer Witz. Schade, dass außer ihm niemand darüber lachen konnte.

Unten ging einer der Wachbeamten vorbei, unterhielt sich kurz mit Kalli über spektakuläre Trainerwechsel in der Bundesliga, tippte mit der Hand an die Dienstmütze und grüßte kurz nach oben. Mike Graumann hob cool die Farbrolle und winkte kumpelmäßig zurück. Als er sich wieder umdrehte, fiel ihm fast die Rolle aus der Hand: Unmittelbar vor ihm stand eine der Direktionstippsen am Fenster und goss Blumen.

Aus, dachte Graumann.

Frau Andersen sah jedoch bloß einen jungen Maler mit Farbspritzern im Gesicht, dem angesichts ihrer blühenden Jugend offenbar die Kinnlade herabsackte. Ganz entzückend! Jetzt schoss ihm sogar die Röte ins Gesicht, und er drehte sich rasch weg. Frau Andersen wandte sich schmunzelnd ihrer Arbeit zu. Ihr Tag war gerettet.

Mike Graumann lag lang ausgestreckt auf der obersten Gerüstetage in der Sonne, weitab irgendwelcher gefährlichen Fenster. Kalli und die anderen hatten sich zum Mittag in die Kantine verzogen.

Mike hatte wenig Appetit und den Ehrgeiz des Akkordarbeiters vorgetäuscht, um in Ruhe die Lage zu überdenken. Er würde einfach nach Feierabend mit in den Transporter steigen. Warum sollte die Ausfahrt nicht ebenso reibungslos klappen wie die Einfahrt? Zur Sicherheit könnte er sich ja noch ein bisschen Farbe ins Gesicht schmieren. Kalli müsste ihn irgendwo absetzen – »Bis morgen, Kollegen!« – dann würde er weitersehen.

Kollegen.

Ein ganz normales Leben.

Ein paar Bier nach Feierabend. Das wäre was … vielleicht gibt es doch noch diesen Weg für ihn. Einmal im Jahr entspannt Urlaub machen. Sich an weißen Stränden aalen …

Mike spürte die Sonne und streckte sich. Sein Fuß stieß an den Farbeimer und schob ihn über die Kante. Mike sprang auf. Mit dumpfem Knallen zerplatzte der Eimer vor den Füßen eines Beamten.

»Heee!«

Farbtriefend blickte der Wachmann auf die Gestalt des Malers. In seiner Miene spiegelten sich Überraschung und Erkenntnis.

Bildungslücke

Schnarrend verteilte der Scheibenwischer eine Schleimspur aus Schneematsch, Smog und Streusalz über die ohnehin beschlagene Windschutzscheibe. Mona wischte hektisch ein Guckloch frei, dann lehnte sie sich im Sitz zurück. Was soll's, dachte sie, ich stecke im Stau – was gibt's da schon zu sehen? Leute auf dem Weg zur Arbeit, eingepfercht in stinkenden Blechkisten. Wintermüde Gestalten, deren Leben im Takt von Rush Hour, Stechuhr und Tagesschau verläuft.

Mona betrachtete sich im Rückspiegel. 25 Jahre, ansehnliche Figur, blühende Fantasie und respektable Allgemeinbildung. Damit, fand Mona, hätte sie Anspruch auf ein Dasein mit Glanz, Glitter und viel Sonne. Ein anderes Auto als dieser klapprige Ford dürfte es auch gerne sein. Die Heizung funktionierte ebenso schlecht wie die Wischerblätter, der Auspuff röhrte und durch diverse Rostlöcher zog der Wind. Der rechtmäßige Eigentümer würde sich ewig fragen, warum man ausgerechnet seine abgenudelte Schrottkarre geklaut hatte, wo doch jede Menge Nobelschlitten auf der Straße standen ...

Mona grinste und strich mit den Fingern über das gekonnt aufgehebelte Lenkradschloss. Ihr Werk, ebenso die kurzgeschlossene Zündung. Es ging doch nichts über gute Allgemeinbildung und einen durchdachten Plan.

Und für ihren Plan war der alte Ford genau das richtige Fahrzeug.

Endlich löste sich der Stau auf. Mona nahm die nächste Abfahrt von der Stadtautobahn und steuerte zielstrebig eine Tennishalle an. Na bitte – der rote BMW stand bereits auf dem Parkplatz. Madame nahm ihre Tennisstunden pünktlich. Mona peilte in alle Richtungen.

Niemand zu sehen.

Sie gab Gas und rasierte mit der Stoßstange ihres Wagens eine häßliche Schramme in den linken Kotflügel des BMWs.

»So sorry«, kicherte Mona, während sie den Ford wendete und sich rasant in den Verkehr einfädelte.

»… als ich aus der Halle komme und ins Auto steige, seh' ich die Bescherung: eine Schramme quer über den ganzen Kotflügel! Und natürlich kein Zettel unter dem Scheibenwischer, keine Nachricht, keine Adresse, absolut nichts! Fährt mir 'ne Schramme rein und haut einfach ab!«

Yvonne Berger kochte vor Wut, obwohl das Malheur nun 24 Stunden zurücklag und sie an diesem Morgen bereits die vierte Freundin anrief, um telefonisch Dampf abzulassen.

»Und weißt du, Susi, was mein Göttergatte Paul dazu sagt? Reg dich ab, Yvonne – vielleicht meldet sich der Fahrer ja noch! Ha, ha!«

Frenetisches Gegacker am anderen Ende der Leitung bestätigte die gemeinsam geteilte Überzeugung, was von Männern – insbesondere Ehemännern – zu halten sei. »Ich muss Schluss machen, Susi – es hat gerade geklingelt. Wahrscheinlich der Postbote. Tschüss!«

Yvonne Berger legte auf und ging zur Haustür, gefolgt von ihrem schweifwedelnden Dackel. Es war tatsächlich der Briefträger. Mit dem angelieferten Bündel Briefe, Drucksachen und Werbebroschüren zog sich Yvonne Berger auf ein schweres Ledersofa im weitläufigen Wohnzimmer zurück. Ein Brief von ihrem Anlageberater, einer von Pauls langweiligem Bruder. Zwei Rechnungen und ein gefütterter Umschlag ohne Absender. Neugierig riss Yvonne ihn auf und entfaltete einen Brief in Maschinenschrift.

»Liebe Frau Berger! Der Schaden, den ich gestern vor dem Tenniscenter an Ihrem Wagen verursacht habe, tut mir sehr leid. Ich trainiere ebenfalls ab und zu in dem Center, kenne daher Ihren Namen und wusste glücklicherweise, dass der rote BMW Ihnen gehört. Der Wagen, mit dem ich Ihr Auto beschädigte, ist leider nicht meiner, sondern gehört einem Freund, der fast seine gesamte Freizeit darauf verwendet, an dem Glanzstück herumzuschrauben – Sie kennen sicher diesen Typ Mann. Ich habe mich einfach nicht getraut, ihm von dem Vorfall zu berichten. Zum Glück ist an seinem Wagen keine Spur davon zu sehen. Damit Sie keinen Schaden von meiner Feigheit haben, finden Sie anbei 300 Euro und zwei Karten für das Gala-Konzert des Tenors Placebo Flamingo. Eine Stunde vor

Konzertbeginn holt ein Taxi Sie und Ihren Gatten zu Hause ab. Viel Spaß und herzlichen Dank für Ihr Verständnis.«

Keine Unterschrift, dafür per Büroklammer angeheftet drei Hunderteuroscheine und zwei Eintrittskarten. Yvonne Berger blieb die Luft weg.

Placebo Flamingo!

Das Ereignis der Saison!

Das erste und einzige Konzert landesweit! Die Eintrittskarten waren schwerer erhältlich als eine Einladung zum Kanzlerball. Ihre Freundinnen würden sie beneiden.

Ha!

Mona saß geduckt hinter dem Lenkrad und beobachtete die Berger'sche Einfahrt. Zur Feier des Tages hatte sie sich einen 280er Daimler geklaut. In dieser noblen Wohngegend war das eine eher unauffällige Karosse.

Da kam schon das Taxi.

Vor zehn Minuten hatte Mona selbst, dick vermummt mit Schal und Mütze, dem Fahrer am Taxistand seinen Auftrag erteilt und bezahlt. Die Bergers stiegen ins Taxi, die Frau in großer Gala mit Hut und Pelzmantel. Mona schmunzelte. Genauso hatte sie die Dame eingeschätzt, nachdem sie die Gespräche zwischen Frau Berger und ihren Vorstadtzicken-Klatschfreundinnen an der Salatbar des Tennisclubs belauscht hatte. Mona spielte kein Tennis, aber sie saß oft mit dekorativem Schweißband und Sporttasche in den Clubrestaurants. Ein gutes Jagdrevier, wie sich heute wieder erwies, dachte Mona. Frau Berger liebt Opern und lässt sich ein imageförderndes Gesellschaftsereignis wie die Gala logischerweise nicht entgehen. Der Gatte muss natürlich mit, damit Frauchen allen zeigen kann, dass sie neben Nerz und Perlenhalsband auch einen Mann mit Kultur abgekriegt hat. Zurück bleibt eine menschenleere Fünf-Sterne-Villa, vollgestopft mit allem, was gut und teuer ist. Das Schlafzimmerfenster ist immer einen Spalt weit geöffnet, denn Paulchen ist Frischluftfanatiker. Und der Wachhund ist ein verfetteter Dackel. An die Arbeit, Mona. Während die Bergers Arien lauschen, verdienst du dir den nächsten Urlaub auf Jamaika.

Sie stand nämlich mehr auf Reggae.

Gabi hörte ausschließlich Techno. Unterhalb 200 Beats pro Minute fehlte ihr in jeder Musik einfach die Struktur. Strukturen vermisste sie überhaupt im Leben, aber das sei mit 13 völlig normal, sagte ihr Vater immer. Gabi war sich da nicht so sicher. Zu den wenigen Konstanten in ihrem Dasein zählte der Dackel der Bergers. Gabi hatte ihn schon ausgeführt, als sie noch mit Barbiepuppen spielte – vor Millionen Jahren also. Wenn die Bergers ausgingen, durfte sie mit dem Hund spazieren gehen und ihm sein Abendchappi bereiten. Das tat sie immer noch gern, obwohl anstelle der Hunde- und Pferdebilder in ihrem Zimmer längst BRAVO-Poster mit verwegen gestylten Kerlen hingen. Bergers hatten ihr einen Haustürschlüssel gegeben.

Gabi öffnete die Tür des Nachbarhauses, trat in den geräumigen Flur und erstarrte.

In der Wohnzimmertür stand eine blonde Frau.

»Äh … ich dachte, hier wäre niemand«, stammelte Gabi, »ich wollte bloß den Dackel Verdi …«

Mona schaltete blitzschnell, und unterbrach: »Na klar! Der treue, alte Ferdinand! Tantchen hängt ja so an ihm! Fast in jedem Brief geht's um Ferdinand hier, Ferdinand da … ich bin übrigens Frau Bergers Nichte, heute überraschend angereist. Du willst mit Ferdi Gassi gehen? Prima! Er liegt in seinem Körbchen.«

Gabi ging verwirrt in die Küche, nahm den Hund an die Leine und zog ab. Mona schloss hinter ihr die Haustür und prustete los. Sie war einfach die Größte.

Gebildet, raffiniert und nun auch noch cool.

Eine Viertelstunde später war Mona fertig. Im geschulterten Matchbeutel steckten Schmuck, Bargeld, ein sauber aus dem Rahmen geschnittenes und gerolltes Gemälde und eine wertvolle Skulptur. Sie öffnete die Haustür und blickte in die freundlich grinsenden Gesichter von vier Polizisten.

»Was … ?«, stammelte sie entsetzt.

»Der Hund heißt nicht Ferdinand!« Gabi drängelte sich an den Polizisten vorbei. »Er heißt Verdi!«

»Italienischer Komponist!«, bemerkte einer der grinsenden Beamten zuvorkommend. »Rigoletto, La Traviata. Nicht grämen, Verehrteste. Im Knast gibt's Opernkurse.«

Schreibtischtäter

Ein letztes aufgeregtes Scharren eilig zurechtgerückter Stuhlbeine. Während sich die Gesichter erwartungsvoll dem kleinen Podium zuwandten wie die Blüten der Sonne, erstarben allmählich alle Stimmen auf dem alten Speicherboden, bis das letzte Murmeln, das finale Hüsteln genau der gespannten Stille wich, die der Mann am Mikrofon exakt für seinen Einsatz eingeplant hatte.

Inszenierung ist die halbe Miete, dachte Jan Schröter und lauschte seiner eigenen Stimme, die in ihrer lautsprecherverstärkten Präsenz sofort die Lufthoheit im Saal übernahm. Aufmerksame Gesichter. Die Leute hörten tatsächlich zu.

Na ja – sie hatten Eintritt bezahlt.

Verrückt eigentlich: Im Alltag erlebte man ihn gratis, aber da hörte keine Sau auf ihn. Vielleicht sollte er gleich beim Aufstehen Honorar verlangen. Pinkeln und Zähneputzen? Drei Euro. Brötchen holen? Nur wenn ich das Wechselgeld behalten darf und Kuchenreste kriege. Kuchenreste. So was gibt's gar nicht mehr beim Bäcker. Schröter, du Fossil. Und Honorare kannst du dir auch bald abschminken. Dir fällt doch sowieso nichts mehr ein! Leer, völlig leer. Und du hast den Nerv und setzt dich hier hinter ein Mikrofon!

»Die Welt ist eine Bühne, aber das Stück ist schlecht besetzt.« Das war leider auch nicht von ihm, sondern von Oscar Wilde. Mein Gott, Schröter! Mach nur so weiter, du Blendgranate …

Anja kriegte sie alle. Alle Kriminalromane, die neu erschienen. Alle, die wieder neu aufgelegt wurden. Sie ging mit Marlowe durch L.A., mit Didius Falco durch Rom und mit Rosina durch Alt-Hamburg, und sie war den Ermittlern immer einen Schritt voraus. Andere fanden ein Buch gut, wenn sie das Ende der Geschichte überraschte. Anja fühlte sich wie eine Versagerin, wenn sie nicht wenigstens drei Seiten eher im Bilde war als die Hauptfigur. Es ist einfach gut zu wissen, wie es endet, fand sie – auch im richtigen Leben! Die Dinge müssen ihre Ordnung haben. Und man muss wissen, was man will!

Bei diesem Gedanken streifte ihr Blick unwillkürlich den Mann auf dem Stuhl neben ihr – Klaus, seit fünf Jahren ihr Gatte, trug eine unmögliche Krawatte und ein leicht verstörtes Lächeln. Wahrscheinlich fühlt er sich mal wieder völlig fehl am Platz. Die Geschichte seines Lebens. Hör lieber dem Schröter zu. Der Mann hat's wenigstens drauf.

Oh Gott, sie will ein Kind von mir! Klaus bebte innerlich. Die Babydebatte führte Anja seit Längerem, aber die Abstände zwischen den problemorientierten Gesprächen wurden immer kleiner. Wie die Zeit zwischen zwei Wehen. Irgendwann reicht ein Schlagloch, und die Fruchtblase platzt.

Das Schlagloch heute hieß Weihnachtskrippe.

Kaum hatte Klaus vorhin die Figuren in Bethlehems Stall dekoriert – immerhin stand schon der vierte Advent vor der Tür, aber irgendwie waren sie an den letzten Wochenenden ständig unterwegs gewesen –, also kaum stand das letzte blöde Schaf vor dem pausbäckigen Polly-Pocket-Jesus, da ging das Theater wieder los.

»Klaus, ich bin 35!«, hatte sie gezetert. »Ich kann und ich will nicht mehr warten!«

Kann nicht – so ein Quatsch! Will nicht – das bestimmt. Anja weiß ja immer, was sie will. Und leider kriegt sie es immer, früher oder später. Aber ein Kind … Außerdem, was heißt schon 35? Klaus war 40, wusste aber keineswegs, ob er überhaupt jemals würde Kinder haben mögen! Schwer genug, für sich selbst ständig Entscheidungen treffen zu müssen – und dann noch für ein neues Lebewesen, das einem dereinst garantiert jede Einmischung in sein Leben nur bitter vorwerfen würde?

Allerdings blieb ihm die Ausübung erzieherischer Maßnahmen vermutlich ohnehin verwehrt. Er hörte Anja schon fauchen: »So wird es gemacht – du hältst dich da raus!«

So ist sie, seufzte Klaus in sich hinein, und man kann nichts dagegen tun. Hätte Anja damals Jesus entbunden, wären Mutter und Kind im weichen Federbett, der Gastwirt im Stall und die Heiligen Drei Könige wegen nächtlicher Ruhestörung vor dem Kadi gelandet.

Fröhliche Weihnachten.

Wenigstens war er hier im Speicherstadtmuseum für zwei Stunden sicher vor der Diskussion. Erholung pur, obwohl da vorne nur von Mord und Totschlag die Rede war. Lauter private Endlösungen, als ob es keine Alternativen im Leben gäbe! Als ob man nicht immer noch ein bisschen abwarten könnte. Der Typ da hinter dem Mikro – wie heißt der noch? Schröter? –, der hat doch keine Ahnung. Völlig weltfremd! Obwohl es andererseits sicher reizvoll wäre, sich seine Welt in Geschichten selbst bauen zu können. Schlechte Laune? Kommt nicht vor. Leidige Diskussionen? Weg damit! Ehefrauen im Gebärkoller? Klaus schmunzelte verstohlen und beschloss, einfach zuzuhören.

Wenn man schon mal hier war …

Läuft ja ganz gut, dachte Jan Schröter, während er routiniert den vor ihm liegenden Text vortrug. Nette Leute hier, und die Veranstalterin lächelt sogar. Die würde ihn vielleicht noch ein- oder zweimal für einen Abend wie heute buchen – spätestens dann würde auch sie bemerken, dass er nur noch mit ollen Kamellen warf! Da hinten sitzt ein Fernsehproduzent. Dort eine Redakteurin vom NDR. Zwei Verleger hatte er auch schon gesichtet. Diese Typen fackeln nicht lange, wenn die Kuh keine Milch mehr gibt. Die halten sich nicht mal mit einer Notschlachtung auf! Die holen sich einfach einen Neuen – die Welt steckt voller Talente, Schreiberlinge sind ein nachwachsender Rohstoff. Guck' dir die Schweden an! Da schreiben heute mehr Leute Kriminalromane, als das Land überhaupt Einwohner hat! Gemessen an der Menge der Schwedenkrimis müsste jeder Aufenthalt zwischen Lönneberga und Bullerbü wesentlich riskanter sein als eine Übernachtung im Central Park!

Reiß dich zusammen, Schröter. Du hast es doch immer geschafft! Wie viele Jahre machst du das schon? Wie viele Plots hast du schon gebastelt? Und die Ideen kamen immer, einfach so. Hättest du nur ein Prozent deiner ausgedachten Verbrechen tatsächlich selbst begangen, säßest du längst lebenslänglich hinter Gittern – inklusive anschließender Sicherheitsverwahrung, nicht unter 967 Jahren.

Das ist alles in deinem Kopf.

Lass es wahr werden, dann sperren sie dich ein.

Schreib es auf, dann ist sogar Mama stolz auf dich!

Nur, mit dem Aufschreiben haut es nicht mehr hin. Viel zu lange nicht mehr. Kein Saft mehr in der Zitrone. Und bald ist Weihnachten.

Und Abgabetermin. Und Steuererklärung. Und … Hör auf mit dem Selbstmitleid. Du musst. Du musst!

Guck dir die Leute hier an. Die haben doch auch alle ihre Probleme! Die Süße da zum Beispiel mit ihrem bunten Halstuch und dem angespannten Gesichtsausdruck – die sieht doch aus, als wäre sie alleine wesentlich glücklicher als mit diesem Krawattenfreak da neben ihr …

Anja schlug die Augen nieder und nestelte verlegen an ihrem Halstuch. Hatte der Mann hinter dem Mikro sie eben angesehen? Sie blinzelte vorsichtig zu ihm hinüber, aber sein Blick war wieder auf das Skript fixiert. Trotzdem – er hatte sie angesehen, und zwar durchaus anerkennend, eine Frau spürt so was. Und ich bin eine Frau. Ich bin eine Frau, und ich will ein Baby! Und wenn Klaus das nicht versteht, dann …

Ja – was dann? Du bist 35.

Tick-tack. Tick-tack.

Müsste es überhaupt Klaus sein? Da sitzt er neben dir: 40 Jahre, ein ewiger Zauderer. Er wäre nicht mal mit mir verheiratet, wenn ich ihn nicht damals quasi genötigt hätte, gestand Anja sich ein. Er bringt es nicht mal, morgens ein Essen für den Abend zu planen. Geschweige denn das Programm für die kommenden Festtage. Alles blieb an ihr hängen – einerseits praktisch, weil, einem Menschen wie Klaus konnte man solche Dinge wirklich nicht überlassen, und wenn sie es selbst übernahm, lief wenigstens alles nach ihrem Geschmack. Alles, was Klaus in seinem Leben erreicht hatte – seine berufliche Position, die schicke Wohnung –, hätte er ohne sie nicht erreicht, da war sich Anja ganz sicher. Könnte er dafür nicht wenigstens einmal aktiv Verantwortung übernehmen und sagen: Ja, wir wollen ein Kind?

Klar, sie könnte ganz zufällig die Pille vergessen und es einfach passieren lassen. Klaus würde das Resultat schicksalsergeben hinnehmen, wie er alles hinnahm. Aber das kam für sie nicht infrage. Ein Baby, das müssen beide wollen! Es ist ein Wunder, wie das Jesukind in der Krippe, von allen bestaunt. Maria hatte es leichter gehabt, fand Anja. Die Nummer mit der unbefleckten Empfängnis müsste man draufhaben! Wäre auch besser für die Bettlaken. Im

Übrigen ist es bei mir für das Thema Jungfernzeugung seit Jahren zu spät. Viele Jahre. Viel zu viele Jahre!

Tick-Tack ...

Mein Erster war nicht Klaus. Und mein Letzter müsste ja auch nicht so heißen! Wie sagt es der schwedische Philosoph? »Entdecke die Möglichkeiten!« Ein kreativer Mann, einfühlsam und mit Fantasie – das wäre genau der Richtige. Jemand, dem auch mal eine Lösung einfällt, wenn ich nicht mehr weiterweiß! Jemand wie dieser Jan Schröter da vorne! Da, jetzt guckt er mich wieder so an – und sieht auch noch echt Klasse aus, der Kerl ...!

Klaus registrierte verblüfft, wie seine Angetraute neben ihm anmutig das Köpfchen neigte, neckisch mit den Augen zwinkerte und den Mann am Rednerpult damit prompt aus dem Rhythmus brachte.

Was ging denn da ab?

Nicht zu fassen – vorhin soll ich ihr ein Kind machen, am liebsten gleich neben der dämlichen Weihnachtskrippe, und jetzt schmachtet sie diesen Stotterfredi an! Ein Gefühl überkam ihn, als fröre plötzlich sein Magen ein. Dafür flogen die Gedanken viel schneller als sonst. Sie würde ihn verlassen. Es sei denn, er ließe sich auf die Baby-Nummer ein. Aber was käme dann als Nächstes? Bei Anja kam immer etwas Nächstes! Nie ohne Plan, nie ohne neues Ziel. Total anstrengend, die Frau. Ich will nicht mehr, wusste Klaus plötzlich glasklar. Die Welt ist doch so bunt! Das Leben hat so viel mehr zu bieten als Zicken-Anja! Sogar schon hier und jetzt – hier sitzen echt schöne Frauen! Er sah auf und ließ den Blick in die Runde schweifen ... Whow!

Anja brach innerlich zusammen, als sie Klaus' visuellen Pirschgang bemerkte.

Was ging denn da ab?

Zu Hause markiert er den Zauderer – und hier liegt er auf der Lauer wie ein Spanner mit Fernglas und dicker Hose! Das ist mehr als peinlich – das ist widerlich! Ich will nicht mehr, wusste Anja plötzlich glasklar. Es ist vorbei. Noch heute. Nicht noch ein Weihnachtsfest mit Looser-Klaus neben der Weihnachtskrippe.

Schluss!

Schade, jetzt guckt sie mich gar nicht mehr an, fuhr es Jan Schröter durch den Sinn, während er unverdrossen sein Skript abspulte. Hat nur noch Augen für ihren Knallfrosch mit der Krawattenpanne! Was soll's. Gleich ist Schluss. Gleich gibt's noch mal einen kleinen Applaus, dann ein kleines Honorar – und dann? Noch keine Lesungstermine für nächstes Jahr. Kein Projekt, kein Vertrag, kein Buch in der Produktion und keine Idee im Kopf.

Los, gib noch mal alles!

Erzähl diesen netten Menschen deine Geschichten, in denen das Verbrechen als probate Problemlösung an der Tagesordnung ist! Erzähl es diesen netten, gut gekleideten und ganz sicher hochanständigen Menschen, die ihr sauer und legal verdientes Geld dafür ausgeben, um von grausigen Dingen zu hören, die sie garantiert niemals selbst erleben werden!

Oder doch?

Ich erzähle von Menschen wie dir und mir. Denen wird mal etwas zu viel. Die wissen auf einmal nicht mehr weiter. Die stecken peinlichst in der Klemme. Und dann gibt es plötzlich eine Gelegenheit. Vielleicht nur diese eine. Ein Speicherboden hat viele dunkle Ecken. Die Treppe ist steil und schlecht beleuchtet. Draußen ist es glatt, Nebelschwaden ziehen durch einsame Gassen, und die Fleete sind tief.

Dann ist plötzlich alles zu Ende.

Klaus hilft Anja ungeschickt in den Mantel, sie sehen aneinander vorbei und verlassen den Speicherboden. Schade, die vielen schönen Frauen, denkt Klaus bedauernd und Anja trauert innerlich: Jan Schröter geht bestimmt noch einen Wein trinken, in einem Künstlerlokal mit vielen anderen kultivierten Leuten! Dann treten die beiden aus dem Treppenhaus – Nebel, Feuchtigkeit und Kälte schlagen ihnen ins Gesicht, und die Wut kehrt zurück, kerbt ihr Gemüt mit scharfem Sägeblatt.

Was fällt dem anderen ein, mir das Leben so kaputt zu machen?

Auf meinen Gefühlen herumzutrampeln?

Mich so hilflos, ohne Ausweg, alleinzulassen?

Da vorne gabelt sich die Straße. Man könnte sich trennen – einer nach links, einer nach rechts. Aber dann muss man auch in Zukunft noch die Vergangenheit teilen. Wem gehört dies, wem das? Hält dieser Freund zu ihr oder zu ihm? Hält man den Spott aus und das Mitleid? Aber zusammen, das geht nicht mehr. Auf keinen Fall! Es ist glatt, Nebelschwaden ziehen durch einsame Gassen, und die Fleete sind tief. Da vorne ist die Kornhausbrücke, auf dem Gehweg sind die Pfützen gefroren, und das Geländer ist niedrig.

Nur ein kleiner Stoß und alle Frauen gehören wieder mir!

Nur ein winziger Schubser und mein Roman hat ein Happy End!

Keiner wird es erfahren, es ist ein Unfall! Keiner wird es erfahren, ich habe alle Krimis gelesen, ich weiß immer, wie es ausgeht!

Gleich!

Gleich!

Gleich geh' ich noch in die Badewanne, überlegte Jan Schröter. Manchmal kamen ihm da brauchbare Ideen. Früher jedenfalls. Jetzt schon lange nicht mehr. Nichts ging mehr. Eigentlich könnte er gleich hier von der Niederbaumbrücke springen, die er gerade in Richtung Baumwall überquerte. Unter ihm gurgelte das ablaufende Wasser aus dem Fleet, als hätte jemand bei Cuxhaven den Stöpsel gezogen. Lampenlicht reflektierte geisterhaft auf der trüben Flut, und – war das ein Schrei? Schrill, erschreckend, vergurgelnd wie ein eisiger Windstoß? Etwas trieb unter der Brücke hindurch, fahle Blässe, ineinander verschlungen wie zwei Körper im Todeskampf, ein Arm kraftlos erhoben wie zum Abschied – wohl doch eher ein Ast, vermutete Jan Schröter und sah zu, wie der Strom sein Treibgut hinter Kehrwieder verschluckte. Wasserleichen gab es nur bei Wallander und Co.!

Obwohl – warum nicht?

Stell dir mal vor, die Süße mit dem bunten Halstuch. Und ihr Kasper mit der Knallkrawatte. Und sie hätte vorhin nicht bloß gezwinkert, weil sie ein Staubkorn im Auge hatte, sondern weil sie den Dichter höchstpersönlich so unwiderstehlich fand. Wäre doch gar nicht so abwegig, fand Schröter.

Und dann ... und hinterher ... und schlussendlich ...

Die Story schrieb sich glatt von selbst. Ein echter Heuler! Los, an den Schreibtisch! Welcome back, Genius! Er straffte sich und schritt beschwingt zur U-Bahn.

Das Leben ist schön.

Zum Schreibtischtäter

Jan Schröter lebt in Wrist, Schleswig-Holstein. Er schreibt Drehbücher für TV-Serien und -Spielfilme, arbeitet als Publizist (Kolumne »Schröters Wochenschau« im Norderstedter Regionalteil des »Hamburger Abendblatt«) und ist Verfasser zahlreicher Romane. In der Edition Temmen erschienen u.a. seine Kriminalromane »Der Rikschamann« und »Freundschaftsdienste«.